爱伦·坡

探案集

[美] 爱伦·坡 著　张丽娟 译

Wuhan University Press
武汉大学出版社

图书在版编目(CIP)数据

爱伦·坡探案集 ／（美）爱伦·坡（Poe，E.A.）著；张丽娟译. —— 3版. —武汉：武汉大学出版社，2014.8

ISBN 978-7-307-12651-0

Ⅰ．爱… Ⅱ．①爱… ②张… Ⅲ．侦探小说-作品集-美国-近代 Ⅳ．I712.44

中国版本图书馆CIP数据核字(2014)第004178号

责任编辑：张爱彪　　　　责任校对：管思梦　　　　版式设计：张金花

出版：**武汉大学出版社**　　（430072　武昌　珞珈山）

发行：**武汉大学出版社北京图书策划中心**

印刷：北京毅峰迅捷印刷有限公司

开本：880×1300　　1/32　　印张：9.75　　字数：222千字

版次：2014年8月第1版　　印次：2014年8月第1次印刷

ISBN 978-7-307-12651-0　　定价：29.80元

目录

Contents

一、侦探类故事

目录
Contents

目录
Contents

三、犯罪冲动型故事

Edgar Allan Poe

一、侦探类故事

1. 莫尔格街凶杀案

> 任凭海妖唱什么歌，任凭阿基里斯混在女孩堆里冒用什么名字，
> 纵然是费解的谜团，也总能猜破。
>
> ——托马斯·布朗爵士

我们所谓的"分析"能力，其实这种才智是非常不靠谱的。我们对分析力的评价，只是根据其效果而已。我们知道，若是具有得天独厚的分析能力的人，总是会感到这是其乐无穷的源泉。大力士喜欢炫耀自己的臂力，嗜好锻炼肌肉之类的运动；具有分析能力的人就喜欢解开任何疑难的脑力难题。只要能发挥他的才能，即使再琐碎的小事，他也能感到津津有味。他偏爱猜谜解题，琢磨天书。凡是解开一道难题，都无不显示出他的聪明程度，这在平庸之徒看来似乎不可思议。他用分析方法的精髓取得的成就，的确有些全凭直觉的味道。如果精通数学，这种解决疑难问题的才能或许

格外高强，最好是精通高等教学，即所谓解析。掌握解析似乎是最理想的了，只是因为它运用逆算法，所以才称为解析。可是计算本来并不等于分析。比方说，下象棋的人并不在分析上下工夫，只在计算上费心机。因此，一般人认为的下象棋有益身心的说法是不对的。

现在，我并不是在写论文，只不过在一篇多少有点离奇的故事前面，先写下一段杂乱无章的意见作为开场白而已。我要趁机声明一下，较高的思考能力用在看不出什么花样的跳棋上，比用在苦心推敲的象棋上，更显得见效和有用。

象棋可以说是一门艺术，每一个棋子都有它自己稀奇古怪的走法，都有变化无常的妙用。象棋不过复杂罢了，却往往被人误以为深奥。下象棋务须聚精会神，如果稍有松懈，疏忽一步，势必损兵折将，败下阵来。象棋的走法，不仅五花八门，而且错综复杂，于是疏忽的可能性也就增多，十回倒有九回，赢家总是精神集中的棋手，而不是比较聪明的棋手。相反，跳棋这门游戏缺少变化，走法死板，疏漏的可能性少得多，因此相比之下，他用不着全神贯注，双方棋手相遇，只要聪明一点的就保管不会输。说得更加具体一点，不妨假定有一局跳棋，大家只剩下四个王棋，当然没什么疏忽之处了。这样，如果双方旗鼓相当，只有善于动脑筋，步步推敲棋法，才能取胜。有分析能力的人碰到毫无对策的情况，总是专心研究对方的思想，设身处地地去揣摩一番，这样常常能一眼看出唯一的招数。有时候虽然这一个招数看起来简单又可笑，但引诱对方忙中失算，铸成大错还就凭着这一招。

惠斯特牌戏向来以培养人的计算能力而闻名于世。我们知道，凡是智力出众的人，显然沉湎此道，感到其乐无穷而不愿下象棋，认为象棋有点无聊。不用说，绝对找不出第二种同样性质的游戏，需要这样大大发挥分析能力的。世上象棋下得出色的人，至多只是在象棋方面有专长罢了；可是精通惠斯特牌戏，就能在一切比较重大的钩心斗角的场合取胜。我说精通，就是说熟谙这门玩意，包括通晓一切取得合法优势的窍门。这种窍门不但五花八门，多种多样，而且往往就在心灵深处，一般人根本无从了解。留神观察的人，记忆力必定强；所以专心致志下象棋的人，玩起惠斯特牌游戏准会非常出色。而且，惠斯特牌戏谱中，根据纯粹的牌戏技巧制定的规则通俗易懂。

通常人们认为精于此道的，必须具备过目不忘和根据"本本"行事这两个条件。不过碰到规则范围里没有的情况，倒恰恰看得出具有分析能力的人的牌技了。他悄悄做了不少观察和推论，说不定他的牌友也在这么做。双方对敌情了解的深浅之分，与其说决定于推论的正误，还不如说决定于观察能力的高低。必须掌握如何观察这门学问，玩牌的人绝不是只顾自己打牌，也不是因为只求赢牌，就不分神推断局外的事。他打量搭档的脸色，仔细跟对手的脸色一一比较。他估计每个人执牌的顺序，还根据分到王牌和大牌的人种种不同的眼色，算计一张张王牌和一张张大牌。一面打牌，一面察言观色，看人家的脸色是得意还是懊恼，是自信还是惊讶。从对方种种不同的表情中收集思考的资料，根据对方把赢得的牌收起来时的神态，揣测赢了这一次牌的人能不能再赢一次同花牌。根据对方摊牌的神情，辨认出这是声东击西，掩人耳目。

凡是对方随便提到一个字，脱口说出一句话，偶然掉下一张牌，不巧翻开一张牌并且赶紧掩饰时那副焦急不安或漫不经心的神情；计算赢了几张牌，这几张牌的布局，对方是窘迫还是犹豫，是焦急还是惶恐——凡此种种，都逃不过他那类似直觉的观察，这些蛛丝马迹就如同向他提供了真实情况。打个两三圈牌，他就完全掌握各家手里有些什么牌了。从此刻开始就胸有成竹，每副牌都打得很准，就如同看到同局各家手里的牌都明放在桌面上似的。

然而，绝不能认为分析能力就是单纯的足智多谋，因为善于分析的人势必足智多谋，可是足智多谋的人往往格外不善分析。足智多谋通常从推定能力或归纳能力中表现出来，骨相学家把推定能力和归纳能力归诸于一种独立的器官，认为这是原始的能力，我以为这是完全错误的。从智力完全与白痴无异的人身上往往能看得出这种原始能力，因此引起了心理学作者的普遍注意。足智多谋和分析能力之间的差别，固然比幻想和想象的差别还要大，不过两者的性质显然非常相似。实际上不难看出，聪明的人善于幻想，而真正富有想象力的人必定爱好分析。

大家看了下面这段故事之后，多少可以当作上文那番议论的注解。

18××年，春夏两季期间我住在巴黎，在那个时候结识了当地一位名叫西·奥古斯特·杜宾的法国少爷。这位公子哥儿出身富贵——确实是名门子弟，不料命途多舛，就此沦为贫困，以致意志消沉，不思发愤图强，也无意重整家业。多亏债主留情，他才照旧承袭祖上一点薄产。靠此薄产，他精打细算，勉强维持温饱，倒也别无奢求。说真的，看书是他唯一的享受，何况在巴黎，要看书是再方便不过了。我们初次见面是在蒙玛特街一家冷僻的图书馆里。两人凑巧都在找寻同一部珍贵的奇书，交往就此逐渐密切起来。一回生，两回熟。他推心置腹地把一段家史详详细细告诉我，我听得深感兴趣，法国人只要一谈起自己，总是把心里话兜底倒出。我惊讶于他的博览群书，尤其是他那天马行空且生动活跃的想象力，更让人由衷赞叹。

当时我在巴黎寻找自己急需的东西，因此与这样一个人交往对我来说简直就是无价之宝。我老老实实地对他吐露了这份心情，最后终于谈妥，我在巴黎周转期间，跟他住在一起。我的经济状况多少比他富裕，他同意由我出钱在市郊圣杰曼区租下一幢年久失修的公馆。这座房子地处偏僻，式样古怪，摇摇欲坠，相传是凶宅，荒废已久，我们对这种迷信并不深究，径自把屋子布置得正巧配合两人共有的那种古怪的消沉情绪。如果世人晓得我们在这地方的日常生活，准会把我们看作疯子——也许只看作不害人的疯子。我们完全过着隐居生活，不接待任何来客。我对以前的朋友自然都严守秘密，并没把隐居的地点告诉他们。在巴黎，杜宾是个默默无闻的人，基本上没人认识他。所以我们两相依为命，就这样孤独地过着日子。

我的朋友有一个怪癖，就是被深夜的魅力所迷，十分钟爱黑夜。我不知道除了可以称作怪癖，还能称作什么呢？我暗中也不由得染上这个怪癖，像染上他的其他种种怪癖一样，我狂放不羁地沉溺于他那突发的奇想中。夜神不会永远伴随我们，可我们有办法把夜神请进屋内。天刚破晓，我们就把这座古老府邸的大百叶窗统统关上，点上一对小蜡烛，加上浓烈的香料，只投射出阴森森的幽幽微光。凭借这些微光，我们就沉湎在梦想里——看书，写字，谈心。等到时钟报告真正的黑夜来临，我们才臂挽臂地溜到大街小巷，或者继续日间的话题，或者到处游荡，走得老远老远，逛到深更半夜。在人烟稠密的城里，闪闪灯火和幢幢黑影中，寻求精神上的无穷刺激，不过这种精神刺激只有默默观察才能体会得到。

尽管我知道杜宾有着特殊的分析能力，这从他那丰富的想象力中就能看得出。可是就在这个时候，我对他的分析能力还是不由得另眼相看，心悦诚服。看他的模样仿佛也巴不得露一手玩玩——如果不全是卖弄的话——他毫不含糊地老实承认其中自有乐趣。他轻声嘻嘻笑着，对我吹嘘说，大多数人跟他比起来，都是玻璃心肝，一看就透，他对我的心思真是了如指掌，常常当场拿出这种惊人的根据，证明他说的一点不假。这时他态度冷漠，茫然若失，眼神毫无表情，他的嗓子素来是洪亮的男高音，竟提到了最高音，要不是发音有条不紊，咬字一清二楚，听起来真当他在发火呢。看着如此模样的杜宾，我不由自主地想到一个有关双重心的古老学说，心里总是在琢磨着兼有丰富想象力和分析解决能力的杜宾。

看了这一段，请别当我是在详细讲述什么神秘故事，或者写什么传奇小说。我笔底描写的有关杜宾的一切事情，只不过是激动心理或者是病态心理的结果。可是要说明他在这时期谈话的特征，最好还是举个例子。

有一天深夜，我们闲逛着走到了皇宫附近的一条又脏又长的街道上。两人明明都在想心事，谁都一言不发，少说也有十五分钟。冷不防，杜宾开口说了这么一番话："他是个非常矮小的家伙，那倒不假，可是到杂技场去演出还不错。"

"那还用说吗。"我不假思索地答道，我原来正全神贯注地想着心事，所以根本就没注意杜宾的话，竟会跟我想的如此出奇地不谋而合，他一下就说中了我的心思。等我转过神来，才不由得大吃一惊。

"杜宾，"我正色道，"这可把我弄糊涂了。不瞒你说，我真是不胜惊讶，简直信不过自己的耳朵。你怎会晓得我正在想……"说到这儿我住了口，我想看看他到底是不是果真知道我在想谁。

"……想桑蒂伊，"他说，"干吗不往下说？你刚才心里不是在想，他个子矮，不配演悲剧吗？"不得不承认，这正是我刚才心里想着的一个问题。桑蒂伊原是圣丹尼斯街的一个皮匠，后来他成了一个戏迷，曾经粉墨登场，演过克雷比荣悲剧中的泽克西斯一角，谁知卖力演出的结果反而博得了一阵冷嘲热讽。

"请你千万别卖关子，"我失声叫道，"说说你有什么神机妙算，竟然能看透我心眼里在想这件事。"老实说，我拼命掩盖，但还是免不了流露出惊讶的神色。

"看到卖水果的，你就不由得想到这个修鞋的个子太矮，不配演泽克西斯和诸如此类的角色。"我朋友答道。

"卖水果的！——这话可太奇怪了——我不认识什么卖水果的。"

"刚才我们走到这条街上，不是有个人迎面向你闯来吗——大概是十五分钟以前的事吧。"我这才想起来，刚才从西小街走到这条大街上，的确有个卖水果的，头上顶着一大篓苹果，冷不防走过来，差点没把我撞倒。可是我实在弄不懂，这跟桑蒂伊有什么关系呢？

杜宾的脸上丝毫没有显示出吹牛的神色。他说："回头我再讲给你听，一讲你就会完全明白了，咱们先回顾一下我跟你说话那工夫，一直到碰到那卖水果的为止，你心里想些什么吧。你一连串思想活动中主要几个环节是这样的——桑蒂伊，猎户星座，尼古斯博士，伊壁鸠鲁，石头切割术，街上的石头，那个卖水果的。"

有时候，人们在生活中喜欢回顾自己刚才的思路，有时候想不明白自己怎么会一下子想到这上面来的。细细玩味一下往往回味无穷；头一回尝试的人，眼看开头想起的事和最后想到的事之间竟然南辕北辙，毫不相干，难免感到惊讶。我听到杜宾刚才那番话，而且不得不承认他说的话句句是真，心里那份惊讶甭提有多大了，好奇他是怎么做到这一点的呢？

他接着刚才的话继续往下说："要是没记错的话，咱们刚才走出西小街之前，一直在谈马。这是咱们谈论的最后一个话题。一拐进这条街，凑巧有个卖水果的，头上顶着个大篓子，匆匆走过咱们身边，那儿的人行道正在修理，堆了一堆石头，他把你撞到石头上。你踩到一块松落的石头，绊了一跤，脚脖子稍微扭了下，看模样你生了气，绷着个脸，嘴里嘀咕了几句，回头看看那块石头，就不声不响地走了，我对你这种举动并没特别留神，不过近来，我生活里总少不了观察。你眼睛一直盯着地上——两眼冒火地朝人行道上的坑洼和车印看，所以我知道你还在想着石头。等走到那条叫作拉玛丁的小胡同，你才流露出笑容。我看见你嘴唇掀了掀，就深信你嘀咕的是石头切割术，这个词儿，因为胡同里早就铺上了牢牢叠住的石块，这词儿用在这种铺路法上很别扭。我知道你既然暗自说到了'石头切割术'这一个词儿，自然就会联想到原子，因此就会想到伊壁鸠鲁的理论。再说不久前咱们才讨论过这个问题，我对你提起过，那位有名的希腊人提出了一些奇特的含糊猜测，谁知竟鬼使神差地跟后世证实宇宙进化的星云学说不谋而合。我这么一想，就觉得你势必会抬眼望望猎户星座的大星云，心里的确也巴不得你这么做。你真的抬眼看了，我这才拿准我对你的思路一步都没摸错。昨天《博物馆报》上发表了一篇恶意讽刺桑蒂伊的长篇大论，在那篇文章里，作者用了可耻的冷言冷语，挖苦这个皮匠，说他穿上厚底戏靴，就改了姓名，还引了我们常提到的一句拉丁诗句。我说的就是这句——第一个字母不发原来的音。我曾经告诉你这句诗说的是猎户星座,从前写作猎户星宿,我跟你还挖苦过这种解释呢,我知道你不会忘掉。因此,你决不会不从猎户星座联想到桑蒂伊。看到你嘴边掠过的那种微笑,就知道你一定联想到了。你想到那倒霉的皮匠给你开了刀,之前你一直弓着腰走着,可这会儿却看见你挺直了腰板。因此就拿准你想到了桑蒂伊个子矮小。这时我便打断你的思路,说桑蒂伊那人实在是个非常矮小的家伙,可是到杂技场去演出还不错。"

这件事过后没多久,我们正翻着《论坛报》晚刊,看到下面一段新闻,不由得给吸引住了。

"离奇血案——今晨三时左右,圣罗克区居民的好梦被一阵凄厉的尖叫声惊醒。听上去,这阵声音是莫格尔街一幢房子的四楼传出来的。据称这幢房子由列士巴奈太太和她女儿卡米耶·列士巴奈小姐独家居住。本来大家打算开门进去,谁知竟是白忙一阵,耽误了片刻,只得用铁棍撬开大门。于是,八九个邻人便在两名警察的陪同下,一齐进入房内,此时喊声已停。但正当大家奔上头一层楼梯,又听得两三个人发火争吵的粗野声音从楼上传下来。奔上第二层楼梯,这声音也哑了,一切寂然无声。大家便分头搜寻,赶紧逐间查看。搜到四楼一间房门反锁的大后房,大家便推门闯入,房里的景象真是惨不忍睹。在场的所有人都大惊失色,胆小的早就被吓得魂飞魄散了。

房内所有的东西都凌乱不堪,家具全遭捣毁,被散弃一地。房内仅有一个床架,床垫早已拖开,扔在当中地板上。有把血污斑斑的剃刀搁在一张椅子上。壁炉上有两三大把花白的长头发,也溅满鲜血,仿佛是给连根拔起似的。地板上找到四枚拿破仑金币，一只黄玉耳环，三把大银匙，三把小号的白铜茶匙，两个钱袋，装了约莫四千枚金法郎，房内一角有只五斗橱，抽屉全都拉了开来，分明给搜劫过了，不过许多东西照旧放在里头。在床垫底下（不是床架下）找到一只小铁箱。铁箱开着，钥匙还插在门上。里面只有几封旧信，还有一些无关紧要的文件。房里连列士巴奈太太的影子都看不见，只有壁炉里发现特别多的煤灰，大家便将烟囱搜查一下，说来可怕，竟拖出了女儿的尸体，原来给人倒栽葱从这个狭窄的烟囱管里硬塞上去一大截，尸体还没凉呢。仔细一看，只见身上有不少擦伤的地方，很显然是被硬塞进烟囱时擦破的。女儿脸部有很多地方被严重抓伤，喉部有明显的深黑色瘀伤，还有深深的指甲印，看上去是给扼死的。

大家将整幢房子上上下下的搜查了一遍，并没再发现什么，便走到屋后一个铺砖的小院子里，只见院子里扔着老太太的尸首，喉部完全给割断了，大家刚想扶起尸首，头便掉落。尸身和头部全给割得血肉模糊——尸身尤其惨不忍睹，简直不复人形。

本报认为，截至目前，这件令人发指的疑案依然毫无线索可言。

第二天，报上又刊登了这么一段详情报道："莫格尔街惨剧——据悉，与该项迷离扑朔、骇人听闻事件的有关人士，均经传讯。"（在法国，"事件"这个词儿还没有我们现在看来的含意那么轻率。）然而，传讯结果，仍未为本案提供任何线索。兹将全部重要供词摘引如下：

"宝兰·迪布尔，职业：洗衣妇。供称认识死者母女已有三年，三年内，一直为她们洗衣服。老太太和女儿似乎很和睦，可以说母慈女孝。工钱给的不少，说不出她们的生活方式和来源，列太太大概靠算命为生。每次取送衣服，总不见屋里有人，肯定她们家不雇佣人。看来整幢房子只有四楼摆放着家具。

皮埃尔·莫罗，职业：烟商。供称将近四年以来，列太太一贯向他零买烟草和鼻烟。他生在这一带地方，一向住在当地。死者和她女儿在发现尸首的那幢房子里住了六年多。房子原来住着一个珠宝商，他将楼上房间分租给形形色色的人。房子原来是列士巴奈太太的产业，因房客如此糟蹋房屋，她大为不满，便亲自搬进去住，不肯再出租，老太太稚气十足。六年以来，证人只见过她女儿五六回。母女完全过着与世隔绝的生活，据说有钱。听街坊说列士巴奈太太是算命的，但他不信。除了老太太和她女儿，就只有脚夫来过一两回，还有个大夫来过八九回，此外从没见过有谁进屋。其他不少人，都是街坊，供词大致相仿。据说并无一人经常出入她们大门。不知列士巴奈太太和她女儿有无亲友在世。房子正面的百叶窗难得打开。后面的百叶窗一向关着，只有四楼的大后房开着窗。房子倒是一幢年代不算久的好房子。

伊西陀尔·米塞，职业：警察。供称清晨三点光景，人家请他到那幢房子去，只见门前有二三十个人，正在设法推门进去。最后总算用刺刀撬开了门——不是用铁棍。不花什么力气就把门打开了，因为这是双扇门或折门，上下都没有门闩。喊声一阵阵传了出来。门一撬开，才突然哑寂。好像是什么人，说不定不止一个，不胜痛苦地哀叫——声音又响又长，不是又短又急。证人领头上楼，走到头一层楼梯口，就听得有两个人大声争吵的声音——一个粗声粗气，另一个尖声尖气——一种非常奇怪的声音。粗声粗气的那个是法国人，他的话还听得清几个字，肯定不是女人的声音。听得清说的是'真该死'和'活见鬼'。尖声尖气的那个是外国人，不能肯定到底是男是女，听不清在说什么，不过想来是西班牙话。至于证人对室内情况和尸首惨状的供述与昨日本报所载相同。

亨利·迪伐尔，职业：银匠。作为死者的邻居，供称随着头一批人进屋。所供与米塞大致一样。他们一闯进大门，马上再锁上门，不准闲人进来，尽管深更半夜，门外照样一下子就挤满了闲人。证人认为尖声尖气的那个是意大利人，肯定不是法国人。不敢说准是男人的声音，恐怕是女人的声音。证人不懂意大利话，听不清说的字眼，不过听腔调，相信说话的是个意大利人。他认识列士巴奈太太和她女儿，肯定尖声尖气的声音根本不是死者的，因为他经常跟她们母女谈话。

奥丹海·梅尔，职业：饭店老板。这位证人自愿前来作证，不会说法国话，通过翻译受讯，原籍阿姆斯特丹。路过那屋子时，里面正在喊救命，接连喊了好几分钟，大概有十分钟。声音又长又响——阴森可怕，凄厉万分。据称随着大家一起进屋，所供各点与上述证人供词相符，唯有一点不同。肯定尖声尖气的那个是男人——是法国人，听不清说的是什么字眼。那声音又响又急，乱七八糟，说话时分明又气又怕。那声音与其说是尖声尖气，还不如说是刺耳更加贴切，根本不能称作尖声尖气。粗声粗气的那人一再说着'真该死''活见鬼'这两句词儿，还说过一句'天哪'。

茹尔·米尼亚尔，职业：银行家。德洛雷纳街米尼亚尔父子银行的老板，是老米尼亚尔。列士巴奈太太有些财产，八年前的某个春天，列太太在他银行里开了个户头。她经常存些小笔款子。一直没取，临死前三天，她才亲自将四千法郎款子全部提清。这笔钱付的是金币，由一个职员送到她家。

阿道夫·勒·本，职业：米尼亚尔父子银行职员。供称那一天的正午光景，他拿了四千法郎的金币，装成两袋，陪同列士巴奈太太，送到她府上。大门一开，列小姐就走出来，从他手里接过一袋金币，老太太便把另一袋接过去。他鞠了个躬，就告辞了。当时不见街上有人，这是条小街——非常冷僻。

威廉·伯德，职业：裁缝。供称随着大家一起进屋，是英国人，在巴黎住了两年。随着头一批人跑上楼，听见吵架的声音。粗声粗气的那个是法国人，听得出几个字眼，可现在记不全了。清清楚楚地听见说'真该死'和'天啊'。那时刻还听见一阵声音，好像几个人在厮打——一种抓拧扭打的声音。尖声尖气的声音很响——比粗声粗气的响，肯定不是英国人的声音，听起来大概是女人的声音，并且是德国人的声音。因为证人不懂德国语。"

上述四名证人又经传讯，供称这伙人搜到发现列士巴奈小姐尸体的寝室时，只见房门反锁。一切都寂然无声——没听见呻吟，也没听见任何声音。闯进门一看，杳无一人。寝室前后窗子全都关着，而且里边闩得严严密密。前房和后房当中的房门也关着，但没锁上。通向过道的前房房门锁着，钥匙插在里头。四楼，屋子正面，过道尽头，有间小房间，房门半开半掩。里面堆满旧床、箱箦等等杂物。这些东西都经过仔细搬移和搜查。这幢房子每一寸地方都经过细细搜查，所有烟囱也上上下下打扫过。这幢房子有四层楼，上面还有顶楼（又称阁楼）。屋顶上有扇天窗，钉得严严密密，看上去多年没开过。房门是花了不少力气才打开的。从听到吵架声音到闯进房门，这段时间有多久，四个证人各有各的说法。有的说三分钟，有的说五分钟。

"阿丰索·迦西奥，职业为殡仪馆老板。供称住在莫格尔街上，原籍西班牙。随着大家一起进屋，并没上楼，生来胆小，唯恐吓出毛病。听到吵架的声音，粗声粗气的那个是法国人，听不清说什么。虽然不懂英语，但根据说话腔调判断，尖声尖气的那个肯定是英国人。

阿尔贝托·蒙塔尼，职业为糖果店老板。供称随着头一批人上楼。听见那几种声音，粗声粗气的那个是法国人，听得出几个字眼，说话的人听来是在劝告。听不清尖声尖气的那个说些什么话，说得又快又乱。认为是俄国人的声音。供述与一般情况相符。证人是意大利人，从未跟俄国人谈过话。"

几名证人又经传讯，都一致证明四楼各个房间的烟囱都很窄小，容不下一个人出入。打扫烟囱用的是圆筒形的扫帚，就是扫烟囱人用的那种。用这种扫帚把房子里所有烟囱管全都上下打通。列士巴奈小姐的尸体牢牢嵌在烟囱里，四五个人一齐使劲才拖出来。房子里没有后楼梯，大家上楼时，没人可以趁此溜下楼。

　　"保罗·迪马，职业为医生。供称拂晓光景，被请去验尸。当时两个尸体停放在发现列士巴奈小姐尸体那间寝室里，横在床架的布棚子上。列士巴奈小姐的尸首瘀伤累累，擦伤地方甚多。这些现象足以说明死者其实是给硬塞进去的。喉部伤势严重。颌下还有几道深深抓伤的印子，还有一连几块青痕，显然是指痕。死者腹部完全变了色，眼珠突出，舌头有一部分咬穿了，心窝上发现一大块瘀伤，分明是膝盖压的。据迪马先生认为，列士巴奈小姐显然是被扼死，凶手人数不明。老太太的尸首残缺不全，支离破碎。右腿和右臂的骨头多少有点压碎，左胫骨碎得厉害，左肋骨也全都如此。尸首遍体都是严重瘀伤，完全变了色，不知这些伤痕从何而来。只有碰到一个力大无比的壮汉，猛力挥舞大木棒或粗铁棍，要不就是抢起一把椅子或任何又大又沉又钝的凶器，才会把人揍成这样。女人使用任何凶器，都打不出这么重的伤痕来。证人看见时，死者已经身首异处，而且头颅碎得厉害。喉部分明为锋利凶器所割断，他推测可能是剃刀。

　　亚历山大·艾蒂安，职业为外科医生，和迪马医生一起被请去验尸。所述与迪马医生供词及意见相符。"

　　虽然还传讯了其他几个证人，但并未再获重要线索。这件血案，就其种种细节而论，实在扑朔迷离，错综复杂。警察当局根本茫无头绪——这种案子实在千载难逢。本案连一点蛛丝马迹都找不到。如果真是件凶杀案，这在巴黎还是空前未有的奇案呢。

该报晚刊刊载消息道：圣罗克区依然人心惶惶，大为骚动——那幢房子又经仔细搜查，证人也都重新受到传讯，但毫无结果。补白中却提到阿道夫·勒·本已遭逮捕关押的消息——虽然除了该报已经刊载过的事实之外，并无丝毫证据足以给阿道夫·勒·本定罪。

尽管杜宾什么话都没说，但看得出他对这案子的进展特别有兴趣，至少目前看来如此。勒·本入狱消息发表以后，他才问我对这件案子有什么看法。我只能附和巴黎人的看法，认为这是件无头案，看不出有什么法子可以找到凶手。

"咱们可千万不能光凭一项传讯结果，来看待什么破案法子。"杜宾道。

"巴黎警察一向以聪明称道于世，其实不过狡猾罢了。尽管夸口有一大套办法，可是经常用得驴唇不对马嘴，不由得叫人想起茹尔丹先生要带着睡衣，以便更舒服地欣赏音乐。他们办起案来，只有目前采用的这种方法。他们办案的成绩虽然经常有惊人之笔，可这多半是单靠卖力巴结。碰到这些长处起不了作用，计划就落了空。比方说，维多克（法国名侦探）善于推测，做起事来总是百折不挠。不过，思想没有受过熏陶，侦查时往往过于专心，反而一错再错。他看东西隔得太近，反而容易歪曲事物真相。说不定，有一两点看得特别清楚，可是这样，势必看不清问题的全面。有些事就此显得非常奥妙，事实真相不会永远蒙在鼓里。

其实，我倒认为事实真相并不在我们钻的牛角尖里，而在于抬眼就望得见的地方。真正比较重要的知识必定肤浅。这种错误的方式和根源，可以用观察天体来说明。你晃眼看一下星星——只消斜眼瞟一瞟，将视网膜的外部对准星星，就可以把星星看得一清二楚，也可以对星光有个最正确的估计，视网膜的外部对微弱光亮的感光力比内部强，因此视线全部集中在星星上，星光反而随之微弱。视线全部集中在星星上，绝大部分星光实际上就照在眼睛上，可是斜眼一瞟的话，反而能看得更正确。如果认为过于奥妙，思想反而模糊不清。如果紧紧盯着苍穹，过于持久，过于集中，过于直接，那么连金星也会黯然无光。说到这两条人命案，要先深入调查一下，才可以拿出个主意。去私访一番，倒也开心。此外，勒·本曾经替我效过劳，我可没忘情。咱们去亲眼看看现场。我认识警察厅长葛某某，他不会不放咱们进去。"（我听了心想这字眼倒用得怪，但嘴里没说什么。）

莫格尔街位于里舍利厄街和圣罗克街之间，脏得不像样子。我们获得了许可，就马上赶到那里去。我们的寓所离这个区有老长一段路呢，所以赶到那儿时，已经快到黄昏了。那幢房子一下子就找到了，因为还有不少人漫无目的地站在街对面，不胜好奇地怔怔地抬头望着紧闭的百叶窗。这是幢普通的巴黎式房子，大门一边有个可以瞭望的房间，窗上有块活络玻璃，标明"门房"二字。还没进门，我们就先走到街尽头，拐进一条胡同，再拐个弯，走到那幢房子的后面——这期间，杜宾专心致志地把那房子左右前后的街都细细查勘一番，我倒看不出有什么名堂。

我们顺着原路，再次回到房子前面，按了门铃。看守人员看了我们的证件后，就放我们过去了。我们走上楼——走进发现列士巴奈小姐尸体的寝室，死者母女俩的尸首还停放在那儿。房间里乱糟糟的，照旧听其自然，丝毫未动。我看到的和《论坛报》记载的并没什么出入。杜宾把一切东西都仔细检查过，连被害人的尸体都没放过。接着他就走到别的房间里，后来又到院子里，有个警察从头到尾陪着我们。查到天黑，才离开现场。在回家途中，我这位朋友顺便到一家日报馆里待了一会儿。

上文说到过，我这位朋友的怪念头真是无奇不有，而且我对这些怪念头一向听之任之——因为在英文里找不出恰当的同义词。当时他对我绝口不提这件人命案子，他生性如此。直到第二天中午时分，他才突然问我，在惨案现场有没有看到什么特别的情况。他口气里着重"特别"这个字眼，不知怎的，竟教我暗吃一惊。

"没，没什么特别的，"我说道，"至少，跟报上记载的没什么两样。"

"报上恐怕并没涉及本案那种惨绝人寰的恐怖性。"他答道。

"不过，我们先别去管那张报纸的无稽之谈了。我看，这件疑案大家认为破不了，其理由倒应该看成容易破案——我说的是本案特点中那种超越常规的性质。由于表面上找不到动机——不是杀人的动机——而是杀人手段这么毒辣的动机，房里乱七八糟，死尸倒塞进烟囱里，老太太的尸首残缺不全，惨不忍睹，警察局竟被弄得一筹莫展。楼上只有被害的列士巴奈小姐，并没有旁人，再说没有一条出路逃得过上楼那伙人的眼睛，而这件事发生的过程中明明听到了争吵声音，表面上看来完全矛盾，这点警察局也弄得莫名其妙。官府办案碰到这些情形，加上刚才提到过的原因，以及种种不必多提的情形，他们吹嘘的聪明自然施展不出，无能为力。不过，如果要探求事实真相，只需打破常规，就可以摸索出一条道理来。他们犯了个大错误，可这倒也寻常，他们把难得看见的事错当作奥妙透顶的事了。像咱们目前进行的查访工作，与其问'出了什么事'，还不如问'出了什么从没出过的事'。老实说，这件疑案，我一下子就能解决，或者也可以说我已经解决了。警察看作破不了，我却看作很容易，这恰恰成为对比。"

我暗吃一惊，默不作声地盯着他。

"我正在等着一个人，"他望着房门，接着说下去，"这人也许不是这两件惨案的凶犯，可是跟这次行凶一定有几分关系。这些罪行中惨无人道的一节恐怕跟他丝毫无关。但愿这个猜测不错，因为全部破案的希望都寄托在这上面了。我在这间房里，无时无刻不在盼望那人光临。不错，他或许不会来，可是多半会来。这是手枪，咱们两个都知道到时候怎么样使枪。要是他来了，就少不得把他留下。"

我拿过了手枪，简直不知道自己在干什么，也不相信自己的耳朵，杜宾却径自说下去，八成像是在自言自语。我早就交代过了，碰到这种时候，他总是心不在焉。他那番话是对我说的，声音虽然不高，那副腔调却是一般用来跟老远的人说话的，眼睛只是茫然地望着墙上。

"大伙在楼梯上听到的吵架声音，不是那两个女人的，这点完全由证人证实了。"他说道。

"我说到这件事，主要是为了说明凶杀的方法。咱们可以放心，不必怀疑老太太是不是先害死女儿，事后再自杀。因为列士巴奈太太的力气不会那么大，要把她女儿的尸体塞在事后发现尸体的烟囱里，她绝对办不到。再说她自己都遍体鳞伤，人家绝不会认为她是自杀。因此，凶杀这件事是第三者干的。第三者的声音呢，也就是大家所听见的吵架声。我现在来谈谈证人的供词吧，不谈有关这些声音的全部供词，单谈那种供词中的特殊点。你看到有什么特殊的吗？"

我说，"证人一致认为粗声粗气的那个是法国人，可是说到尖声尖气的那个，或者照其中一人说是刺耳的声音，那就各有各的说法。"

"那是证据，但不是证据的特殊点。"杜宾道，"你没看出什么特殊的地方，但这里头有一点得注意。正如你所说，证人都认为粗声粗气的那个是法国人，在这问题上意见都一致。可是说到尖声尖气的那个，特殊点就来了，特殊点倒不在于意见不一致，而在于这些证人，无论是意大利人、英国人、西班牙人、荷兰人、法国人，一形容到那个声音，人人都肯定不是他们本国人的声音。人人都说是外国人的声音。没一个把这声音比作他通晓的任何国家的语言——恰恰相反，荷兰人硬说是法国人的声音，可是在他的供词里却说：'不懂法国话，证人是通过翻译受讯的。'法国人认为是西班牙人的声音，'要是他懂西班牙话，就听得懂几个字眼。'意大利人却以为是俄国人的声音，但'从未跟俄国人谈过话'。英国人认为这是德国人的声音，但'并不懂得德国话'。西班牙人'肯定'这是英国人的声音，可是他完全'根据说话腔调判断的'，'因为他一点英国话都不懂。'此外，还有一个法国人跟头一个法国人说法又不同，他肯定那是意大利人的声音，可是并不通晓那种语言，就像那个西班牙人一样，'根据说话腔调'。瞧，当时那声音真是多么稀奇啊，看这种供词，能够证实那是哪种声音呢！——这种声调，连欧洲五大区域的公民都没听惯！你会说那大概是亚洲人的声音？——是非洲人的声音吧？在巴黎，亚洲人可没几个，非洲人也数得清。不过，先不去否定这种推论，现在只提出三点，请你注意。没一个证人提到他听得出什么字——像什么字眼的声音。一个证人说这声音'与其说是尖声尖气，不如说是刺耳'。还有两个证人说是'又快又乱'。

我不知道你听了我这番话，心里有什么想法没有。不瞒你说，就凭供词上谈到粗声粗气和尖声尖气的这一部分，便可以做出合理的推论，这种推论完全足以令人产生疑问。根据这个疑问顺藤摸瓜，就可以进一步调查这件疑案。我刚才说'合理的推论'，可我的意思并没全部表达出来。我原想说这种推论是唯一合适的推论，这种推论的唯一结果必然产生疑问。不过是什么疑问暂时不说。只要你记住，我心里这个疑团完全有根据，足以使我在搜查那间寝室时，对搜查方式和大致目标心里有个谱。

现在咱们就算到那间寝室去了吧，先找什么呢？凶手逃走的方法。列士巴奈太太母女俩不会给妖怪杀害，咱们俩谁都不信不可思议的怪事，这是不消说的。行凶的是个有血有肉的，逃走时也不能化为一缕轻烟。那么怎么逃走的呢？幸亏这问题只有一种推论的方式，咱们把凶手可能采取的逃走方法一一加以研究吧。靠这种方式一定能得到个明确的判断。大伙上楼的当儿，凶手明明就在发现列士巴奈小姐尸体的房里，至少可以说是在隔壁房里。因此只要在这两间房里找到出口就行了。警察已经把四处的地板、天花板和砖墙全都查看得一清二楚，没什么秘密出口逃得过他们的法眼。可是，我信不过他们的眼力，亲自查了一下。查过了，果然没有秘密出口，通过道的两扇房门全都锁得严严密密，钥匙也都插在里面。回头去看看烟囱吧，这些烟囱虽然都跟普通烟囱一样宽，离开炉边有八九尺高，可是从头到尾连只大猫的身子都容不下。以上说的两个地方，既然都绝对不可能作为逃走的出路，那就只好从窗子着手了。从前房窗口逃走肯定会被街上一伙人看见。因此，我可以断定凶手一定是从后房窗口逃跑的。

好了，既然得出了这么明显的结论，那么，作为推论的人，就不能因为看来不通而予以否定。咱们只有去证明这些看来'不通'的理由实际上是通的。寝室里有两扇窗子。一扇窗子没给家具堵住，完全看得见。另一扇窗子的下半扇，给笨重的床架一头紧紧抵住，遮得看不见。没遮住的那扇窗子里面是紧紧闩住的，就是使尽浑身力气也休想拉得动。左面窗框上钻了个大钉眼，钉眼里钉着一枚挺结实的钉子，快钉到头了。再看另一扇窗子，也有同样一枚钉子，同样钉着，哪怕用尽九牛二虎之力，也休想拉得开这扇窗。警察看了，就完全相信出路不在这两个窗口上。因此，他们认为拔掉钉子，打开窗子是多此一举。

我进行的调查比较严格，而这样做的理由就是刚才所说的——因为我知道，凡是看来不通的事物，证明的结果实际上未必如此。我就这样着手琢磨了——从结果推溯原因。凶手准是从这两扇窗子的一扇逃走的。就算这样，凶手出去了可没法再从里边挂上窗框，要知道大家看见的窗框就是闩着的——这事非常明显，警察才不在这方面追根究底。可是窗框是闩紧的，那么，一定能够自动闩上。这个结论绝对错不了，我走到那个没堵上的窗口，花了番手脚才拔去钉子，打算把窗框推上。不出我所料，果然是怎么推都推不上。我这才知道，准是暗处装着一道弹簧，我的想法证实了。就此相信不管这钉子的情况看来依然多么玄妙，我的前提至少是对的。仔细找了一下，马上就找出这个机关来了。我一按，心里对这个发现挺满意，就忍住了，没去推上窗框。

当下重新放好钉子，留神打量一通。一个人跳出这个窗子，窗子会重新关上，弹簧也会碰上，可是钉子不会重新钉好。这个结论很清楚，我的侦查范围就此缩小了。凶手一定从另一个窗子逃走。两个窗子的弹簧大概是相同的，假定这样的话，钉子上一定有个不同的地方，至少钉法上不同。踏上床架的棚子，我探出头，仔细朝床头后面另一个窗子端详一番。伸手到床头后面一摸，一下子就摸到弹簧，一按，果真不出所料，就跟那扇窗子一模一样。于是看看钉子。正跟另一枚钉子一样结实，而且分明是一样钉法，也快钉到了头。

你会说我这样想肯定是弄错了归纳法的道理。套用一句运动界的行话，我可是'百发百中'。线索始终没断过，任何一个环节都没脱掉。我已经追到这个秘密的底了——就是钉子。我刚说过，外表上看来，这钉子跟另一扇窗子上的钉子丝毫不差，尽管看起来这是真凭实据，可是眼看线索马上就要解开，比起来，这凭据根本毫无价值了。我就想'这钉子一定有什么不对头的地方。'伸手一摸，手指头就摸出了钉头，外加二三分长的钉身。钉身的其他部分还在钉眼里，就是在那儿断掉的。断口是老的，因为边上全生了锈，分明是锤子锤断的，一锤就将钉头多少锤进下边窗框的顶上。当下我就把针头重新放在刚才取出的缺口里，果然活像一枚钉子———一点缝都看不出。按了下弹簧，我轻轻把窗框推上去时，钉头还牢牢嵌在窗框的钉眼里，一齐推上去了。我关上窗，钉子又成了整整一枚了。凶手是从床头上那扇窗子逃掉的。凶手一逃，窗子就自动关上了，或者是凶手故意关上的也说不定，窗子也就给弹簧挂上了，警察把弹簧的那股力错当作钉子的力——就此认为不必再追究了。说到这儿，闷葫芦总算打破了。

第二个问题要研究的就是逃下去的方式。这一点，我跟你绕着屋子兜了一圈，就胸有成竹了。隔开那扇窗子五尺半左右的地方，有根避雷针。谁也没法从这根避雷针上够着窗口，别说是跳进窗里了。可是我看到四楼的百叶窗是特别的一种，巴黎的木匠师傅称作'铁格窗'——这种款式目前很少来用，在里昂和波尔多某些古老的府邸上，倒还时常看得见。样子像普通的门，是单扇，不是双扇，只是下半扇是格子窗，或者铸成镂空铁栏，这就可以给人当作绝妙的把手。列士巴奈太太家的百叶窗足足有三尺半宽。咱们当时从房子后面望上去，看到两扇百叶窗全都半开半闭——就是说，百叶窗跟墙面恰正成个直角。警察大概也像我一样，查过那幢楼房的后面。要是检查过的话，不会不看这两扇铁格窗的宽度，但他们没看出窗子有这么宽，就算看到了，反正也没当作一回事。其实，他们既然深信这地方不能当作逃走的出路，自然在这儿就检查得马马虎虎了。可是，我看清楚了，床头窗口那扇百叶窗如果完全推开到挨着墙，离窗外还不到两尺呢。还有一点也很清楚，只有身手异常矫捷，胆大包天，浑身使劲，才可能从避雷针爬进窗里。

现在，我们假定这扇百叶窗完全敞开，只有二尺半的距离，强盗大可以紧紧抓住百叶窗上的铁格，然后松开避雷针，两脚牢牢顶住墙，大胆从上面纵身一跳，他就可以把百叶窗顺势一推关上了。如果假定当时开着窗，连他的人都可以趁势跳进屋里。希望你特别记住一点，刚才说过，要干那么危险，那么困难的绝技，必须身手异常矫捷，才能马到成功。我的用意，首先就是让你知道，跳窗这件事可能办得到。其次，也是主要一点，请你记住，必须具有特别灵活的身手，简直是不可思议的身手，才跳得成。不消说，你会用上一句法律词儿说'把事实证明一下'，我与其强调充分估计凶手跳窗必须具备的矫捷身手，倒不如低估一些的好。这在法律上也许用得上，在推论上却行不通。眼前的用意，就是要你把我刚才说的联想一下：异常矫捷的身手和那种特别尖锐或者刺耳的喊声，乱七八糟的声音，那声音是哪国口音，可没有一个人说的相同，而且发些什么音也听不清。我最终目的只是搞清事实真相。"

听了这番话，我心里一下子似懂非懂的，隐约懂得了杜宾的意思。似乎快要领会了，却又无法理会，恰如有时候，人们心里快要回想起来，到头来偏偏又记不起一样。我朋友接着又大发宏论。

"不说你也明白，我已经把话题从溜出去的方式扯到溜进来的方式了。"他说道，"我的用意无非提醒你，出去进来都用同一方式，都在同一地方。现在回过头来讲讲室内情况吧。看看这儿的现象吧。五斗橱的抽屉，据说给人搜查过，可里头还有不少衣物。因此这种结论实在荒唐。这不过是个猜测——非常愚蠢的猜测——仅此而已。怎么知道抽屉里发现的这些东西不是完整无缺的呢？列士巴奈太太母女过着与世隔绝的生活——没看见有什么人来往——难得出门——用不着好多替换衣服。抽屉里的这些衣物，至少是母女俩手头所有的最好衣物。要是有贼偷走什么的话，干吗不偷最好的？干吗不全偷走？一句话，干吗不拿四千法郎的金币，反而拿衣服添麻烦呢？金币没拿走，银行老板米尼亚尔先生说的那笔钱，几乎原封不动放在地板上两个袋子里。

警察单凭一部分供词说把钱送到门口这一点，就对谋杀的动机产生错误看法，希望你心里可别存这种看法。送去一笔款子，不到三天，收款人就遭谋杀，像这种巧合的事，人生中随时随地都碰得到，而且蹊跷何止于十倍，可又何尝有人注意过呢。一般说来，巧合的事是思想家之流的绊脚石，凭他们的那种学问，可不懂得或然性的理论——要知道人类科学研究的重大课题取得极为辉煌的成就，应当归功于这种理论。在目前这件事上，要是金币丢了，那么三天前送款子的事，就不仅仅是巧合了。那一来，倒证实了关于动机的看法了。不过，根据本案的实际情况，要假定这个暴行的动机是为了钱，那势必认为凶手是三心二意的白痴，竟然现成金币不拿，而且连原来的动机也忘了。

现在可别忘了我提请你注意的几点——特别的声音，异常矫健的身手，以及那样惨无人道的离奇凶杀案竟然毫无动机——咱们回过头来看看凶杀的惨状吧。普通凶手可不用这种杀人方式，尤其不用这种方法藏尸灭迹。房里这个女人给人用手扼死，然后给人倒栽葱塞进烟囱里。照尸首给塞进烟囱的情况看来，你就会承认那里头有点离奇古怪——一般看来，人们绝不会做出这种事，哪怕凶手是最最狠毒的人。你再想想看，把尸体硬塞进这么狭窄的洞里，几个人一齐使尽力气都拖不下来，那股子劲该有多猛啊！好了，回过头再看看凶手使出那股神力的其他形迹吧。壁炉上有几大把花白的头发，这是连根拔起来的。你总也知道，哪怕从头上一把拔下二三十根头发，都得使出好大的力气。你我都看到那几把发丝，发根上还连皮带肉呢，真叫人看得心里发毛——由此可见那份力气大得要命，说不定一气儿拔得下五十万根头发呢。老太太不单喉管给割开，而且脑袋完全跟身体分了家——凶器不过是把剃刀罢了。我希望你对这些兽性般残酷的罪行也注意一下。至于列士巴奈太太身上的瘀伤，迪马先生和他那位可敬的助手艾蒂安先生，全声明这些伤痕是钝器所伤，这两位先生在这方面说得很对，我暂且不说什么。钝器明明就是院子里铺的石头，被害人就是从床头那扇窗里给扔下来的。这个看法现在看来尽管简单，警察却忽略了，忽略的原因正和他们忽略百叶窗的宽度一样——因为那两枚钉子的关系，他们的脑子就给堵死了，想不到窗子可能打开过。

现在，除了以上说的这些情况之外，你再好好回顾一下室内异常凌乱的情况，就有利于咱们综合这几点。惊人的矫捷身手，超人的力气，残酷的兽性，毫无动机的惨杀，完全违反人道的恐怖行径，在不少国籍的人耳朵里，听来都像外国口音的声音，而且没有清楚明了的音节。请问你得出什么结论来呢？听了我这番话，你心里有没有什么念头？"

听到杜宾问我这话，我顿时浑身发毛，说道："这是疯子干的勾当，是附近疗养院里逃出来的武疯干的。"

"你的看法倒也有些道理，但疯子即使神经病大大发作，声音跟楼梯上听到的那种怪声也根本不一样。"他答道。"疯子总有个国籍吧，尽管说的话前言不对后语，可是发音总首尾一贯吧。再说，疯子的毛发也不是像我现在手里捏着的这种。这一小撮毛，我是从列士巴奈太太捏紧的手指缝里拉出来的。你倒说说这是什么？"

"杜宾！"我吓得浑身一点气力都没有了，说道。"这毛真是非常少见——这不是人的毛发啊。"

"我也没说是啊，"他道，"不过，在没肯定这点之前，我要你看看描在这张纸上的一小幅草图。这张画画的就是一部分供词所说的列士巴奈小姐喉部有'深黑的瘀伤和深深的指甲印'，另外，迪马先生和艾蒂安先生的供词里，却说是'几块青痕，显然是指痕'。"

"你就会看出，"杜宾接着说道，一边把那张纸摊在我们面前的桌上，"这张草图说明扼得多么有力，多么牢固，一点都看不出松过手。个个指头都保持原来狠狠嵌在肉里的样子，可能是扼到死者断气才放手的。你倒试试看，把手指头同时放在这几个指印上。"

我试了一下，可是不成。

"这样试验可能不够好，"他说道。"纸头摊成了平面，可是人的脖子是圆筒形。这儿有根木柴，跟死者的脖子差不多粗细，把这张草图包在上面，再试试看。"

我照做了，可是这回显然比上回更加费劲。我道："这不是人手的指印。"

杜宾答道："那就看看法国动物学家和古生物学家居维易的这节文章吧。"这是一段有关东印度群岛的茶色大猩猩的详细解剖和一般描写，这种哺乳类动物体格魁伟人尽皆知，灵活非凡，生性残酷，力大无穷，爱好模仿。我顿时明白这件恐怖透顶的血案是怎么回事了。

看完那段文章，我说；"这上面关于猩猩爪子的描写，恰恰和这张草图上的一模一样。我看除了这儿提到的猩猩之外，没其他动物的指印跟你描下的那种一样。这撮茶色毛发也跟居维易说的那种野兽的毛发一样。不过我对这件恐怖疑案的细节还是不能了解，再说人家都听见有两个人吵架的声音，其中一个确实是法国人的声音。"

"说得没错，你记得吧，那些证人几乎异口同声说这人说过一句话，说的是'天哪'。证人之一，糖果铺老板蒙塔尼说得非常对，这句话在当时的情形下听起来表示规劝和忠告。因此，我就将打破闷葫芦的希望寄托在这两个字上了。一个法国人知道这件血案，可能他跟这件血腥罪行丝毫没有关系，当然十之八九是这样。猩猩也许从他那儿逃走了，他也许追到寝室里来过，可是在当时那种混乱的情况下，他始终没法重新抓住猩猩。猩猩至今还没给抓住。我不再猜测下去了——我可没权利称作别的——因为这些猜测所依据的一点看法简直根据不足，连我自己心里都分不出是对是错，再说我也不敢妄想我的解释别人能听懂。

那么咱们就把这称作猜测，就当猜测一样谈谈吧。如果这个法国人确实像我所假定的，跟这件惨案无关，那么昨天咱们回家时，半路上我到《世界报》报馆登的这段广告，就会把他招到咱们寓所里来，这份报纸是专为航运界办的，最受水手欢迎了。"

他递给我一张报纸，我看到了这样一段广告："招领——某日清晨（即发生凶杀案当天早晨）在布伦林中，寻得婆罗洲种茶色巨型猩猩一头。据悉该猩猩系马耳他商船上一名水手所有，失主一经说明失物情况，核对无误，并偿付少许俘获资及留养费，当可领回。失主请驾临市郊圣杰曼区某某路某某号三楼洽谈。"

"你是怎么知道这个人是个水手的，"我问杜宾，"还知道他是马耳他商船上的人？"

"这我不知道，也不敢肯定。"杜宾道。"可是，这儿有一小根缎带，看缎带油腻腻的那副脏相，我可以肯定这是水手系头发用的，水手不是喜欢梳长辫子吗？再说，这缎带上打的结除了水手，没什么人会打，而且只有马耳他商船上的水手会打。我是从避雷针柱脚下捡来的，这不见得是死者的东西。我从这根缎带得出结论，认为这法国人是马耳他商船上的水手，要是说到头来，推论得不对，那么我在报上登这么段广告，也没坏处。如果错了，他也只会当我看了某些表面现象搞错了，决不耐烦来盘问我。可要是对了，我就达到目的啦。这法国人虽然跟这件人命案子无关，却知道这件案子，他见了广告，势必再三犹疑，不敢来认领猩猩。他心里会这样想：'我可没罪，我人穷，猩猩可值一大笔钱。对我这种处境的人来说，这的确是件宝贝。何必庸人自扰，因担心出事而把猩猩白白送掉呢？猩猩就在眼前，一伸手就可抓到。这是在布伦林里找到的，离开惨案现场老远老远呢。警察都束手无策，连一点线索都找不到。怎会给人疑心这勾当是头凶兽干出来的呢？就算他们追到了这头畜生，也无法证明我知道这件人命案子，也不会因为我知情，加我罪名啊。尤其是人家已经知道了我，登广告的指出我是这头野兽的原主，真不知他到底摸了我几分底。要是白白放弃值这么一大笔钱的宝贝，人家又知道是我的，岂不叫人对这头畜生起疑。要我引人注意，那可不行，要我引人注意那头畜生，也不行。我要去应这广告，把猩猩领回来好生看管，等到事过境迁就平安大吉了。"

这工夫，我们忽然听得楼梯上传来一阵脚步声。

"准备好手枪，"杜宾道，"不过没我的暗号，可别开枪，也别露馅儿。"

屋子大门原本开着，来人没按铃就走了进来，走上几级楼梯。谁知，这时竟踌躇不决了。不久听得他下了楼。杜宾赶紧奔到房门口，倒听得他上楼来了。他没再往回走，下定决心一步步走上来敲敲我们房门。

"请进来，"杜宾用又高兴又热情的声调说。

进来一个汉子。长得魁梧结实，威武有力——一看就知道是个水手，一脸天不怕地不怕的样子，给人印象不坏。他脸上给太阳晒得黝黑，倒有一大半给络腮胡子和八字胡须遮掉。手里拿着根粗粗的橡木棍，看上去身边倒没其他武器了。他笨手笨脚地鞠了个躬，用法国话跟我们道了"早安"，虽然有几分法国北部城市纳沙忒尔的口音，但仍然听得出他是巴黎人。

"请坐，朋友，"杜宾道。"想必你是来领猩猩的吧。说实话，我真是羡慕你有这样一头出色的猩猩，不消说，非常值钱。你看有几岁了？"

水手深深地吸了一大口气，看他一副神情，就知道心里一大块石头落了地，接着他有恃无恐地答道："我也说不出——至多四五岁罢了。在您这儿吗？"

"不在。我们这儿可没关猩猩的设备。在附近迪布尔街的一家马房里。明儿早晨可以去领回。你是准备来认领的吗？"

"那还用问，先生。"

"我真舍不得，"杜宾道。

"我不会让您白白受累，先生，"水手说道"我决不会昧了良心做事，我一定好好酬谢您——换句话说，只要你的要求合情合理，我都会答应。"

"好，"我朋友答道，"的确非常公平。让我想想看！——要什么呢？其实我要的酬劳只有一点。就是请你尽量把莫格尔街这件人命案子全部告诉我。"说到末尾，杜宾声调很低，而且很沉着。他就这样沉着地走到门口，锁上门，把钥匙收在口袋里。再从怀里掏出手枪，不慌不忙，放在桌上。

水手仿佛憋得透不过气来，脸上顿时涨得血红，一味在挣扎似的。他一骨碌跳起身，握紧木棍，但转眼又坐了下来，浑身直打哆嗦，脸色变得死白。他一言不发，我看了不由打心眼里同情他。

"朋友，"杜宾对他客客气气地说，"犯不着这么大惊小怪，实在犯不着。我拿君子的人格和法国人的人格向你担保，我们绝不想害你。我们对你并没安什么坏心眼。我完全知道你跟莫格尔街这件惨案没关系。可也不能否认，你跟这件案子多少有几分牵连。听了我刚才说过的话，你势必知道我在这件案子上，自有掌握材料的来路。你做梦也想不到事情能够发展到现在这样，说真的你并没犯什么罪，没有罪名。你原可以大着胆子抢一通，可你连抢劫这罪都没犯。你没什么好隐瞒的，没理由隐瞒。另一方面，就拿道义来讲吧，你也应当把知道的一切都老实交代出来。眼前有个无辜的人，为了这罪名被关在牢里，只有你能说出谁是这件案子的凶手。"

听完杜宾说出的这番话，水手才大大地定下心。只是原来那副肆无忌惮的神气一下子都没了。"老天保佑！"他匆匆缓了口气说道，"我就把这件事，尽我所知全告诉您吧。不过我并不指望您信我一半话——要是指望您相信，那才叫傻呢。不管怎样我都是没有罪的，万一要让我偿命，我也要全部说出来。"

他叙述的事情大概如下：

不久前他航行到东印度群岛，跟一伙人在婆罗洲上岸，深入内地去游览。他跟一个伙伴捉到了这头猩猩。伙伴死了，猩猩就落在他一个人手里了。归途中，猩猩野性难伏，害他费了不少劲，才终于带回巴黎，太平无事地关在家里。为了免得招惹街坊邻居向他打听，徒生麻烦，他一直谨慎地把猩猩藏着，目的就是想把猩猩卖掉。等到猩猩脚上给甲板木刺扎坏的伤口好了再说。

出人命案的那天凌晨，他跟几个水手玩了一通，回到家里，只见这头野兽待在他卧室里，原来它是从隔壁一间密室里破门闯进来的，原来还以为把它关在密室里不怕它逃走呢。猩猩拿着把剃刀，满脸肥皂泡，坐在镜子前，打算刮脸，不用说，准是从前它打密室的钥匙洞里看到主人这么做过。眼看这么凶猛的一头巨兽，手里拿着这么危险的一把凶器，又使得这么熟练，他不由吓坏了，一时不知怎么是好。他一向用鞭子压服这头猛兽，哪怕野性大大发作时也压得住，这回他又用上了鞭子。猩猩一见鞭子，顿时跳出房门朝楼下奔去，真是不巧，有扇窗子正开着，它就跳出窗子，逃到街上去了。法国水手大失所望地追了出去，这头猩猩，一手仍然捏着剃刀，不时停下脚回头看看，对追赶他的人挤眉弄眼，指手画脚，等到快追上时，才又逃跑。这时快清晨三点钟了，街上一片死寂。这样追来追去追了老半天。逃到莫格尔街后面一条胡同里，猩猩看见列士巴奈太太家四楼寝室那扇开着的窗子里有灯火，不由得留了神。它奔到屋子跟前，一眼看见避雷针，就身手异常矫捷地顺杆爬上去，百叶窗子正巧开着，靠着墙，它一把抓住百叶窗，趁势纵身一跳，跳到床头上。这一套功夫不消一分钟就要完了。猩猩一闯进房里，百叶窗就又给踢开了。

这时，水手心里又急又喜。急的是，这畜生不定在屋内会干出些什么来，真是放心不下；喜的是，这回大有希望把野兽重新抓住。因为它既然自投罗网，就不见得逃得出来，要么顺着避雷针爬下来，只要下来就可以截住。这样一想，他就照旧紧追不放。要爬上避雷针倒不难，尤其对一个水手来说更不在话下。可是刚爬到齐着窗口，窗子离开他还有一大截路，就爬不进去了，至多只能探出头去看看屋内的情形。这一看差点没把他的魂吓掉，失手摔下来。就在这时，半夜里传来凄厉的呼叫，惊醒了莫格尔街居民的好梦。列士巴奈太太母女，身穿睡衣，看来正在整理上文提到过的铁箱里的信件。这口铁箱原先就已推到房间当中，打开着，里头的东西全散在地上。被害人准是背对着窗口坐着，从那头野兽闯进房里，到传出喊声这段时间来看，她们大概没马上看见它，一定把百叶窗啪啪的响当作是风刮的呢。

水手朝里看时，这头巨兽正揪住列士巴奈太太的头发（她刚梳过头，头发全披散开来），它模仿理发师，挥着剃刀，在她脸上乱刮。女儿倒在地上，一动不动。她早就昏倒了。这时，老太太又喊又叫，拼命挣扎，她的头发给揪了下来，猩猩原来大概没存恶意，这一来就勃然大怒，顿起杀心。猩猩那条铁臂使劲一挥，差点没把脑袋割下来。猩猩一见血，恰如火上浇油，益发狠了。只见它咬牙切齿，两眼杀气腾腾，扑到那姑娘身上，伸出可怕的爪子，扼住脖子，扼得她咽了气才松手。这当儿，它眼睛骨碌碌地乱转，凑巧看到床头外边主人那副吓坏了的脸色，心里准没忘了催命鞭的滋味，顿时不再发火，反而害怕起来。自知难逃一打，就一味想掩盖犯下的血腥罪行，紧张不安地在房里跳来跳去。碰到什么家具，就一把掀翻砸烂，还拖开床垫。临了，先抓起小姐的尸体，塞在事后发现尸体的那烟囱里，再马上拉起老太太的尸体，从窗口一头扔下去。猩猩拖着遍体鳞伤的尸首走到窗口，水手就吓得缩了回去，连爬都爬不动，只得顺势滑下去，赶紧回家。惊恐之下，巴不得把这头猩猩的命运置之度外。生怕这件惨案闹穿，害他受罪。大家在楼梯听见的话，就是那法国人吓得失声叫出来的，当中还夹杂着那野兽鬼哭狼嚎般的吱吱叫。我要交代的就这些了。猩猩一定是大家破门过去前，顺着避雷针逃出房的。它跳出窗口时准把窗子碰上了。

后来，猩猩给失主亲自抓到，卖给植物园，得了一大笔钱。我们到警察厅长的官衙里报告了事实真相。杜宾另外穿插一些意见，勒·本才当场开释了。厅长大人尽管对我朋友有些好感，可是眼看疑案破获，掩饰不住心头羞惭，只好冷言冷语刺了一两句，聊以自慰，说什么不该狗拿耗子，多管闲事。

"让他说去吧，不让他发发宏论，他怎么会安生呢，"杜宾认为犯不着搭腔。"我将他折服，就称心了。话说回来，这件疑案他破不了，根本不像他想得那样是值得奇怪的事。因为老实说，我们这位朋友——警察厅长尽管老奸巨猾，却欠缺深谋远虑。可以说他是有智无谋。只有头，没有身体，跟拉浮娜女神的像一样——顶多只有头和肩膀，像条鳘鱼。但到底不失是个机灵鬼。那套油滑手段特别叫我喜欢，他就是靠那套功夫以智囊闻名于世。我意思是说他只会'否认事实，强词夺理'。"

2. 玛丽·罗杰奇案

（1）香水女郎

一般来说，有头脑的人都不会相信世界上有巧合的事，但事实上巧合是存在于世界上的，而且这种巧合能使最有头脑的人也为之震惊，从而对超自然的存在拍案叫绝。人们这种半信半疑心态只有靠"偶然性"

或者"或然率微积分学"推证，才能扫除。至于这种微积分学，其实是一种纯数学，在此我们把最严谨的科学方法用于思维，来分析最难解释的幻影与幽灵现象。我应大家要求将公布于此的奇案，按照时间顺序，一条主线贯穿于一连串不可思议的"巧合"中。而它的另一条线，则是最近发生在纽约的"玛丽·罗杰凶杀奇案"。

一年前，我曾在《莫格尔街凶杀案》一文中讲述了我的朋友杜宾是如何善于分析，聪慧过人，当时我没想到以后还会再写他的破案故事。然而，最近发生的惊人事件使我不得不再次将其付诸纸笔。由于我近来听到了种种事情，如果我仍对以前耳闻目睹保持沉默，那反倒不合常情了。杜宾侦破莫格尔街凶杀案后，立刻将其抛诸脑后，又恢复了过去那种沉思冥想的老习惯。他整天茫然出神，我与他臭味相投。虽然我们仍住在圣杰曼区的房子里，将身边的平凡世界编织成梦幻，但我们梦幻般的生活已经被打扰。

由于杜宾在莫格尔街凶杀案中的出色表现，杜宾之名变得家喻户晓，巴黎警察局也对他刮目相看。他从没向警察局长说过，他解开那桩谜案的方法其实极为简单。除了我之外，可以说谁也不知道。这样一来，难怪大家都觉得那是奇迹一桩，认为他的分析能力之所以高，是因为有超人的直觉。杜宾诚实坦白，本可以把事情讲明，但生性懒散，事过之后就兴趣顿失，懒得旧事重提。因此他在警方眼中成了热门人物，巴黎警察局有不少案子想请他帮忙。其中最重要的一起便是一个名叫玛丽·罗杰的少女被杀的案子。

这件案子发生在莫格尔街凶杀案两年之后。玛丽·罗杰是寡妇爱丝黛·罗杰的独生女。她幼年丧父，自父亲死后，母女俩一直住在圣安德烈街。母女俩相依为命，经营一家家庭客店。姑娘成年后出落得仪态万千，楚楚动人，22岁时，她的美貌引起了一个名叫拿布兰克的香水商的注意。拿布兰克先生在皇宫街地下室开店，顾客是那一带的投机商。拿布兰克先生非常清楚，让漂亮的玛丽替他卖香水，生意肯定兴隆。于是他重金相聘，虽然母亲不大愿意，但是玛丽却欣然接受了。

果然不出香水店老板所料，金发女郎的美貌使他的店铺名声大噪。在店里干了一年多之后，有一天金发女郎忽然失踪，弄得那帮给她捧场的老主顾困惑慌张。拿布兰克先生也说不清楚她去了哪里，罗杰太太急得六神无主。报界立刻将此事大肆渲染，警方也准备立案调查。可是在一个风和日丽的早上，失踪了一个星期的玛丽忽然又回到香水店站柜台。她身体健康无恙，只是稍带愁容。拿布兰克先生同以前一样，什么都一问三不知。当然了，除了亲友的问安外，谁来询问她都一概不答。而玛丽和她母亲的口径都是，她在乡下亲戚家住了一个星期。于是事情平息下来，渐渐被人淡忘。

而姑娘为了摆脱流言和大家对她的好奇，不久后提出辞职，回到圣安德烈街她母亲那里去了。回家后大约过了五个月，姑娘忽然再度失踪，这不禁再次引起亲友们的一阵惊慌。三天当中她杳无音讯，第四天有人发现她的尸体漂在塞纳河上，就在圣安德烈街那一区对面的岸边，距离僻静圆木门一带的荒郊不太远。

很显然，这是一起谋杀案。由于受害人年轻美貌，由于此案的残暴性质，特别是她以前的名气，敏感的巴黎人不禁对此案十分感兴趣。我真想不起来有哪件类似的事情曾产生过如此广泛的强烈影响，人们一连好几个星期都谈论着这个热门话题。

警察局对此案也特别卖力。警方认为凶手不会逃得很远，因为一发现尸体警方就开始了侦破，巴黎的全部警力当然发挥到最大的程度。可一个星期过去了，凶手仍逍遥法外。这时警方认为有必要悬赏通缉，赏金是 1000 法郎。与此同时，漫天撒网的调查仍在如火如荼地进行，警方毫无目标地传讯证人。由于此案没有线索，公众反而变得愈发好奇了。过了十天，有人建议应将奖金加倍。两个星期过去了，案情仍毫无进展。于是，巴黎人对警方固有的成见，便通过几次骚动发泄出来。

警察局长见状亲自宣布，"擒得凶手者，赏金 2 万法郎"，或者，如果凶手不止一人，则"每擒一名凶手，赏金 2 万法郎"。同时还宣布，同谋犯若出面检举，可获全赦。公告正文以外，还附有一个市民委员会的私人悬赏，说：除警方的悬赏外，该委员会另赏 1 万法郎。这样一来，全部赏金至少已是 3 万法郎了。这姑娘本是一个平民，能够得到如此高的赏金算是很不寻常了。

（2）围绕尸体

人们一直认为这起谋杀案会马上被侦破。案子看上去也确有希望，因为警方也逮捕了几名嫌疑犯。但审讯之后，发现所捕者均与此案无关，只好予以释放。说来也怪，案发三个星期后侦破工作仍一筹莫展，弄得谣言四起，事情也传到了我和杜宾的耳朵里。我俩当时差不多一个月没怎么出门，报纸也很少看，还是警察局长首先把这起凶杀案告诉我们的。

7 月 13 号下午，警察局长登门造访，一直和我们谈到深夜。为了将凶犯绳之以法，他已使出浑身解数，但终告失败，因此颇为气愤。他带着巴黎人特有的神气说，此事关系到他本人荣誉，公众都在看他，只要能解开疑案，任何代价他都在所不惜。他最后说对杜宾的"杰出才能"敬佩之至，以半开玩笑的口气恭维了杜宾一番，并提出一笔优厚的酬金。我的朋友没有接受局长的恭维话，却欣然接受了酬金条件，虽然要到破案之后方可兑现。条件谈妥，局长立刻言归正传，解释了自己的看法，并发表冗长评论，好不有板有眼。杜宾稳坐在他常坐的那把靠背椅里，一副洗耳恭听的模样。他始终戴着一副墨镜，在局长长达七八个钟头的大侃之中，杜宾偶尔顺着墨镜底下往外瞟上一眼，从他的目光不难看出，他这一觉睡得非常甜。

第二天早上，我到各家报社，将所有刊载此案的报纸各取一份，又去警察局调出全部证词的详细笔录。剔除掉那些不真实的消息后，这批资料的内容是这样的：

18××年6月22日星期日，玛丽·罗杰在上午9点钟离开圣安德烈街她母亲的住所。出门时，她与一个名叫雅克·圣尤斯达西的先生打了个招呼，说她要到德罗姆街的姑妈家待一天。德罗姆街是一条人口稠密、又短又窄的街道，离塞纳河不远，从罗杰太太家去那里，抄近路只有两英里。圣尤斯达西是罗杰太太家庭客户的房客，也是玛丽的男友。他说好晚上去接玛丽，陪她回家。可那天下午下起大雨，他认为玛丽可能会在姑妈家住一宿，所以没如约去接。晚上，体弱多病、年逾七十的罗杰太太念叨说她恐怕"再也见不到玛丽了"。不过当时她这句话并没有引起人们注意。一天过去，仍无她的音讯，于是大家各处寻找。到了星期一，才知道姑娘根本没去德罗姆街。到她失踪的第四天，才有了她的确切下落。那天也就是 6 月 25 日星期三，一个名叫博韦的先生同一个朋友，一起去圣安德烈区河对岸的圆木门一带寻找玛丽，在圆木门他们听说塞纳河上渔夫发现水中漂着个女尸。拖到河边，博韦先生和他的朋友一看尸体，第一眼就将死者认出，认定这是"香水女郎"。

溺死者大都口吐白沫，可这个死者脸上没有白沫。死者的脸上满是污血，有些血是从嘴里流出来的。死者的皮肉尚未变色，喉部有青紫印记和指甲痕。双臂弯于胸前，已经僵硬。右手紧握成拳，左手半张。左腕有两圈擦伤，显系绳索勒系所致。右腕亦有部分擦伤，背部满是伤痕，以肩胛骨一带最为严重。渔夫们是用绳子将尸体捆住拖上岸的，但并没有因此而造成擦伤。死者的脖子肿得很厉害，未见刀口，亦未见任何硬伤。她的颈部紧勒着一条花边带子，带子已勒入肉中，几乎看不见，在右耳下方打了一个死扣。死者的衣服很零乱，被撕破过。法医检查后认定死者已不是处女，曾遭暴力奸污。外衣上有一道 30 公分宽的口子，从臀部往上撕到腰间，不过没有撕断。这条布在腰间绕了三圈，在背后打了个扣结系住。外衣下面的衬衣为麻纱质地，撕了一道半米长口子，撕得非常均匀，看来撕的时候很小心。撕下的那一条，松松地绕在她的脖子上，打着一个死结。这条麻纱和那条花边带子之间拴着一根帽带，帽带上连着一顶无边女帽。帽带打的不是女人们通常打的那种结扣，而是水手常打的滑结。尸体被发现时状况完好，所以很容易就被亲友认出了。

认尸之后，尸体就在岸边不远的地方草草埋掉了，并没有按惯例送至停尸所，因为这样做已是多余。博韦没有声张，尽量将此事掩盖起来，直到好几天后，公众才有所知晓。但是，一家周报把这件事宣扬开来，于是警方将尸体挖出，重新检验。结果，除了上述情况外什么也没验出。警方把衣服拿给死者的母亲和朋友们看，他们都证实说姑娘出门时就是穿的这样的衣服。

这时，公众的好奇心已经越来越大。警方逮捕了几个嫌疑犯，又全部放掉了。圣尤斯达西特别受到怀疑。一开始他说不清楚玛丽出门那天他在什么地方，后来又交给警察局一份总结书，把那天每个钟头干什么都列得详详细细。时间一天天过去，案情仍无进展，于是无数相互矛盾的谣言迅速传开，新闻记者们也忙于推测分析。

在这些推测分析中，最引人注意的是认为玛丽·罗杰仍然活着——河中捞到的尸体是另外一个不幸者。

我不妨把这些推测摘录给读者，以下内容就是从一家名叫《星报》的报纸上摘录下来的：

18××年6月22日星期天早晨，罗杰小姐离开母亲家，说是到德罗姆街去看姑妈或别的亲戚。从此以后，她踪迹全无，再没有人见过她了。到目前为止，尚无人声明在她离开母亲后还见到过她。我们没有证据说6月22日星期天上午9点钟以后，玛丽·罗杰仍在人世，不过我们却有证据可以说，直到那天上午9

点钟她还活着。星期三中午 12 点，圆木门附近的河岸处漂浮一具女尸。如果假设玛丽·罗杰离开母亲家三小时即被人抛入河中，那么从她离家到尸体出现，也只有三天——三天还差一个小时。但是如果玛丽果真惨遭杀身之祸，那么认为凶手动手很早，得以在午夜前将尸首抛入河中，是讲不通的。杀人犯通常选择月黑风高行凶，不会在光天化日动手。推而论之，如果河中女尸确系玛丽·罗杰，那么死尸在水中也只泡了两天半，顶多不过三天。然而溺水者或暴力致死后立即抛入水中的尸体，经验证明需要六至十天才会严重腐烂而浮出水面。即使用一门大炮轰击一具浸在水中不足五六天的尸体，强迫使其浮出，事过之后，它也会重新沉下。因此我们不禁要问，在此案中，是什么力量使尸体违反自然规律，提前浮出水面的呢？如果死者遇害，尸体一直放在岸边，一直放到星期二晚上才扔下水，那么在岸上就可以发现凶手的痕迹。此外，即使是人死两天后扔下水，尸体也未必那么快就浮上来。何况，如果是凶杀案，杀人凶手也太蠢了吧，在当时系重物本是一件举手之劳的事，而凶手抛尸时居然不系重物。

编辑进而推论说，尸体泡在水中一定不止三天，至少 15 天，因为尸体已经严重腐烂，连博韦都辨不出了。接下去他的笔锋一转，开始对博韦发难，文章如下：

他一撕开衣袖，就说发现记号，证明死者是玛丽。那么，博韦先生根据什么事实确信那就是玛丽·罗杰的尸体呢？大家普遍认为，他所说的"记号"一定是疤痕之类的东西。其实他只摸了摸死者的胳膊，摸到了上面的汗毛——这也有点太玄了。博韦先生当天晚上没有回来，7点钟才捎话给罗杰太太，她女儿案子仍在调查之中。退一步说，罗杰太太上了年纪，悲伤过度，无法亲临现场，当尸体辨明是玛丽时，也总该有个亲朋好友去现场了解一下验尸情况，可是竟没人出这个头。圣安德烈街好像什么事都没发生一样，就连寓居在罗杰太太家的房客都一点消息也没听到，玛丽的未婚夫圣尤斯达西先生也是房客之一，他供称，直到第二天早上博韦先生到他房里，他才知道找到了尸体。

我们惊讶的是，如此一件人命关天的大事，大家竟这样淡漠视之，太不可思议了。这家报纸刻意描述玛丽亲友那种无动于衷的态度，暗示他们并不真认为尸体是玛丽的。文章寓意不言自明：因有人指责玛丽失贞，于是玛丽便在亲友的帮助下，离开本市前往他处。塞纳河捞出的女尸有点像玛丽，于是亲友便借此机会，使公众相信她死了。不过《星报》未免结论下得过早。事实上，亲友们对玛丽的死并不那么冷淡。老太太本已身体极弱，加上这么一刺激，当然无法前往现场。而圣尤斯达西呢，他因为悲痛欲绝而激动异常，甚至神志昏乱，博韦只好找来一位亲友照顾他，并严禁他去参加开棺验尸。

此外，《星报》说死者家属拒绝私人赠送的购置坟墓的厚礼，说重新下葬是公家花的钱，说没有一名死者亲人参加葬礼，可这些说法全部被事实推翻。后来，《星报》又撰文，企图将脏水泼到博韦身上去，该文说：现在此案又发生了新变化，据说，有一位B太太去罗太太家，正赶上博韦先生要出门。博韦先生对B太太说，过会儿有个警察来。他嘱咐B太太，对警察什么也不要说，等回来后由他来说。由此可见，博韦先生显然知道些不为人知的情况。没有博韦先生，案子就一筹莫展，不管你从哪里下手，都要先联系博韦先生。出于某种原因，他决心自己独揽此案进程，不容别人插手。文中又举了一例，使博韦先生显得更加可疑。姑娘失踪前几天，有人造访博韦先生办公室，恰好博韦先生不在。此人发现房门的锁孔上插着一朵玫瑰花，旁边还挂着一个小留言牌，上书"玛丽"二字。据某位当事人说，他巧妙地将死者的男性亲属挤出此案调查。看来他极为反对家属查看尸体。

到目前为止，我们从各报得到的资料内容是，玛丽为一帮流氓所害，他们把她劫过河去，糟蹋了她，然后杀死了她。然而，颇有影响的《商报》却竭力反对这一看法，我在此引述几段它的文章：

我们认为侦查工作已误入歧途，因为侦查目标始终是河对岸的圆木门荒郊。玛丽是一个大众认识的女子，不论是谁，只要是看到她，就会记住她，因为每个认识她的人都对她感兴趣。她离家出门，正是街上人多的时候。所以如果她走过三个街区，就不会没人看到她。……若是她跑到圆木门或德罗姆街，一路至少有十几个人认出她来。但是，至今尚无人报告说她出门后见过她，而且除了有关人士提供的"他说她要出门"的证词外，再没有一样证据证明她确实外出了。尸体的确是在圆木门一带的水面上发现的，但这并不足以证明凶手是在那里弃尸的。她的衣服被撕破，缠在身上，又打了结，这样一来，尸体就成了一个可以拎提的包裹。如果凶杀地点确实发生在圆木门荒郊，凶手就不必这样做了。……凶手将这个可怜姑娘的裙子撕下 70 公分长、30 公分宽的一条，绑到她的下巴底下，绕到脑袋后面，可能是为了防止她喊叫。由此看来，凶手是没有带手帕的。

但是，就在警察局长拜访我们之前的一两天，警察局得到的一则重要情报，可以将《商报》的主要论点推翻。德吕克太太的两个小男孩在树林玩耍时，偶然走进了密林深处一处有脚凳的座位，发现状似靠背的石头上有一条白裙子，状似座位的石头上则放着一条丝围巾。地上有践踏的痕迹，矮树枝条折断了，肯定是搏斗所致。在密林与河流之间，人们还发现一处被弄倒的篱笆，根据地面的状况可以看出，有人拖着重物打此经过。

名叫《太阳报》的一家周报，对这一发现作了如下评论：

这些物品在那里至少三四个星期了，都已因雨发霉，板结成硬硬的霉块。有几件物品的周围长了草，甚至物品上也生了草；阳伞是折叠式的，上部已发霉腐烂，一撑开就破。阳伞的绸面质地结实，里面的丝线却缠在一起。……被矮树丛扯下来的布条均为 10 公分宽 20 来公分长。有一条是上衣的衣襟，缝补过。还有一条是从裙子上撕下来的。它们挂在离地一尺来高的荆棘上，像是扯碎的布条条。……因此，现在可以肯定地说，凶手现场已被找到。

　　紧接着这个重大发现之后，又出现了新的证据，德吕克太太在离河岸不远的地方开了一个路边小酒馆，正对圆木门荒郊。一到星期天，城里的流氓们就乘船过河，来此胡闹。那一带人迹罕至，十分荒凉。德吕克太太说，在出事的那个星期天的下午3点来钟，一个年轻姑娘和一个皮肤黝黑的青年来到酒馆。他俩在这儿待了一会儿。就顺着小路往密林的方向走去。姑娘身上的衣服引起了她的注意，尤其是那条围巾。两人走后不久，就来了一群流氓。他们大吃大喝，吵吵闹闹，吃完了一抹嘴，连钱都不付就顺着那对青年男女所走的路走去，快天黑了他们才回来，匆匆地过河离去。

　　这天晚上天刚刚黑下，德吕克太太和她的大儿子听到附近有女人的尖叫声，声音凄厉短促。德昌克太太不仅认出了在密林发现的那条围巾，而且也认出了死者身上的衣服。密林中发现的物品，经玛丽的亲属辨认后，确定全部系死者之物。一个叫瓦朗斯的公共马车车夫现在也供称，出事的那个星期天，他曾看见玛丽·罗杰和一个皮肤黝黑的小伙子一起乘渡船过塞纳河。瓦朗斯认识玛丽，所以不会看错。

　　我根据杜宾的建议，从报纸中收集了许多证据和情报，除了上述内容外，还有一则极为重要。发现玛丽那些衣物后不久，又发现玛丽的未婚夫圣尤斯达西奄奄一息地躺在那被认为的凶杀现场附近。从他口中呼出的气息中可以闻出，他服了毒。他一句话没说就死掉了，在他身上找到一封信，简短地说，他深爱玛丽，所以决计自杀。他的身边有一个空瓶子，上面标有"鸦片酊"字样。

（3）真相来自细节

杜宾仔细地读完我摘录的资料之后说："不用我说你也看得出来，这个案子比莫格尔街凶杀案复杂多了。虽然此案的手段十分残酷，但它仍是一件普通的刑事犯罪。所以人们认为这个案子容易侦破。出于这一点，一开始警察局认为不必悬赏，以为局长大人的部下可以马上查明来龙去脉。他们能想象出凶杀的方式——种种方式，他们能想象出凶杀的动机——种种动机。由于这许许多多的方式和动机都是说得通的，他们便想当然地相信了其中的一种方式和动机。以假当真，以为很容易，干起来就难了。其实，也正因为如此，这个案子才真正地不容易侦破。因此，我认为，一个人若是凭着自己的智慧来探求事情的真相，那么他就应该具有超于常人的见地。在这类案子中要问的不是'发生了什么？'而是'发生的事情中有哪些是以前没发生过的？'对于头脑训练有素的人，'不同寻常的情况'正是打开成功之门的钥匙。

根据圆木门发现的尸体状况来看，有人认为死者并不是玛丽·罗杰，可是警察局悬赏捉拿的却是杀害玛丽·罗杰的凶手，其实咱们大可不必为自杀或他杀去费心。咱们同警察局长达成的协议是查出杀害玛丽·罗杰的元凶。你我都很了解局长的为人，不可对他过于相信。如果咱们从那具尸体着手查起，最后查出一个杀人凶手，却发现那具尸体其实不是玛丽的。或者，咱们假定玛丽仍然活在人世，以此作为调查入口，最后找到好端端的她。这两种情况对于咱们来说都是白费力气。因为这样一来，局长先生不会给钱了。所以，即使不是为了伸张正义，仅仅为自己着想，咱们首先要做的也必须是验明尸体的正身，看死者是否就是失踪的玛丽·罗杰。

《星报》的观点对公众舆论很有影响，这家报纸也自认为自己的观点很重要。但在我看来，那篇文章中的定论不过是作者的一片热心而已。咱们应该牢记一点：报纸的目的，一般来说并不是想探讨事情的真相和原因，而是想炮制一种观点，制造出一场轰动来。当探讨真相与制造轰动两者不相矛盾时，新闻界才愿意探讨事情的真相。一家报纸，如果只提出普普通通的看法，它不会得到大众的青睐。只有观点同普通的看法大相径庭时，才会被大众认为深刻。推理与文学颇为相似，只有发些惊人之论才会立刻受到普遍赞赏。其实，不管推理还是文学，故发惊人之论都是最低层次的东西。我说这话的意思是，《星报》声称玛丽·罗杰仍活着，是故作惊人之论，做夸大性的渲染，以哗众取宠来吸引读者。咱们且不管它一开始就表现出的先后矛盾，先来分析分析该报观点中的几个头绪。

作者的第一个目的，是要表明从玛丽失踪到发现浮尸，这中间时间很短，所以尸体不会是玛丽的。于是这位推理者故意将这段时间缩小到最低程度，一开始即臆测说："如果玛丽果真惨遭杀身之祸，那么认为凶手动手很早，得以在午夜前将尸首抛入河中，则是讲不大通的。咱们自然要问：为什么？为什么认为姑娘离家五分钟后即被杀害讲不通？为什么认为谋杀是在那天的某一时间发生的讲不通？任何时候都可以有杀人案发生。只要凶杀是在星期天早9点到晚12点之间的任何一刻，凶手就有足够的时间在午夜前将尸首抛入河中。所以，作者的这一臆测等于是这样的：凶杀案根本就不是发生在星期天。如果允许《星报》这样臆测的话，那么便无异于允许它胡猜乱测了。可以想象，撰文者的脑子在根深蒂固地这样想，'如果玛丽果真惨遭杀身之祸，那么认为凶手动手很早，得在午夜前将尸首抛入河中，则是讲不大通的。而如果同时还认为，午夜之后尸体仍未抛到河里，这也是讲不通的。'这句话虽然看起来很矛盾，但与登在报上的那句话相比，还不如报上的那句话荒谬。"

停顿了一下，杜宾继续说："假如我只想驳斥《星报》的这一观点，以上一番评论就够了，事情到此为止。然而现在的任务不是评论《星报》文章，而是查出事实真相。《星报》中的那句话表面上看只有一个意思，但它有潜台词，我们要了解作者欲说未说的那些话。作者是想说：无论凶杀案发生在星期天的何时，无论是在白天还是在夜晚，凶手都不会冒险在午夜之前将尸体弄到河边。我认为作者这种看法是不对的。作者认为，凶杀案发生在这么一个地方，凶手就必须把尸体拖到河边去。其实凶杀也可以就发生在河边，或干脆发生在河上。这样一来，就可以在那一天的任何时间，不论是白天还是晚上，抛尸入水，因为这是一种最便捷的方法。

《星报》作者认为，如果尸体是玛丽的，那么它在水中浸泡的时间就非常短暂。这样，他大大缩小了推理范围，使其适合自己需要。他接着又说：'经过证明，溺水者之尸体，或者暴力致死后立即抛入水中的尸体，需要六天至十天才会因严重腐烂而浮上水面。即使用一门大炮轰击一具浸泡在水中不足五六天的尸体，强迫其浮出，但事过之后，它又会重新沉下去。'除了《箴言报》外，巴黎的各家报纸都默认了这一观点。

而《箴言报》则极力驳斥'溺水者尸体'这一段，列举了五六个实例来说明溺水者尸体浮起不必用《星报》所说的那么长时间。不过《箴言报》想用几则特殊例子驳倒《星报》的总论点，有点不太聪明。即使它举出的不是五个例子，而是 50 个尸体两三天就浮出水面的例子，这些例子对《星报》声称的'自然规则'来说，也只能算是例外。只要承认这一'自然规则'（《箴言报》没去否定这一'规则'，只是强调有例外），《星报》的论点就依然十分有说服力。

你一定能够想到，驳倒《星报》提出的'自然规则'，就是驳倒了《星报》论点。因此，必须先讨论讨论这一规则。人的身体与塞纳河的河水比重差不多，既不比河水轻，也不比河水重。也就是说，在正常状态下，一个人身体的浮力，等于其排水量。骨小脂多者的身体，一般比骨大肉瘦者的身体比重小，女人的身体一般比男人的身体比重小。河中之水的比重有时是要受到海上涌来的潮水的影响的。不过，即使不考虑海水的因素，也还是可以说，在淡水中也极少有谁的身体会沉下去的。

落水者差不多都可以浮出水面，只要他肯把自己全部浸于水中，使身体的排水量达到浮起自身的程度。不会游泳者在水中最好采取陆地上走路时的那种直挺挺的姿势：头尽量向后仰，浸于水中，只让鼻子和嘴露出水面。这样一来，准可以毫不费力地漂浮。然而，人体的体重与其排水量很不容易保持平衡，一不小心，其中一方就会超过另一方。比如说，伸出一条胳膊，胳膊失去了水的托浮，变成了额外的重量，头也就随之沉下去了。而如果借助一块小木头的浮力，头就可以完全探出水面，四下张望。

不会游泳的人在水中挣扎时，手总是往上举，而头则总想像平常那样直伸着，结果鼻子和嘴都浸入水中。当他在水中挣扎着呼吸时，水就进入了肺里，与此同时，大量的水也进入了胃里，胃里和肺里本来都是空气，现在灌满了水，重量就发生了变化，整个身体比以前重了。一般来说，这增加的重量足以使人体沉下去。但是有一个例外的情况，那就是骨小脂多的人，他们不会沉下去，所以即使这类人淹死了，依然会浮在水面上。

尸体沉到河底之后会一直留在那里，直到一些原因导致尸体的比重变得大于水，便再次浮出水面。尸体腐烂会造成这种结果。腐烂会产生气体，气体充满了细胞组织和五脏，使全身呈现可怕的肿胀。随着气体越充越多，尸体的体积也越变越大，但重量却未增加，这样一来它的比重就比水小了，尸体便浮出水面。但是腐烂是受到各种因素影响的，有的因素使腐烂加快，有的因素使腐烂减缓。季节的冷暖、水的纯度和矿物质的含量、水的深浅和流动状况、尸体本身的体温、死者生前有无疾病，所有这些因素都会影响尸体的腐烂速度。所以，很难准确断定究竟需要多长时间尸体才会因腐烂浮出水面。有时它可能一个钟头就浮出来，有时则可能根本浮不上来。某些化学液体可以使尸体永不腐烂，二氯化汞就是其中之一。然而，除了腐烂之外，胃里的蔬菜等物发酵也会产生气体，别的脏器里可能也会由于这样那样的原因而产生气体，致使尸体因充气而浮出水面。朝尸体放一炮，只会造成一些震动，强迫尸体脱离水底松软的泥土，这时其他因素产生的效果就会使尸体浮起来。震动也会消除部分腐烂组织的黏性，使内脏在气体的作用下膨胀。现在我们弄明白了这一问题的全部道理，就可以十分方便地用它来检验《星报》的说法了。

《星报》说，'经验证明，溺水者之尸体，或者暴力致死后立即抛入水中的尸体，需要六天至十天才会因严重腐烂而浮出。'这几句话现在看来是极为矛盾和不合理的。无论是科学还是经验，都告诉我们，尸体浮出水面的时间没有定律。经验并没有证明'溺水者之尸体'需要六天至十天才会因严重腐烂而浮出水面。此外，如果用炮轰击尸体，强使它浮出水面，再不去管它，它也不会重新沉下去，除非尸体已极度腐烂，尸体里面的气体已经逸出。但是请你注意，'溺水者之尸体'和'暴力致死后立即抛入水中的尸体'，二者是有区别的。文章作者虽然也承认这种区别，但却把二者归为一类。我刚才已经说过溺水之人为什么会比水重。我也说过，一个不会游泳的人，只有当他挣扎着把胳膊伸出水面，脑袋在水下呼吸，致使水挤走了肺中的空气，他才会往下沉。但是暴力致死后立即抛入水中的尸体，却不会这样地挣扎和呼吸。因此，对于这样的尸体来说，通常的自然规则是，尸体根本不会沉下去。等到尸体极度腐烂的时候，即肉在巨大的压力下脱离了骨头的时候，我们才看不见尸体。《星报》显然忽略了这一事实。

《星报》的另一个观点是：尸体可能不是玛丽·罗杰的，现在咱们再来讨论一下这个观点。因为照它看来，刚刚过了三天，尸体怎么会浮上来呢？她是一个女人，即使是淹死的，也有可能沉不下去。即使沉下去了，也有可能在 24 小时内重新浮上来。但是并没有人认为她是淹死的。如果她是被害后才被抛下水去的，那么随时都有可能发现她漂在水面上。

《星报》又说：'如果死者遇害后，尸体一直放在岸边，一直放到星期二晚上才被扔下水，那么在岸上就可以发现凶手的痕迹了。'这句话乍看起来很难辨出推理者的用意，其实推理者是预料到别人会对他的观点提出反驳，即'尸体在岸上放了两天，迅速腐烂，比沉在水里腐烂得还要快'。他认为，如果此具尸体是这样的话，它有可能星期三就会浮出水面。他认为，只有在这种情况下，它才会漂浮。于是他赶紧指出尸体并没有放在岸上，因为，如果放在岸上的话，'那么在岸上就可以发现凶手的痕迹了'。你对这一推论一定也感到好笑，尸体放在岸上的时间长短，怎么会增加凶手的痕迹呢？你我都不明白。

这家报纸接着说：'何况，如果事情真像大家所认为的是一桩凶杀案，那么杀人凶手也太蠢了些，在当时系重物本是一件举手之劳的事，然而杀人凶手抛尸时居然不系重物'。你看，这种思维逻辑有多么混乱可笑！包括《星报》本身在内，没有一家报纸说这具尸体不是凶杀致死，因为暴力留下的痕迹太明显了。推理者的目的是想说尸体不是玛丽的，他想证明玛丽并未被杀——而不是想证明尸体的主人并未被杀。然而他的这番评论只能证明后面一条。尸体上未系重物，凶手抛尸时理应系重物，所以尸体不是凶手抛入水中的。作者只证明了这一点。他甚至没探讨死者究系何人。

《星报》不遗余力的论述，只不过是否定了它刚刚承认的事实。它说：'我们完全相信，打捞上来的这具尸体是一位被谋杀致死的女性。'这并不是这位推理者自相矛盾的唯一例子，他总是不自觉地做出有悖于自己论点的推论，我已经说过，他的目的很明显，是尽可能缩短从玛丽失踪到发现尸体这一段时间的长度。可是他却总是强调：姑娘离开母亲家后，就再没有人看到过她。他说：'我们没有证据说6月22日星期天上午9点钟以后玛丽·罗杰仍在人世。'他的观点显然是片面的，他至少应该不提这一问题。假如真有人在星期一或星期二见到过玛丽，那么时间长度就又大大缩短了，而根据他的理论，尸体是女店员的可能性也就大大减少了。

可是说来有趣，《星报》是由于充分相信这样说可以加强自己的论点，所以才坚持这样说的。咱们再读一读该报对博韦辨认尸体的看法。《星报》关于胳膊上汗毛的描写，显然是信口雌黄。博韦先生不是傻瓜，绝不会仅仅凭胳膊上的汗毛就断定死者的正身，每个人的胳膊上都有汗毛。《星报》中所说的话非常含糊笼统，这正好暴露出它在篡改证人的证词。证人一定说到了汗毛在颜色、疏密、长度等状况方面有什么特别之处。

《星报》还说：'她的脚很小。其实女人的脚都是很小的。她的吊带袜不成为任何证据，鞋子也不成为任何证据，因为吊带袜和鞋子都是市场上成批出售的。她帽子上的假花当然也属于上述情况。博韦先生坚持指出的一件事是，死者吊带袜上的吊钩是翻转过来的，往下移了一些。这其实也说明不了什么问题，因为妇女大都不在商店里试穿吊带袜，而是买一双回去，如果不合适就再将吊钩调整调整。'从这段文字中我们可以发现作者绝不是在认真推理。如果博韦先生在寻找玛丽尸体时发现一具女尸，这具女尸在体格和外貌上都与失踪的姑娘差不多，那么他不必多考虑死者的穿戴，尽可放心地认为自己已经找到了玛丽的尸体。如果除了体格和外貌相似以外，他又在尸体的胳膊上发现了特别的汗毛，与玛丽生前他所看到的汗毛一样，那么他对这一辨认的准确性就更有把握了。汗毛越具有特殊性，他的辨认准确性就越大。如果玛丽的脚小，尸体的脚也小，那么死者就是玛丽这一可能性便又增加了。不仅仅是以算术级增加的。除此之外，再加上死者的鞋子与她那天失踪时所穿的鞋子一样，那么死者是玛丽的可能性就几乎达到了无疑的地步，尽管这种鞋子有可能是'成批出售的'。

有些东西本身也许并不能作为辨尸的证据，但通过与其他证据相吻合，便可以构成确凿的证据。比如说，死者帽子上的花与失踪姑娘帽子上的花是一样的，花儿每增加一朵，证据的可靠性就增加几倍。证据可靠性的增加，不是像做加法那样相加，而是像做乘法那样百千相乘。现在再来看看死者的吊带袜，这双吊带袜同玛丽生前穿的一样，这点倒没什么。但是这双吊带袜的吊钩翻转过来，因此变紧了，而玛丽离家时，她的吊带袜也是吊钩翻转，收紧过的，这一点便变成确凿无疑。吊带袜是有弹性的，翻转吊钩，这本身就不寻常，自身可以变长变短的东西，当然不需要借助外力来调节长短。玛丽用翻转吊钩的方式收紧吊带袜，那准是因为某种偶然的情况。所以，单单吊带袜本身就足以证明死者系玛丽。

《星报》对缩紧吊带袜的解释，只能说明它坚持自己的错误观点而已。但是说死者就是玛丽，这并不是因为死者穿有玛丽的吊带袜，或穿有玛丽的鞋子，或戴有玛丽的帽子，或帽子上有玛丽戴的花，也不是因为死者的脚同玛丽的大小相仿，或胳膊上有特殊的记号，或身材与外貌酷似玛丽，而是因为死者具有所有的这些特征，正所谓样样齐全。

《星报》的编辑大人在这种情况下还在怀疑死者是否就是玛丽，他实在就没必要请律师为证人做心智状态调查了。他认为从律师们的闲谈中拾些牙慧，拉大旗做虎皮，为明智之举。其实，律师们大都是法庭成见的应声虫。我要在此说明，有许多事物虽然不被法庭视作证据，只要有识者认可便是最好的证据。因为法庭只讲事物的普遍性，根据已被大家公认并且已成为文字的原则办事，而不讲事物的特殊性，根据特殊的情况来办事。法庭墨守成规的作风，以及不具体事情具体分析的态度，形成了一个固定模式，即，在任何一段相关联的时间内，最大限度地获得可获得的真相。从总体上看，这种模式是明智的。不过在许多单个的案子中，这种模式却不一定就明智了，也是会产生错误的。

至于说博韦值得怀疑的那段，只应对它嗤之以鼻。根据你的报刊摘录看，博韦先生同《星报》编辑私下交谈过几次，他不管那位编辑对案情的看法，把自己的意见一股脑提出来，说尸体肯定就是玛丽的。这使编辑先生大为不快。你已经充分调查过这位好好先生，他是个爱管闲事的人，人挺浪漫，心眼儿不多。大凡这样的人，遇上刺激的事情，都会有点举止失措，引起神经过敏者或别有用心者的怀疑中伤。《星报》说：'他坚持说尸体是玛丽的，但是除了上述的证据外，他再拿不出别的证据来使人相信他所做的辨认了。'现在且不去评论《星报》所说，只说说这一点：在这类案子里，某人对某事极为了解，因此对某事深信不疑，但他却完全可能说不出一个简单的道理，使别人也相信他的深信不疑是有根据的。辨认人的事情尤为如此，没多少道理可言。例如每个人虽然不能说出他认出邻居的道理，但是都认得出自己的邻居。

博韦先生对自己的辨认深信不疑，是完全正常的。《星报》编辑大可不必为此生气。我觉得，用'浪漫而好管闲事'来解释博韦的可疑行径，要比作者所推论的'博韦有罪'合理得多。一旦接受这种'度人以善'的解释，就不难理解锁孔上的玫瑰花、来客留言牌上的'玛丽''反对家属看尸体''将死者的男性亲属挤出此案''嘱咐 B 太太在他本人回来之前不要同警察谈话，'以及'他决心自己独揽此案进程、不容别人插手'之类的事情了。依我看，博韦肯定是玛丽的追求者之一，玛丽可能与他关系亲近，而他则想让人们认为他与玛丽有极为密切的特殊关系，对此暂且不用去深究。

至于报上说的玛丽的母亲及亲人对玛丽之死所持的冷淡态度，如果他们真的认为尸体是玛丽的，按照情理来说他们肯定不会那么漠不关心的。不过有关的证据已经将《星报》的这一说法完全驳倒，他们对玛丽之死并不是麻木不仁、漠不关心。现在咱们姑且认为'尸体身份'的问题已经解决。我们暂且以尸体就是玛丽为前提，继续一步步往下分析。"

我插嘴问道："你对《商报》的观点有什么看法？"

"《商报》的观点比其他报纸的观点要有价值的多。它所做的推论是尖锐而又有一定学术性的。但是它所依据的前提有两点不够准确。

第一点，《商报》想说明，玛丽出家门不远就被一伙流氓劫持。它说：'玛丽是一个大众都认得的女子，如果她走过三个街区，那么就不会没有人看到她。'这是一个久居巴黎之人所持的观点，他用自己的知名度与这位'香水女郎'的知名度相比较，于是马上认定，玛丽在街上走同他在街上走一样，会碰上认识的熟人。这种论点若要成立，前提必须是玛丽一定要像那位官员一样在自己特定的熟人多的街区之内。然而玛丽的出门行走，总的来说可能是没有规律的。在她最后一次出门的时候，咱们几乎可以这样说，她走的路线并不是她常走的。《商报》所认为的那种玛丽会像别的名人一样被人认出，这种两个人的完全相似，只有在两个人都横穿全市时才会发生。在这种情况下，如果两个人的熟人相等，那么他们也就有同样的机会遇到同样多的熟人。

我个人认为，如果玛丽在某一个时候上街，在从她家到她姑妈家的许多路线中拣一条去走，那么她不仅可能，而且大有可能没碰上一个熟人。这类问题应该这样看：即使巴黎最有名的人，他的熟人，在巴黎的总人口中也只是沧海一粟。不论《商报》的观点看上去多有说服力，只要一考虑到这位姑娘出门的时间，这种说服力就大大减少了。

第二点，《商报》说：'她离家出门时，正是街上人多的时候'。其实并非如此。那是上午9点钟，上午9点钟确实正是街上人多的时候，但星期天例外。善于观察的人都会注意到，每个安息日，从早上8点到10点钟，城里格外冷清。10点到12点钟街上就熙熙攘攘了，但9点钟的时候却没有多少人。星期天上午9点钟，人们大部分在家里准备去教堂。还有一处也可以看出《商报》的观察不仔细。它说：'凶手将这个可怜姑娘的裙子撕下70公分长、30公分宽的一条，绑到了她的下巴底下，绕到脑袋后面。凶手这样做可能是为了防止她喊叫，由此看来，凶手是没有带手帕的。'咱们回头再分析这种论断是否有根据，不过编辑用'凶手是没有带手帕的'这句话，是想表明凶手属于流氓中最下等的。然而，你应该也已注意到，近年来，十足的下流痞也总是身带手帕的。他所说的这种人，即使不穿衬衣，也总是带手帕的。"

我问道："怎么看《太阳报》的文章呢？"

"可惜的是这篇文章的作者生下来时不是一只学舌的鹦鹉。如果是，他肯定会成为同类中的佼佼者。他的文章不过是把那些已经见报的看法重复一遍而已。他勤奋可嘉，把各家报纸上的观点收集到一起。他说：'这些物品在那里显然已经至少三四个星期了。现在可以肯定地说，凶杀现场已被找到。'《太阳报》在文中重述的这些事实，根本无法消除我对这一问题的怀疑。现在必须先看看其他方面的调查。你一定注意到，验尸是很草率的。当然，死者的身份问题很好确认，但是还有其他问题需要确定。死者是否遭到抢劫？她出门时是否戴有珠宝首饰？如果戴了，那么发现尸体时珠宝首饰还在吗？这些问题非常重要，可居然没有这方面的证据。还有一些问题也很重要，必须亲自调查这些情况。圣尤斯达西自杀案也要重新调查。虽然我并不怀疑他与玛丽之死有关，可还是要一步步把事情弄清楚。他交给警察局长的那份关于他星期天行踪的总结书，也得查查说的是不是实话。这类的总结书很容易被弄得神神秘秘的。他自寻短见，确实很有些可疑，但只要他在总结书中没有撒谎，那么即使他有关联，也可以理解。不过，如果圣尤斯达西在总结书中所言全是实话，咱们就可以不再去调查他了，也就不必多在他身上下工夫了。

我觉得咱们且不去管这桩惨案中的各种内部因素，而是从外往里攻。进行这类调查时，人们往往只顾研究直接证据，而全然不管那些附带的细节，这是一种错误。法庭审理案件时也常常失当，它只对明显有关的事情进行查证、讨论。人类知识的历史始终表明，无数重大的发现都是通过不重要的偶然事件实现的，归根结底为了科学的不断进步，必须尽量留有余地，允许意想不到的发明通过偶然机遇来实现。实践和正确的理论表明，真相大部分来自那些看起来似乎无关的事。根据这一原则，现代科学才总是考虑偶然性因素。以想象为基础，这已是人们常做的事情了，人们已经承认意外事件是基础结构的一部分。我们认为机遇是一个完全可以计算进去的因素。我们甚至可以用数学公式去计算那些未曾期待、未曾想象的东西。我重申一遍，真相大部来自细枝末节的小事。这不仅是事实，而且涉及了重要的原则。在本案中，我就是要本着这种原则，先不去调查那些人们已调查了好久却毫无收获的重点线索，而去研究与其相关的环境证据。你去核实那份总结书，而我再范围更广泛地看看报纸资料。到目前为止，咱们只是弄清楚了调查范围。说真的，我就不信我广泛阅读报纸之后仍然没有调查方向。"

（4）对密林打问号

我遵照杜宾的建议，仔细对圣尤斯达西总结书中的内容进行了调查核实，发现圣尤斯达西所言句句属实，他是清白的。与此同时，我的朋友仔细而广泛地阅读了各种各样的报纸，苦干了一个星期后，他给我拿来这样一份摘录：

三年半前，同一位玛丽·罗杰从皇宫街拿布兰克先生的香水店贸然出走，曾成为一件轰动一时的新闻，弄得也和现在一样舆论沸腾。但是一星期后，她又像平时那样出现在了顾客面前，只是略显憔悴罢了。据拿布兰克先生和她母亲说，她只是去乡下看了一趟亲戚，这件事很快就平息下来。我们估计，她现在的这次失踪和上回情况差不多，过上一个星期或顶多一个月，她就又会回到我们大家中间了。

——6 月 23 日星期一《晚报》

昨天一家晚报提到罗杰小姐上一回的神秘失踪。很多人都知道，那次她从拿布兰克香水店出走，是去找一个放荡得出了名的青年海军军官。据猜测，只是因为他俩吵了一架，她才回家。这位海军军官名叫洛塔利奥，目前住在巴黎，但却因种种不言自明的理由，不愿公开自己的身份。

——6月24日星期二晨版《信使报》

前天傍晚本市近郊发生了一起极为残酷的暴行。有六名青年在塞纳河划船游玩。一位携妻带女的绅士雇这些青年划船送他们过河。船抵达对岸，三位乘客离船登陆。他们走了没多远，已看不见船了，女儿忽然发现遮阳伞丢在船里。她回去取伞时，这伙青年歹徒将她劫持，堵住她的嘴，载入河中强暴糟蹋，然后又将她送至原岸，离她与双亲上船之地不远的地方。目前歹徒在逃。不过警方正在加紧追缉，其中几名很快就会被擒。

——6月25日《晨报》

我们收到一两封检举信，指控曼纳斯为前几天发生的强奸少女案的罪犯之一。但是由于曼纳斯先生已经法律审查证明无罪，且检举信均热心有余，证据不足，所以本报认为不宜发表。

——6月28日《晨报》

我们收到数封措辞有别、来源各异的读者来信，来信者均肯定地认为，玛丽·罗杰是被一伙星期天在塞纳河一带捣乱的流氓分子害死的。本报认为，这些来信者的推测是可信的。我们将开辟一个专栏，陆续登出部分来信。

——6月30日《晚报》

星期一那天，一名受雇于税务局的驳船船夫看见塞纳河上漂来一条空船，船帆置于船底。船夫把这条船拖至驳船办事处。第二天，有人未同驳船办事处工作人员打招呼，即将该船取走。现在这条船的船舵仍留在驳船办事处。

——6 月 26 日星期四《交通报》

读过这几则摘要后，我觉得它们不仅风马牛不相及，而且与本案也没多大关系。我等着杜宾做出解释。

杜宾说道："我现在不想多谈这些摘录中的前两条。我把它们抄下来，是为了让你了解警察多么粗心大意。我从局长那里得知，他们竟然还未去调查那位海军军官。然而，如果因为缺少证据，就认为这两次失踪没有联系，那么就太愚蠢了。咱们暂且认为《晚报》所言属实：第一次私奔后两个情人发生了口角，致使受骗者归家。现在咱们不妨把第二次私奔（假如确实知道这是私奔的话）看作是偷花贼的再度得手，而不应看作另一个男子的偷香窃玉。也就是说，要看作旧情人的'鸳梦重温'，而不是新情人的喜结连理。如果说一种可能是玛丽的旧情人再次提议私奔，另一种可能是玛丽被另一个男人拐跑，那么这两种可能的比例便是十比一。请你记住这样的事实：第一次私奔与第二次假设的私奔相隔数月，二者的时间差与海军军舰的出海周期差不太多。是否可以这样认为：玛丽的情人第一次诱拐玛丽时，由于出海任务而好事中断，于是他刚一回国，就赶紧去完成他上次未能完成的心愿？

你一定会说，玛丽的第二次出走，并不是人们想象中的那种私奔。当然不是，不过咱们就不能认为这次出走是一种未遂的私奔吗？除了圣尤斯达西，也许还要除了博韦，咱们就再找不出大家公认的、公开追求玛丽的体面人了。没有关于其他男子追求她的传闻，由此看来，约她的人一定是个秘密情人。玛丽的亲戚（至少大部分亲戚）都不知道此人，不过星期天上午玛丽却是与此人幽会的。玛丽的亲戚大都不知道这个情人究竟是谁。玛丽对此人极为信任，所以才同他一起在圆木门一带密林里一直待到暮色降临。玛丽离家的那天，罗杰太太曾说'恐怕我再也见不到玛丽了'。这句预言性的话究竟是什么意思呢？

玛丽离家时向别人说是去看望德罗姆街的姑妈，并让圣尤斯达西傍晚去接她。乍一看，这些事实与我的假设大相径庭，不过咱们不妨好好想想。如果不便认为罗杰太太暗中参与了这起私奔的策划，那么可以假设玛丽接受了偷情者的私奔计划。现在已经知道，她确实遇见了一个男人，并在下午3点钟的时候同那人一起过河，去了圆木门荒郊。但是在她答应同那男人一起时，她肯定想到她离家时向别人说的她要去姑妈家的话。她肯定也想到，当她的未婚夫在约好的时间找不到她时，圣尤斯达西的心中会涌起什么样的惊恐、怀疑之情。我敢说，当时她一定想到了这些。她肯定预见到了圣尤斯达西的苦恼神色，预见到了众人的怀疑表情。她不敢回去面对人们的这种怀疑。不过，如果她决定不回去了，这种怀疑对她也就没有任何意义了。

咱们不妨设想她是这样考虑的：'我要去见一个人，同他一起私奔，或者是为了干一件只有我自己知道是什么的事情。这件事一定不可被别人打断，一定要有充足的时间逃过追寻。所以我要大家以为我这一天是去看姑妈了，我要让圣尤斯达西傍晚再去接我。因为我让圣尤斯达西傍晚接我，他就不会在傍晚之前接我。但是如果我没告诉圣尤斯达西傍晚接我，我的逃跑时间就会减少，人们会以为我傍晚之前会回来，我没回来势必很快引起人们的不安。用这种法子比用其他法子可以得到更长的时间，而且合情合理。再说，假如我真打算回来，假如我回来后解释说我同某个人散了散步，那么我就不必让圣尤斯达西接我去了。因为他一来接我，就会发现我是在骗他，而如果我真的是骗他，我索性不跟他打招呼就走，天黑以前赶回，然后说我去看姑妈了。这样一来，他就会蒙在鼓里，根本不知道我把他耍了，但是，既然我要永远不回来，或者几个星期后再回来，那么对我来说争取时间就是最重要的事了。

从摘录的资料来看，大家对这一不幸事件的普遍看法始终是这个姑娘被一伙流氓弄死了。当然，在一定情况下，大众的看法值得重视，而公众自发形成某种看法时，应该把这种看法当作一种类似于直觉的东西对待，直觉属于天才者的特性。在一百起案子中，九十九起我要跟着大众的看法走，但它的前提是，这种公众的看法中必须不含有受人指使的痕迹。在此案中，我觉得'公众的看法'有偏激之处，我摘录的第三则消息是一起歹徒强暴少女的事件，大众对玛丽案的看法多多少少受这种案件的影响。

玛丽，一个人人皆知、年轻貌美的姑娘，尸浮塞纳河，而且尸体上还伤痕累累。这当然震惊了巴黎。然而，大家听说在玛丽遇害的这段时间内，有一帮少年流氓也对另一名少女实施了类似暴行，尽管程度稍逊。大众的判断是需要在方向上加以引导的，而那件已知的暴行恰逢其时地引导了它！一件已为大众所知的暴行，竟然会影响大众对另一件尚不知道原由的暴行的判断，你说这妙不妙？那桩暴行是在塞纳河上发生的，而玛丽的尸体也是在塞纳河上找到的。两起暴行的联系，实在是太明显不过了，大众若看不出这种联系，不趋之若鹜，那才奇怪了呢。

但事实上，把一件已知暴行当作另一件几乎发生在同一时间的暴行的证据，它能证明的多半是那件几乎发生在同一时间的暴行，其实并不是像这件已知的暴行那样发生。一伙流氓在某地干了一件令人发指的恶行，而在同一时间，用同样的手段、同样的器具，干了一桩同样的恶行，那可真是奇迹一桩了！然而，要我们相信的这种大众受到意外指使的看法，偏偏就是这种令人惊奇的巧合！

在做进一步的深入探讨之前，咱们先来讨论一下圆木门密林中那所谓的凶杀现场。这个密林尽管幽深，却离公路不远。密林里有三四块大石头，状如一张带有靠背和脚凳的坐椅。石头上发现了一条白裙子，第二块石头上有一条丝围巾，还发现了一柄遮阳伞、一副手套和一条手帕。手帕上绣有'玛丽·罗杰'的名字。周围灌木丛的枝条上挂着衣服的碎布片。地面被踩踏过，灌木丛的树枝折断了，种种迹象都表明这里发生过一场搏斗。尽管新闻界与大众一样，对密林中的这一重大发现喝彩不已，但咱们却极有理由对其表示怀疑。我可以相信这就是现场，也可以不相信。如果如《商报》所说，真正的凶杀现场在圣安德烈街一带，那么杀人凶手，假如仍在巴黎，自然就会因为大众目光密切注视正确方向而感到胆战心惊。

按照一般人的思维方式，凶手会立刻想到必须采取某种行动，转移人们的视线。因此，既然圆木门一带的密林已受到怀疑，凶手自然就会想到把玛丽的遗物放到那儿去，让人发现。虽然《太阳报》认为，密林里的那些物品已放了好长时间了，但它却没有足够的证据说明这一点。

许多间接证据表明，从出事的星期天到两个男孩发现它们，这中间整整隔了20天时间，这么长的时间中，它们是不可能在那儿而不被人看见的。《太阳报》说：'这些物品都因雨淋而发了霉，结成了硬硬的霉块。有几件物品的周围长起了草。遮阳伞的绸伞面质地结实，但是伞里面的丝线却缠在了一起。阳伞是折叠式的，上部已发霉朽烂，一撑开就破了。关于有几件物品的周围长起了草，甚至物品上面也生了草'，这显然是那两个小男孩说的，是他们凭记忆说的，因为他们把这些东西拿回家后才告诉别人。应该想到，凶杀案发生在潮湿炎热的夏季，在这种季节，青草只需一天就可以长两三寸高。而一个星期，草就会长得又密又高，把阳伞完全掩埋，看也看不见。咱们再来说说《太阳报》一再强调的'发霉'吧，在这段短短的段落里，这位编辑提到的'霉'字竟有三次之多。莫非他真不懂'发霉'是怎么回事吗？莫非他没听说过所谓'霉'，即是一种真菌，而这种真菌的最普通的特性之一就是，能在 24 小时之内迅速成长和凋萎？于是便可知道《太阳报》提出这些物品在密林中'至少有三四个星期'的理由，是站不住脚的。

另一方面，凡是对巴黎郊区稍有了解的人都知道，除非在很远的远郊，否则要找到一个'僻静'之处是极为困难的，而要在圆木门树林里找到一个人迹罕至的隐秘场所，那更根本不可能，连想都不要想。据此可知，让人相信这些物品在密林中会超过一个星期是非常荒谬的。一个热爱大自然，因工作终日束缚在大都市里的人，让这样的一个人去试试看，让他在游人极少的工作日，到近郊那些风景优美的地方去满足自己对幽静的渴望，他一定会不断看到成群的流氓恶少大吵大闹，侵犯人身，于是他便会兴趣全无。他想在密林深处找个没人的去处，但绝不会找到。密林深处成了最肮脏的角落，是最遭玷污的殿堂。这位漫游之人会心中作呕，赶紧返回污染严重的巴黎，仿佛肮脏的都市都比恶人横行的郊区干净几分。

然而，既然郊区在游人较少的工作日都这样流氓成群，那么到了节假日则会何等不堪！节假日中，城里的下流人不必上班了，再加上这时城里的人少了，犯罪分子缺少了作案机会，便一窝蜂涌到郊区。他们来郊区并不是想接近美好的大自然，他们渴望的并不是新鲜的空气和翠绿的树木，而是乡村环境给予人的'放纵'条件，他们来这里是为了逃离社会的种种习惯和束缚。在这里，无论是在路边酒馆还是林荫之下，狐朋狗友聚在一起，没有人向他们投来责难的目光，他们可以毫不拘束地狂饮胡闹，尽情享乐，哪怕闹它个昏天暗地也不要紧。我所说的这番话毫无添枝加叶的成分，这种情况许多人都亲眼见过。所以我要再次指出，上述物品在这种情况下，能够在巴黎近郊的树林中放至少一个星期而没有被人发现，简直就是一个奇迹！

此外，其他的一些理由也令人产生怀疑，我认为密林中的那些物品意在转移人们的视线，使人们不去注意真正的作案现场。首先，请你注意发现那些物品的日期。你把这个日期同我摘录的第五则消息的日期比较一下。你会发现，刚有人寄信给《晚报》报社，那些物品就出现了。读者来信虽然来源各异，但用意却都是一样的，即把人们的注意力引向一伙流氓，说他们是杀人凶手，并且把人们的注意力引向圆木门荒郊，说那里是行凶现场。当然，这种情况并不意味着，是由于读者来信，由于人们的注意力被报上的读者来信所引导，那两个男孩子才找到那些物品。但是咱们可以这样怀疑：为什么孩子们以前没发现这些物品呢？这是因为这些物品是写信的'读者'在写信的当天或写信前不久，亲手放到那里去的，以前根本就不在密林里。

这片密林非常非常特别。它密得很，在密林深处，有几块特殊的石头，它们的排列形状就像是一个有靠背、有脚凳的座位。这片充满艺术气息的密林，离德吕克太太家非常近，不过几十米罢了。德吕克太太家的两个孩子常在密林的灌木丛中仔细地寻找黄樟树皮，不信你我就赌一赌，一对一千的赌注，我说他俩每天至少有一个要在这'林中大殿的宝座'上坐上一坐。凡是打小时候过来的人，没忘记男孩子的天性是什么，就都会同我一样，敢打这个赌。我重申一遍，那些物品若是放在密林中，即使一两天尚不被人发现，就是咄咄怪事，所以咱们可以完全不管《太阳报》那无知的教条式说法。那些物品是在相当晚的时候才放到那儿去的，这才是我们需要想到的地方。

因为我有其他更有力和充分的理由相信东西是后搁的。现在请你注意这些物品摆放方式中的人为痕迹。状似靠背的石头上放着一条白裙子，状似座位的石头上放着一条丝围巾，地上扔着一柄遮阳伞、一副手套和一方手帕，手帕上还绣着'玛丽·罗杰'的名字。这样一种摆放方式肯定是一个不太精明的人，想使'现场'显得自然搞出的把戏。但是这种摆放其实并不自然。如果这些东西都扔在地上，被人踩过，踏过，那倒更像是真的。在这片狭小的林荫地，经过许多人激烈的搏斗，裙子和丝巾竟然还在石头上，这简直不可能。据说，'土地有践踏的痕迹，矮树枝条都折断了，肯定是搏斗所致'。——但是裙子和丝巾竟然还好好地搁在那儿，就像放在架子上一样。而《太阳报》则说：'从矮树丛扯下来的布条都是10公分宽20公分长，有一条是上衣的衣襟，缝补过，它们像是扯碎的布条条。'《太阳报》无意中一语道破天机。它说那些碎布'像是扯碎的布条条'。它们确实是被扯碎的，是用手故意扯碎的。这种质地的衣服，居然被荆棘扯成条，这是极为罕见的。如果是荆棘或钉子钉在衣服里面，会把布撕出三角形的口子，但绝不会把布撕成条。我想你跟我都从未见过这种情况。

这样的布料非常特殊，只有从不同方向两股力量同时用力，才能从这样的布料上撕下一条来。如果这块布料两面都有边，比如说像手帕那样，这时候，只有在这种时候，一股力量就足以撕下一条来了。但是现在咱们讲的是一件衣服，它只有一道边。而从衣服中间开撕，则一道边都没有，在这种情况下荆棘是绝对无法把它撕开的。但即使有一道边，也需要有两根荆棘，而且布边还得是没缝上的。如果缝上了，那就根本撕不开了。而现在咱们面对的却是，不仅撕下来了，而且还扯成了许许多多布条。其中有一条竟是上衣的衣襟！还有一条是从裙子上撕下来的。也就是说，凭着荆棘的力量，把它们从没有边的衣服上完完全全地撕了下来！这很难让人相信。然而，从整件事上来看，这只能算是一处小小的疑点，而更为显著的疑点则是，如果凶手是谨慎地将尸体转移，那么他不可能如此粗心地对这些物品不管不顾，让它们留在密林里。

对于此片密林为杀人现场这一观点我持否定意见。这儿有可能发生过犯罪，或者更为可能的是，德吕克太太的酒馆发生了一起事件。然而这一点其实并不怎么重要。咱们现在找的不是犯罪现场，而是要查出谁是杀人凶手。我这繁琐的推论首先是想证明《太阳报》的武断结论是错误的，其次一点，是想让你顺着一条最自然不过的思路去思考，去推理，进一步地去怀疑：这起凶杀案究竟是不是一伙流氓干的。只要一想到法医的验尸报告，就不得不重新产生这样的怀疑，我只需说，巴黎所有著名的解剖学都嘲笑该法医验尸报告中关于流氓数目的推论，认为这一推论全无根据。这并不是因为此事不可以这样推论，而是因为如果这样推论是无根据的，那么就没有充分理由做另一种推论了吗？

咱们现在再来想想文中所说的矮树枝条折断'肯定是搏斗所致'。这种混乱的现场想要表明的是什么呢？很显然想表明的是有一伙流氓。但它不也'表明'并没有一伙流氓吗？想想看，一方是手无缚鸡之力的弱女子，另一方如果是所谓'一伙流氓'，力量对比如此悬殊，怎么可能发生一场如此激烈的搏斗，还把现场弄得一塌糊涂？两条大汉只需抓住她的胳膊，一切就都办成了。姑娘从也得从，不从也得从。我的这番论断并不是否定这个密林是犯罪现场，而是否定这个密林是一伙人作案的犯罪现场。如果作案的只有一个人，那么留下这种激烈搏斗的痕迹倒是说得通的。再有，刚才我已提到现场那些物品的可疑性。罪犯竟然会这么傻，任这些证据留在林子里，等着让人发现。这一事实本身就非常值得怀疑。罪犯偶然把这些证据留在那里，这几乎是不可能的。罪犯想到了要转移尸体，其实尸体经过一段时间的腐烂，特征就会消失。而罪犯却把比尸体更能说明问题的证据——绣有死者姓名的手帕，大大方方地留在现场。

如果说这种偶然性成立的话，那么凶手就绝不会是一伙歹徒了。因为这种偶然性只会发生在单个儿人的身上。咱们来设想一下：某人杀了玛丽，林子中只有他和死尸，躺在地上一动不动的尸体令他心惊肉跳，他的一时之气已经消退，头脑冷静下来，恐惧之情自然也油然而生。作案者人多的时候，会互相鼓劲儿，一个个贼胆包天，而凶犯单枪匹马时，就不那么有信心了。他单独守着一具尸体，会浑身发抖，不知所措。然而，尸体无论如何也是要打发掉的。他把尸体背到河边，却把其他犯罪证据留了下来，因为一下子把东西都弄走不仅是困难的，而且是不可能的，再说处理完尸体后回头再拿这些东西也很容易。然而，他费尽力气往河边弄尸体的路上，心里的恐惧也在不断地增加。他总是听见有声响，有十几次，他以为有人在跟着他。甚至市区的灯光都使他疑神疑鬼。他一路上心惊肉跳，走走停停，终于赶到了河边，也许是借助一条小船，处理掉了这具可怕的尸体。此时此刻，想到那冤冤相报的凶兆，即使给凶手再大的甜头，他也不肯重走这条恐惧之路，重温那令人心寒的一切了。他绝不会再回去，他只有一个念头：逃之夭夭。他掉转过身，生怕报复会降临在自己头上，肯定飞似的逃离这可怕的灌木丛。

如果凶手是一伙流氓，这些家伙本来一个个就都胆子不小，再加上他们人多势众，便更加贼胆包天了。他们人多，所以不会像单个儿的作案者那样，吓得魂不守舍。如果说一两个人或三个人，还有可能发生疏忽的话，那么四个人就绝对不可能疏忽了。他们绝不会把任何证据留在身后，因为他们人手够，一下子就可以把证据全转移走。没必要再回来一趟。现在再来看看尸体外衣的情况，'外衣上有一道30多公分宽的口子，从臀部往上撕到腰间，不过没有撕断。这条布在腰间绕了三圈，在背后打了个扣结，系住。'这样做显然是想弄出一个提手，好拎尸体。但是请问，在几个人的情况下才会想到使用这样的运尸法？如果有三四个人的话，有抓胳膊有抓腿的，尸体的四肢正好派上用场，抬起来方便之极。这种打扣法是供一个人运作的。这不由得使人想起警察局的那番描述：'在密林与河流之间，还发现一处被弄倒的篱笆，根据地面的状况可以看出，有人拖着重物打此经过。'如果凶手是一伙人，他们完全可以毫不费力地把尸体抬过篱笆去！他们又何必非将尸体拖着走，何必为了拖一具尸体而把篱笆弄倒，留下那么一长串拖痕呢？

在此咱们必须回顾一下刚才我已经读过一次的《商报》上的一番话。该报说：'凶手将这个可怜姑娘的裙子撕下 70 公分长、30 公分宽的一条，绑到了她的下巴底下，绕到脑袋后面，凶手这样做可能是为了防止地喊叫。由此看来，凶手是没有带手帕的。'我刚才说过，十足的下流痞也总是带手帕的。不过，我现在想谈的并不是流氓们带不带手帕的问题。既然已在林子里找到了一块玛丽的手帕，这足以说明事实并非像《商报》所言那样，没有手帕。凶手使用布条，而不使用好用得多的手帕，这也足以说明凶手的目的并不在于'防止她喊'。然而警方证词中却说那条麻纱布是'松松地绕在她的脖子上，打着一个死结'。这句话虽然相当含糊，但却与《商报》所言大有出入。这条布尽管是麻纱质地，但是有 30 公分宽，叠在一起或搓在一起，也足以成为一条结实的带子。发现尸体时，这条布就是这样搓成一条带子的。

我做了这样的推论：单个儿作案的凶手把带子系在尸体的腰上，把尸体提了一段距离——也许是从密林中往河边提，也许是从别处。他觉得尸体太重了，这么提不是个办法，于是改为拖拽。证据也已显示，尸体是被拖着走的。要想拖着走，就得在尸体的头上或脚上系上一根绳索之类的东西。而把绳子系在脖子上最好不过，这样一来可以防止绳索滑脱。于是凶手就一下子想到了尸体腰间的那条布带子。凶手本来是会用这条现成的带子的，可是这条带子在尸体上绕了好几遭，还打了个死结，况且它又是从外衣上撕下来的。凶手一想，从衬裙上另撕一条也很容易。他就这样撕了一条，绑在死者的脖子上，这样把尸体一路拖到河边。凶手之所以使用这条得来费事而又不甚合用的带子，只能说明当时已经没有手帕了，换句话说，如果密林果真是现场的话，这时他已经把尸体弄出密林了，他当时肯定处在密林与塞纳河之间的这一条道路上。

然而，德吕克太太的证词却说，'一群流氓……大吃大喝，吵吵闹闹，吃完了一抹嘴，连钱都不付就顺着青年男女走的那条路走去，直到快天黑才回来，匆匆地过河离去'。这所谓的'匆匆'，可能是德昌克太太所认为的匆匆，因为她在痛惜那些白白葬送掉的点心和啤酒，希望至少得到一点补偿。否则的话，既然'快天黑了'，'匆匆'便是理所当然，她何必还要强调'匆匆'二字呢？即使是一群流氓，暮色将至，要乘一条小船过河，当然也是赶早不赶晚，行色'匆匆'，这是不足为怪的。我说'暮色将至'，是指夜晚尚未到来。正是因为'快天黑了'，这伙流氓的匆匆行色才在德吕克太太那清醒的眼睛中显得格外刺目。但是据说当天晚上德吕克太太和她大儿子'听到附近有女人的尖叫声'，德吕克太太是怎样形容她听到尖叫声的时间的呢？她说的是'天刚刚黑下来'。但是'刚刚黑下来'，是说当时已'黑'，而'快天黑了'，则是说天仍然'亮'着。由此可见，德吕克太太听见尖叫声肯定是在这伙流氓离开圆木门之后。然而尽管许多证词中也都无一例外地表达了我所说的这层关系，但却没有一个只知道执行主子命令的警察、一家报纸注意到这一情况。

我再为'凶手并非一伙流氓'补充最后一个论据，这个论据在我看来也是最有分量的一个。流氓团伙中的每一个成员，也许并不贪图赏金，也许也并不急于逃命，但却唯恐自己被别人出卖。警方既然已经公布了检举者重赏、自首者特赦的政策，那么这伙全是由下流痞组成的流氓团伙中，就应该有人站出来出卖自己的同谋犯。于是为了避免自己遭人出卖，就先下手为强，赶紧出卖别人。然而，始终未有人站出来泄密，这本身就足以证明它确实是个秘密。这就是说，除了老天爷心里明白，世上只有一个人或两个人知道凶杀案的真相。"

（5）"水手结"

"通过上述冗长的分析，现在咱们来归纳和总结一下。咱们分析的结果是凶杀案有两种可能性，一种可能性是凶杀案发生在德吕克太太的小酒馆，另一种可能性是凶杀案发生在圆木门荒郊的密林里。而凶手则是死者的情人，或者至少是一个暗中与死者关系暧昧的人。此人皮肤黝黑，这种肤色，再加上死者背后的'扣结'和帽带上的'水手结'，说明凶手是一个海员。死者是个风流美女，但却不轻浮，此人能与死者交上朋友，足见他不是一名普通的水手。各家报社收到的那些情词恳切的读者来信，也都说明了这点。单从《信使报》报道的第一次私奔来看，咱们很容易产生一种想法：这个海员就是那个最初引诱不幸姑娘的'海军军官'。而这一点恰恰又不禁使人想起，黑皮肤的此君已经好长时间不露面了。

我要在这里插上一句，说说此君的皮肤，他的皮肤不是普通的黝黑，而是黑得足以使瓦朗斯和德吕克太太过目不忘，把这肤色在记忆中留做唯一的特征。可此君为什么不露面了呢？莫非他也被流氓团伙杀害了？如果现场发生两起凶杀，这总应该通过蛛丝马迹看得出来。如果是这样的话，为什么现场只留下了姑娘的痕迹？再说，他的尸体在哪儿？在绝大多数情况下，凶手是会用同样的方法处置同案中的两具尸体的。

但是也许有人会说，此君还活着，只是因为怕受到杀人嫌疑，不敢露面。他现在的确可能这样考虑问题，因为证词上说，有人见到他与玛丽在一起。不过这并不能说明就是他杀害玛丽。一个无辜的人对这种事首先想到的应是说明事情的真相，并且协助警方辨识凶手，这是上策中的上策。有人看见他与姑娘在一起，他俩又一道乘敞篷渡船过河，即使是傻瓜也会明白，检举凶手才是开脱自己的最佳方法。在那个出事的星期天晚上，他是不可能自己清白无辜，又不知道发生了这起暴行的。如果现在他仍然活着，那么他不去报案情况只有一种。

咱们用什么方法来找出这起凶杀案的真相呢？随着一步步的分析，就会发现方法会越来越多，越来越具体。咱们来查查第一次私奔的细节，查查'海军军官'的全部历史、他目前的状况以及案发时他究竟在哪里。咱们再来仔细地比较一下每一封投寄给《晚报》、旨在说明凶手是一伙人的读者来信。然后，再按文风和笔体，同那些早些时候投寄给《晨报》、旨在诬陷曼纳斯的揭发信进行一番比较。比完之后，咱们再用两家报纸收到的信件与那位海军军官所写信件的笔体进行比较。咱们还要再盘问盘问德吕克太太和她儿子，盘问盘问公共马车车夫瓦朗斯，进一步弄清那个'皮肤黝黑'的人的长相和举止。只要会问并且问得有技巧，肯定会问出一些有用的东西，这些东西被盘问者本人甚至都有可能没意识到。

接下来咱们去问问 6 月 23 日星期一早上拾到那条小船的驳船船夫。这条'没有舵的'小船是在发现尸体之前拾到的，有人没向驳船办事处打招呼，就把它给取走了。只要咱们仔细寻查，锲而不舍，就准可以找到这条小船，因为不仅那个拾到船的驳船船夫能把它认出来，而且船舵现在在驳船办事处。一个问心无愧的人，不会连问都不问一声，连船舵也不要了，径直把自己的船取走。在此我要插入一个问题，驳船办事处并没登广告招领失船。船是悄悄地拖到办事处，又悄悄地被人取走了的。但是船主也好，船夫也好，既然没有广告，他怎么会星期二一大早就知道船被谁捡去了呢？这一点充分说明这人知道船舶方面的一切小小动态，自然是与航运业或海军有关的人员了。

至于那个单个儿作案的凶手把尸体拖往河边嘛，刚才我已经说过，他很可能有一条船。现在咱们应该这样认为：玛丽·罗杰是被从船上扔下去的。实际情况应该如此。凶手绝不会将尸体扔在岸边的浅水中一走了事。死者背部和肩部的伤痕是船底硌的。尸体上未系重物也证实了这一点。如果凶手在岸边抛尸，肯定会在尸体上系上重物。咱们现在只能推测凶手划船离岸时一时疏忽，忘记带重物了。他投尸入水时，当然发现了这一疏忽，但是这时已没有别的法子，手边确实没东西。即使不系重物日后会有很多风险，但也总比返回那倒霉的岸边强。凶手抛下尸体后，就匆匆赶回市区，找了一个僻静的码头，上了岸。

但是小船呢，他为什么不把它系住？他准是太着急了，来不及系船。再说，他觉得把船拴在码头上就等于留下了一个不利于自己的证据。他本能地希望把一切与这桩凶杀有关的东西都扔得越远越好。他不但要逃离码头，而且也不许这条船留在这里。所以他希望它远远地漂走，随波逐流。但第二天早上，这个倒霉蛋惊恐地得知小船已被人捡到，并被拖到了一个他每天都要去的地方——也许是出于工作需要每天都必须去的地方。到了夜里，他把小船偷走，但没胆量去把舵一起找来。咱们首先要查明的事情就是，现在这条无舵的小船在哪儿呢？只要找到了它，胜利就为期不远了。这条小船将会以惊人的速度把咱们引向那个星期天午夜划过它的人。只要找到这个人，证据一环套一环，凶手是无法推脱自己的罪行的。"

我听完杜宾的分析之后，不禁对他的精辟阐述拍案叫绝，催促杜宾马上行动。杜宾笑了，他说道："下面的一切，该我们那位可爱的警察局长干了。"这时局长大人刚好造访，我于是迫不及待地让他去查。他相当困惑并且半信半疑，但还是勉强按"船——划船人——海军军官——军官那天的行为"这条线索去查了。这里不想以繁琐的取证细节劳累读者诸君，只想指出一点，结果与杜宾的推论丝毫不差。凶手就是那个海军军官，而杜宾也因此得到局长许诺的酬金，虽然极不情愿但还是给了。

从杜宾办案之后，我打心眼儿里不相信什么超自然的力量。我把一切都说成巧合，是因为我所讲的这个故事说明了这一点。我所使用的"偶然性规律"表明推断事实真相时，如果只见树木不见森林，过分注重细节，那么就会推出一连串的错误；反之，如果只见森林而不见树木，则更令人失之谬误，百思不解。

3. 钟楼魔影

钟楼上的恶魔，现在几点了？

——古谚语

曾经谁都知道，世界上最好的地方是德国的沃顿沃提米提斯小镇。

不过，因为它离任何一条主要的道路都有相当的距离，一副遗世独立的样子，可能我的读者中几乎没人去过那儿。为了让那些没到过那里的人有一个清楚的了解，我应当对它进行深入的介绍。因为希望能代表那儿的居民们争取公众的同情，所以就更有必要这么做了。

在这儿，我陈述了一些最近发生在这个小镇上的不幸事件。认识我的人都不会怀疑我陈述这件事情的真实性。既然我自愿挑起了这个重担，我将尽最大的努力来让自己做到严格的不偏不倚，我会慎重地调查事实，并且请权威人士做仔细的校勘，而这样的校勘工作甚至能让渴望获得历史学家头衔的人脱颖而出。

沃顿沃提米提斯这个小镇从最初到现在，一直保持着完全一致的状况，这是因为其在纪念章、手稿和碑铭的合力帮助下才如此的。不过，谈到小镇初建的日期，很可悲的是，我只能给出一种半是含混、半是确定的答案，所以数学家们有时不得不运用某些代数公式解决问题。我可以这么说，从它这么古老、偏远来看，这座城市的历史无论如何不会早于任何有据可查的年代。至于沃顿沃提米提斯这名字的来历，我得伤心地承认我感到很迷惑。在关于这个问题的诸多看法之中——这些看法有的敏锐，有的渊博，有的又完全相反。我无法找出任何一种让人满意的看法。或许酒囊先生的意见，差不多同饭袋先生的意见相一致——要稍好些。它是这样写的：

沃顿沃提米提斯——沃顿，平息的雷声——沃提米提斯，近似于闪电——一个旧词是，直面闪电。说实话，镇参议会大楼的尖塔顶端上，闪电划过的几道痕迹也验证了这个派生词。不过，我决定不在这么重要的问题上纠缠不休，而可以到以下这些参考书中去查阅读者期望了解的信息：请参考由吃吃喝喝先生评注的吹牛先生的手稿的边注；笨蛋先生所著的《旁敲侧击先辈演讲集》，也可见傻瓜先生哥特式版本的《派生词》的第二十七页到五千零一十页，有眉题，没有注释，黑红字体。

尽管沃顿沃提米提斯建立的时间以及其名字的出处无从得知，可有一点是可以确定的，就是我前面提到的这镇子一直以我们眼中的样子延续至今。镇上年纪最大的老人也记不起它外貌上的点滴变化。事实上，任何诸如此类的说法都会被认为是对这个小镇的一种冒犯。

村子的周长大约是四分之一英里，坐落于一个正圆形的山谷中，四周环绕着小山，而镇中的人们从来没有冒险去翻越这些山头。对此，镇民们给出了个极好的理由，他们压根儿不相信山那边有什么东西。环绕着山谷的边缘（那儿很平坦，铺满了扁扁的瓦片），一溜儿立着六十栋小屋子。它们背倚山冈，面向平原，每栋小屋的前门距平原中央仅有六十码远。屋前的小花园中有一条环形小径，一个计时器和二十四棵卷心菜。这些房子极其相似，以至于没法把一栋和另一栋区别开来。因为年代久远，房屋的式样有些古怪，可要不是这个原因，它们也不会如此引人注目，不会如此独特。因为那些用烈火烧成的、两端黑中间红的小砖头，屋子的外墙看上去像是放大了比例的棋盘，显得很时尚。两端的山形墙朝向正面，屋檐、正门的上方的檐口和房子的其余部分一样大小。又窄又深的窗户上装有很多窗格，镶着整洁的玻璃。屋顶上铺着数不清的长耳瓦片。这儿所有的木工活都是一种暗色调，它们经过精雕细刻，不过式样单一，很久以前，沃顿沃提米提斯的雕刻师们就只能雕刻两样东西——计时器和卷心菜。不过他们雕这两样东西时，落凿处构思精巧，富有独创性，完成的产品非常出色。

小屋的内部与外观彼此呼应，家具的摆设如出一辙，小镇上所有房子的内部都是千篇一律。地板上铺着方形瓷砖，黑木制成的椅子和桌子有着弯曲的细腿和小狗形状的脚。壁炉架又宽又高，不仅在正面雕刻有计时器和卷心菜，且在顶上正中央摆着一个真正的时钟，响亮地"嘀嘀嗒嗒"着，两端各摆着一个插了卷心菜的花瓶。每棵卷心菜和钟之间又有一个大肚子的小瓷人儿，肚子上有个又大又圆的洞，从那儿望进去可以看见一块手表的表盘。大而深的壁炉中装有弯曲的柴架。里面经常跳动着欢快的火苗，火上架着一口大锅，正煮着腌卷心菜和猪肉，屋子的女主妇总是忙于照看它。

女主妇是位矮胖的老妇人，长着一双蓝色的眼睛，脸色红润，戴了顶糖块形状、饰有紫黄色带的大帽子。她的裙子是橘黄色的，亚麻羊毛混纺的质地，屁股那里包得紧紧的，腰身那里剪得很短——实际上其他部分也都很窄小，在大腿上面龇牙咧嘴的。她的腿和脚踝都粗了些，好在都被一双好看的绿色长袜给遮住了。粉红色羽毛制的鞋子上系着一束黄色的丝带，折成卷心菜的形状。她的左手里有块小而沉的德国表，右手则挥着一柄长把勺子翻动着那些腌卷心菜和猪肉。一只身上长着条纹，尾巴上拴了一只镀金的玩具打簧表的肥猫立在她的身边，那是"男孩子们"的恶作剧。

三个男孩子的个头都有两英尺高，带着三角尖帽，身上的紫色背心直拖到了大腿，穿着长到膝盖的鹿皮短裤，红色长袜和饰有银制大带扣的重靴子，套了一件钉着珍珠母大纽扣的男式大衣。他们都在花园里喂猪。每人嘴里都衔着一支烟斗，右手握了块小小的表。他们喷口烟，看看表，再喷口烟，再看看表。那只肥胖慵懒的猪此刻正忙着一会儿啃着掉下来的卷心菜叶子，一会儿往后踢一下镀金打簧表，顽皮的孩子们把这个东西系在了它的尾巴上，好让它看起来像那只猫一样漂亮。

在正门的右边，一把皮革坐垫的高背扶手椅在那里摆着，和桌子一样，也有曲腿和小狗形状的脚，上面就坐着这家的老头子。这是个极胖的小个儿绅士，长了一对圆圆的大眼睛和肥嘟嘟的双下巴。他的穿着打扮和那几个孩子一模一样——我就无需在此多说些什么了。不同之处在于，他的烟斗比孩子们的要大些，因此他可以喷出一阵更大的烟雾。和他们一样，他也有一块表，不过放在了口袋里。说实话，比起表来，他有些更重要的东西要关注——我不久就会提到这东西是什么。他坐在那儿，脸上一副黯淡的面容，右腿跷在左膝上，但每时每刻，至少总是有一只眼睛死死盯在中央平原的某个显著目标上。那个目标位于镇参议会大楼的尖塔上。

镇参议会的成员们长得圆滚滚的，都是些小个子、油滑的聪明人。长着大大的圆眼睛、肥嘟嘟的双下巴，比起沃顿沃提米提斯的普通居民来，他们的外套要长得多，鞋上的带扣也要大得多。我在镇上逗留的期间，他们召开了好几次特别会议，采纳了以下三条重要方案：

（1）变更老的好传统是错误的。

（2）沃顿沃提米提斯之外的事物都难以忍受。

（3）我们将忠于我们的时钟和卷心菜。

参议会的议事厅上面是尖塔，塔楼就在其中，沃顿沃提米提斯镇的大钟从很久以来就在那里存放着。人们都很珍爱它，因为它是村民们的骄傲。坐在皮垫扶手椅中的老绅士们目不转睛望着的目标，正是那个大钟。大钟有七面——在尖塔的七个面上各有一个，这样所有方向都能很容易地看到它。它巨大的面盘是白色的，沉重的指针则是黑色的。钟楼有位看守人，他的唯一职责就是照看这只大钟，这可是最完美的闲职了——因为沃顿沃提米提斯的大钟从没有出过什么毛病。直到最近，仅仅这么假设一下，都会被当作是异端邪说。从有史可查的最久远的年代起，就由那座大钟准确地鸣响报时。实际上，镇上其他所有的时钟和手表也是一样。再没有像这样精确的恪守时间的地方了。当大钟那巨大的铃舌觉得该说"十二点整"时，它所有顺从的追随者都同时开口相应，像是一阵巨大的回声。总之，小镇上的好民众们喜欢自己的腌卷心菜，也永远为自己的时钟而自豪。

在这个小镇上，所有拥有挂名闲职的人都或多或少地受到尊敬，而沃顿沃提米提斯的钟楼看守人占据着最完美的闲职，他自然是世上最受尊敬的人了。作为镇上最显要的人物，就连猪们都带着敬畏的神气望着他。他的大衣后摆比镇上其他绅士的要长出很多——他的眼睛、烟斗、鞋带扣和他的肚子都要比其他任何人大上许多，他的下巴都不只是双层的，而是三层的了。

到此为止，我已描绘出沃顿沃提米提斯的快乐状态。唉，这样一幅美好的画卷，要是不被破坏就好了！

小镇中流传着这样一句古老的谚语，即"翻过山来的没有好东西"。看来这话确实有几分未卜先知。就在前天中午十二点差五分的时候，东边山脊的顶上出现了一个怪模怪样的东西。这情况当然引起了普遍的注意，每个坐在皮垫扶手椅里的小老头，都惊慌地把一只眼珠转向这东西，把另一只眼珠盯在尖塔上的大钟上。离正午只差三分钟时，看出那个备受猜疑的古怪东西是个个子很小、长了副外国人样貌的年轻人。他速度极快地冲下了山，这样每个人很快就把他看得清清楚楚。

他实在是在沃顿沃提米提斯出现过的最讲究的人。他的面容呈现一种暗烟色，一双豌豆大的眼睛，下面长了只长长的鹰钩鼻，还有一张大嘴和一口好牙。看来他很想显露他自己的这口漂亮的牙齿，只管咧开了嘴笑。脸上满是胡髭和腮须。不过额头倒露在外面，头发用卷发纸打理得整整齐齐。他身着裁剪贴身的黑色燕尾服外套（一个口袋中耷拉出来的白手帕晃荡着），黑色克什米尔羊毛料的及膝短裤，黑长袜，足踏一双粗短的轻软平底鞋，上面饰有大束的黑色缎带。他的一只胳膊下夹着一顶巨大的绸三角帽，另一只则夹了一个几乎有他个头五倍大的小提琴。左手握了一只金鼻烟壶，就在迈着各种稀奇古怪的步子雀跃下山来时，他的脸上挂着自满自得的神情，不停地吸着鼻烟。上帝保佑！——这是沃顿沃提米提斯最诚实的民众看到的一幕！

尽管这家伙一直咧着嘴在笑，可还是长了一张阴险、鲁莽而邪恶的脸。坦白说，当他直冲冲地蹦进村庄的时候，他那古老的、粗粗短短的鞋子并没有引起人们的疑心。那天好多看到他的人，本来不屑于瞥一眼他身上细薄布的白手帕以下的部分——那手帕从他的燕尾服外套的口袋里耷拉下来。可是激起大家义愤的是，这个恶棍般的花花公子这儿跳一步西班牙舞，那儿跳一步旋转舞步，根本没有一丝一毫念头要让他的步子踩准节拍。可是，当那个恶棍蹦来跳去的直闯到他们中间的时候，善良的镇民们都几乎没机会完全张开双眼，此时距离正午 12 点只差半分钟了。

他这儿跳一个滑步，那儿来一个金鸡独立，然后趁大家没有留意时，在一个旋转和一个和风舞步之后，鸽子般飞上了镇参议会大楼的塔楼。目瞪口呆的塔楼看守人正坐在那儿庄重又惊愕地抽着烟。这小家伙一下揪住他的鼻子又是晃又是拽，还"啪啪"地扇他头上的大三角帽，把它往下敲，盖住了看守人的眼睛和嘴巴。接着，他举起那柄巨大的小提琴，打了他很久，打得很厉害。由于那看守人太胖，再加上小提琴很空，你会听得出，那是沃顿沃提米提斯尖塔的塔楼里，一群双倍低音鼓的鼓手一起痛击魔鬼的鼓点。

暂且不去想这种不人道的袭击会引来居民们怎样的复仇，目前需要关注的一件重要的事情是，现在只有半秒钟就到正午了。塔楼上的时钟就要敲响了，每个人绝对必须好好盯着他的表。但很显然，就在此时，钟楼上那家伙正对大钟做着一些本来与他无关的事情。不过钟已经开始敲了，没有人来得及去顾及他在干什么，因为他们都得数着敲响的钟声。

"一！"钟声鸣响。

"一！"沃顿沃提米提斯每位坐在皮垫扶手椅中的小老头响应着。

"一！"他们的表敲响了："一！"他们妻子的表响了："一！"孩子们身上的表响了，猫和猪尾巴上的小玩具打簧表也响了。

"二！"大钟继续敲着；

"二！"所有的应和者响应着。

"三！四！五！六！七！八！九！十！"大钟敲着。

"三！四！五！六！七！八！九！十！"其他人应答道。

"十一！"大钟响着。

"十一！"一群小东西们应着。

"十二！"大钟响着。

"十二！"他们极其满意的答道，一边降低了音调。"十二点了！"所有的小老头们一边说，一边举起了他们的表。可是大钟并没有放过。

"十三！"它又敲响了一记。

"魔鬼啊！"小老头们面色变得苍白，气喘吁吁，丢下他们的烟斗，把右腿从左膝盖上放下来。"魔鬼啊！"他们呻吟着，"十三点！十三点！！——上帝啊，现在是十三点！！"

为什么要试图去描绘那接踵而来的可怕场景呢？整个沃顿沃提米提斯立刻陷入了可悲的骚乱状态。

"我的肚子是怎么啦？"所有的男孩子吼道，"这个时间我该饿了！"

"我的腌卷心菜是怎么啦？"所有的主妇们尖叫道，"这个时间它该煮烂了！"

"我的烟斗是怎么啦？"所有的小老头诅咒道，"真该天打雷劈，这个时间它该抽完了！"他们又怒气冲冲地填满烟斗，坐回到扶手椅中，又快又猛地吞云吐雾，整个山谷立刻充满了浓重的烟霭。与此同时，所有卷心菜也都变成了红色，似乎以时钟的形式出现的每样东西都被魔鬼附了身。雕在家具上的钟像是被施了魔法般开始跳舞，壁炉台上刻的那些，则像是无法克制自己的狂怒一般，不停地敲着十三点钟。钟摆都摇晃扭曲得可怕，让人不敢去看。可是，最糟糕的是，猫也好猪也好，都忍受不了系在它们尾巴上的小打簧表的动静，到处狂奔想法子对它泄愤。它们乱蹿乱拱，发出刺耳的尖叫，蹿到人们的脸上，或是从衬裙下穿过，有理智的人简直难以想象这一片混乱和糟糕的场面。

更让人气愤的是，尖塔上那个不可救药的小恶棍显然正尽其所能地作恶。人们不时地能透过烟雾瞥见他，他正骑在钟楼里仰面朝天的看守人身上。他用牙齿叼着钟绳，不停地用脑袋猛拉，我只要脑子里一想起那喧闹的声音，耳中就会再次"嗡嗡"作响。他的膝盖上摆着那把硕大的小提琴，他正两手刮擦着它，演奏着《佛兰纳甘的朱迪和瑞佛提的帕迪》，既不合拍又不着调。

这个傻子！

事情就是这样悲惨地发生的，我厌恶地离开了这个地方，在此向所有热爱正确的时间和美味的卷心菜的人求助：让我们集体赶赴那个小镇，从尖塔上赶走那个小坏蛋，再次恢复沃顿沃提米提斯古老的秩序吧。

（1850 年）

4. 金甲虫

苏里文岛所在的纬度比较特殊，冬天不是很冷，秋季的时候根本不必生火。

然而，18××年十月中旬光景，有一天居然冷得出奇。太阳快下山了，我一脚高一脚低地穿过常青灌木丛，朝我朋友那间窝棚走去。当时我住在查尔斯顿，离苏里文岛有九英里路，来往交通工具又远不如日前这么方便，因此有好几个星期没去探望他了。我一到窝棚前，照例敲敲大门，竟不见有人应门，我知道钥匙藏在哪里，一找就找到了，打开门，直闯进去。

只见壁炉里烈火熊熊。这可稀罕，倒也正中我下怀。我脱掉大衣，在一张紧挨着哔哔剥剥烧着的柴火旁边的扶手椅上坐下，就此耐心地等待两位主人回来。

丘比特是勒格朗家的听差。在勒格朗家道败落前，他就解放了，可他自以为理当寸步不离地侍候"威儿小爷"，任凭威胁利诱，都无法把他打发走。想来是勒格朗的亲戚，认为这流浪汉有些精神失常，才想出办法让丘比特渐渐养成这种耿脾气，好监督他，保护他。

天黑不久，他们回来了，亲热透顶地款待我。丘比特笑得嘴也合不拢，满屋乱转，杀鸡做晚饭。勒格朗正好犯着热情洋溢的一种毛病——要不称作病，那叫什么好呢？他找到了一个不知名的新品种双壳贝，此外，在寻找的过程中，在丘比特的帮助下还抓到一只金龟子，在他看来这完全是一个新发现，不过他希望明天听听我有什么看法。

"何不就在今晚呢？"我一边在火上烤着双手一边说，心里可巴不得那一类金龟子统统给我见鬼去。

"好久没见到你了！"勒格朗说，"早知道你来就好了，我怎么料得到你偏偏今晚来看我呢？刚才回家的路上，恰巧碰到毛特烈堡的葛××中尉，一时糊涂，竟把虫子借给他了。因此得到明天早晨，你才看得到。在这儿过夜吧，等明天日出，我就打发丘比特去取回来。真是美妙极了！"

"什么美妙？——日出吗？"

"胡扯！不是！——是虫子。浑身金光闪亮——约莫有大核桃那么大，靠近背上一端，长着两个漆黑的黑点，另一端还有一个，稍微长点。触须是——"

"它身上可没须，威儿小爷，"这时丘比特打岔道，"我还是这句话，那是只纯金的金甲虫，从头到尾，里里外外都是金子，只有翅膀不是——我一辈子里还没碰到过这么重的虫子呢。"

"得，就算是吧，"勒格朗答道，"丘，照我看，他其实不必说得那么认真，难道你这就可以听凭水鸡烧糊？那身颜色……"

然后他回头跟我说，"说实在的，你看了真会同意丘比特刚才的说法。甲壳上一层锃亮金光，你长了眼睛也没见过。到明天，你自己看吧。暂且我倒可以把大概样子告诉你。"说着他就在一张小桌边坐下，桌上放着笔墨，就是没纸。他在抽屉里找了半天也没找到一张纸，"算了，"他无奈地说，"这就行。"说着从坎肩袋里掏出一小片东西，我还当是脏兮兮的书写纸呢。他就拿笔在上面画起草图来。

他画他的，我照旧坐在炉火边，因为还是觉得很冷。他画完便把画递给我了，也没欠身。我刚接到手，突然传来一阵"汪汪"吠叫，紧接着又响起"嚓嚓"的抓门声。丘比特打开门，只见勒格朗那条纽芬兰大狗冲了进来，扑到我肩头，跟我百般亲热，因为以往我来做客，对它总是非常关怀。转眼间它不再欢蹦乱跳，我就开始看纸上的画面。说实话，我朋友画的究竟是什么，我一点也没看明白。

"呃！"我默默地打量了一会说，"我不得不说，这是只稀奇的金龟子，真新鲜！这种东西我压根就没见过，要么算是头颅骨，或者说是骷髅头。在我眼里，再也没有比这更像骷髅头的了。"

"骷髅头！"勒格朗惊讶地重复了一遍我的话，"嗯，对，不用说，画在纸上，准有几分相仿。顶上两个黑点好比眼睛，底下那个长点的就像嘴，再说整个样子又是鹅蛋形的。"

"也许是吧，可话又说回来，"我说，"勒格朗，你恐怕画不来画。我得亲眼看见了才能知道这金甲虫是什么模样。"

"随你怎么说吧，"他心里有点火了，接着说道，"我画画还算过得去。至少应该这样，拜过不少名师，也自信不算个笨蛋。"

"那老兄你是什么意思，你在开玩笑喽！"我说，"这看起来实在是很像头颅骨，照一般人对这种生理学标本的看法，我倒不妨说，这是个顶呱呱的头颅骨——你那只金龟子要是像头颅骨的话，保证是人间少见的怪虫。嘿，凭这点意思，倒可以让人产生一种恐怖透顶的迷信。我看你不妨取个名，叫作人头金龟子，或者诸如此类的名称，博物学上有不少类似的名称呢。再说了，我怎么没有看到你说的这个虫子的触须在哪儿呀？"

"触须？！"勒格朗说，看他模样，一听我问这话，他顿时莫名其妙地面红耳赤了："我敢说你一定看得见。画得就跟原来一模一样呢，我看画得够清楚了。"

"得，"我说，"也许你画得是很清楚了，可我还是没看见。"我没再讲什么了，因为我不想惹他发火，就把纸递给了他。不过，事情闹得这么尴尬，倒万万没想到。他为什么不痛快，我也摸不着头脑。就甲虫图来说，上面的确没画什么触须，整个形状也真跟平常的骷髅头一模一样。

他火冒三丈地接了纸，揉成一团估计打算扔进火里，但他无意中朝那图样瞅了一眼，仿佛被什么吸引了一样，猛然全神贯注地盯在上面了。他脸色一阵红、一阵白。他坐在椅子上，仔细端详了好久，才站起身，从桌上取了支蜡烛，走到屋子较远的一角，在一只大箱子旁边坐下，又心痒难耐地把纸打量了一通，翻来倒去地看，却始终一言不发。他这副举止真叫人大吃一惊，不过看来还是小心为妙，最好别说什么，免得火上浇油。

不久，他从衣袋里掏出皮夹，小心翼翼地把纸夹好，再放进写字台，上了锁。这时他才镇静下来，可原先那副热情洋溢的神气竟一扫而空了。看他模样，要说是愁眉苦脸，还不如说茫然若失。夜色愈来愈浓，他神志愈来愈恍惚，想得出了神，不管我说什么俏皮话，都逗不起他的劲头。我从前常在他家里过夜，这回本也打算住一宿，可眼见主人心情这般不好，就打算离开回家了。他没有特别挽留我，但我临走时他竟格外亲热地握了握我的手。

这一别之后，很快就过了个把月，我一直也没见到勒格朗，可他的听差丘比特竟来查尔斯顿找我了。好心肠的老黑人那副丧气相，我还是头回见到，就不由得担心朋友遭了什么大祸。

"呃，"我说，"丘比特，怎么回事？少爷好吗？"

"唉，小爷，说实话他不是很好。"

"不好？真替他难受。他有什么不爽快？"

"唉！就是啊！他从没啥不爽快。可他实在病得凶。"

"病得凶？丘比特！你干吗不早说？他卧病在床了吗？"

"没，没那样！没有病倒下——糟就糟在这儿。我真替可怜的威儿小爷急死了。"

"丘比特，你到底说的什么呀？你说少爷病了。难道他没说哪儿不舒服？"

"呃，小爷，为了这事发火可犯不着——威儿小爷根本没有说有啥不舒服。可他咋会低着头，耸着肩，脸色死白，就这样走来走去呢？这不算，还老解蜜蜂——"

"解什么，丘比特？"

"在石板上用数目字解蜜蜂。我压根儿没见过这么稀奇的数目字。还有，我得好好留神他那手花招。那一天，太阳还没出来，他就偷偷溜了，出去了整整一天。说真的，我都快被吓死了。我砍了根大木棍，打算等他回来，结结实实揍他一顿。可我真是个傻瓜蛋，到底不忍下毒手。他气色坏极了。"

"呃？——什么？——懂了，懂了!——千句并一句，我看你对这可怜的家伙还是别太严——别揍他，丘比特——他实在受不了——可你难道真的弄不明白，他这病怎么犯的或者说他怎么会变成这副模样？我从你们那里离开之后，难道他碰到过什么不愉快的事？"

"没，小爷，那次以后，没碰到过任何不愉快的事——恐怕那以前就出事了——就在您去的那天。"

"怎么？你这是什么意思？"

"呃，小爷，我是指那虫子——您瞧。"

"那什么？"

"那虫子——我打包票，威儿小爷准是给金甲虫在脑门哪儿咬了一口。"

"你怎么会有这个想法，丘比特？"

"那个虫子蛮多爪子，还有嘴巴。我出娘胎还没见过那么个鬼虫子，只要有啥挨近，它就踢呀咬的。威儿小爷起先抓住了它，可后来又只好一下子放它跑了，说真的，那工夫准给它咬了一口。我自己总归是不喜欢那虫子的嘴巴模样，所以决不用手指头捏住它，用找到的一张纸抓住它。包在纸里，还在它嘴巴里塞了张纸——就这么着。"

"那么依你的意思，少爷当真给金甲虫咬了一口？这一咬，才得了病？"

"我觉得我心里有数。他要不是给金甲虫咬了一口，又咋会一心想金子呢？在这之前，我就听说过那种金甲虫了。"

"你是怎么知道他想金子呢？"

"我怎么知道？嘿，因为他说梦话的时候都那么说了——我就知道了。"

"好吧，丘，就算你说得对，可我今天感到好荣幸，什么风把你吹来了？"

"什么意思呢，小爷？"

"勒格朗先生是不是托你捎什么口信给我？"

"没，小爷，我带来了一张纸条。"说着就递给我一张字条，内容如下：

××兄：

　　你为什么许久都不来了？希望别因为我有什么冒犯而把你气昏了。不，我想你不至于这样。上次分手以后，心里当然惦念得很。我有话要跟你说，可就是不知道怎么说才好，也不知道是否要谈。前几天，我不大舒服，可怜的老丘好心好意关怀我，反而把我惹

火了，我差点跟他发火。你信吗？有一天，我趁他不注意偷偷溜
了出去，独自一人在大陆的那一带山里消磨了一天，他竟准备了
一根大棍子，打算教训我一顿。我敢说，要不是因为我病快快的
样子，准逃不了一顿打。我们分手以来，标本柜里可没添上什么
新标本。如果你方便的话，无论如何请跟丘比特来一次。请来吧，
但愿今晚见到你，因为事关紧要，而且是非常重要的大事。

弟威廉·勒格朗 谨启

看完这张字条，他的一些语气让我忐忑不安。全信风格跟勒格朗的
文体大不相同。他在梦想什么呀？那海阔天空的思潮里又有什么新奇的
怪念头了？他有什么"非常重要的大事"要办呢？丘比特谈到的那种情
况，明明不是好兆头。我生怕这位朋友因不断遭到飞来横祸而被折磨成
神经病，因此当场就准备跟着丘比特走了。到了码头上，只见我们乘坐
的小船船底放着一把长柄镰刀和三把铲子，全是新的。

"这些干什么用的，丘比特？"我问道。

"这是镰刀和铲子呀，小爷你不认识？"

"我当然认识，我的意思是搁在这儿干什么？"

"这是威儿小爷硬叫我给他在城里买的，我花了一大笔钱才搞到
手呢。"

"可他究竟要拿镰刀铲子派什么用场呢？"

"我可闹不清，我也不信他自己能够闹得清，不过这全是那虫子捣
的鬼。"看来丘比特脑子里只有"那虫子"了，看来从他嘴里套不出满
意的答复，我就登上船，扬帆起航了。乘着一阵劲风，不久便驶进毛特

烈堡背面的小海湾了，下了船，走上两英里路，下午三点光景，到了窝棚前。勒格朗早已等得不耐烦，他又紧张又热诚地握住我的手，我不由得吓了一跳，心头顿时大起疑窦。他脸色竟白得像死人，深陷的眼睛闪出异彩。我一时不知说什么好，就问他身体是否无恙，然后随口问他有没有从葛××中尉手中拿回金龟子。

"要回来了，"他答道，脸色顿时因激动而变得通红，"第二天早晨就取回来了。说什么也不会再把那金龟子放手啦。你知道吗，丘比特那套看法真的没错。"

"哪种看法？"我问道，心头不由得涌起一种不祥的预兆。

"他不是认为那是个真金的虫子吗？"他一本正经地说，"我要靠这虫发财了，我要重振家业了。我看重它，有什么奇怪吗？财神爷认为应该送到我手里，我只有好好派个用处，它既然是金库的钥匙，金子就会落到我手里。丘比特，把金龟子给我拿来！"

听完我不由得大惊失色。

"啥？虫子，小爷？我还是别去找虫子麻烦的好。应该您自己去拿。"勒格朗便神气十足地站起身，从玻璃盒里拿了金甲虫给我。

这只金龟子可真美。靠近背上一端，长着两个滚圆的黑点，另一端还有长长的一点。甲壳硬得很，又光又滑，外表浑像磨光的金子，重得出奇。当时的博物学家应该还不知道有这种甲虫吧。就科学观点来看，自然是个重大收获。我把这一切琢磨了一下，怨不得丘比特有那套看法了。不过，勒格朗怎么也会有这么个想法，我可说不出。

我把甲虫再次仔细端详了一番，"我请你来，"他大言不惭地说道，"我请你来给我出个主意，帮我认清命运之神和那虫子的奥妙……"

"亲爱的勒格朗，"我打断他的话头，大声说道，"你一定有病，还是预防一下好。你应该躺下，我陪你几天，等你好了再走。你又发烧又……"

"按按脉，"他说。我按了一下，说实话，一点发烧的症状都没有。

"大概你有病，只是还没发烧。这一回你一定要听我的。先去躺下，再……"

"你弄错了，"他插嘴道，"我目前心情这么激动，身体好得不能再好了。你要是真希望我身体好，就要帮我消了这份激动。"

"怎么帮？"

"容易极了。我和丘比特要到大陆那边的山里去探险。这次探险我需要靠得住的人帮忙。也只有你我才信得过。不管这件事的结果是成是败，等完成之后你目前在我身上看到的这股激动的心情自会消失。"

"我很愿意效劳，不过，"我答道，"你是不是说，这毒虫跟你到山里去探险有关系？"

"就是！"

"那么，勒格朗，这种荒唐事我可不干。"

"真遗憾——实在太遗憾了——我们只好自己去试一下了。"

"你们自己去试一下？我觉得你肯定疯了！你们打算去多久？"

"大概整整一宿吧。我们马上就动身，争取在天亮前赶回来。"

"老天爷呐！那么你必须答应我，等虫子的事解决了，等你这个怪念头一过，就立刻回家，我做你的大夫，我怎么说，你就怎么做。"我极不情愿地答应陪他去了。

勒格朗，我，丘比特，还有那条狗，我们在四点光景出发。丘比特扛着镰刀铲子，这是他自己硬要扛的。在我看来，不是他过分巴结和卖力，只是生怕少爷随手摸到罢了。他那副样子真是偏到了家，一路上就是嘀咕着"鬼虫子"这几个字眼。我拿着两盏牛眼灯，勒格朗得意地拿着金龟子，挂在一根鞭绳头上，一路走，一路滴溜溜转着，活像个变戏法的。看着他的这一举止，明摆着他已神经错乱，我简直忍不住掉下泪来。可心想最好还是凑合凑合他那番意思，至少目前应该这样，在没想出较有把握的对策前，只好迁就他。我拼命向他打听这番探险的目的，结果总是白费口舌。他既把我哄来了，就不愿谈到什么次要的话题，不管我问什么，他只回答一句"回头瞧吧"，就完了。

苏里文岛那头有一个小海湾，我们乘着划子渡过去之后就到了大陆岸边，爬上高地，直奔西北，穿过不见人烟的荒地，一直向前走着。勒格朗头也不回地开着路，走走停停，查看记号，看来全是他上回亲手做的。我们这样走了两个钟头光景，太阳下山，才到了一片空前萧索的荒地。这是高原地带，靠近一座几乎无法攀登的山顶，从山脚到山尖密密麻麻地长满了树，到处都是大块峰岩，好似浮在土上，大半靠着树，才没滚下山沟。周围的深谷又给这片景色平添了一副阴森、静穆的气氛。我们登上这片天然平地，上面荆棘丛生，如果不用镰刀砍伐一下，简直没法插脚。丘比特就按照少爷吩咐，开出条路来，直到一棵半天高的百合树脚下。这棵树跟八九棵橡树一起耸立着，长得树叶葱翠，姿态美妙，而且丫枝四展，形状庄严。那八九棵橡树都远远比不上它，我可没见过这么美的树。我们刚到百合树前，勒格朗就回过头问丘比特是否爬得上去。老头一听这话，仿佛有点踌躇，因为他没有应声。过了半天，他才走到巨大的树身前，慢吞吞地绕了一圈，全神贯注地端详了一番。打量好，他只是说了一句："行，小爷，我这辈子见过的树，都爬得上去。"

"那么赶快爬上去，眼看天就要黑得伸手不见五指了。"

"得爬多高，小爷？"丘比特问道。

"先爬上树干，回头再告诉你往哪儿爬。嗨，慢着！把这甲虫带去。"

"那虫子，威儿小爷！我可不想……"

"丘，你这么大个子的一个人，不敢捏住一只伤不了人的小死虫么？就拿着这绳子上去吧。你要不想法子把虫子给我带上去，我就拿这铲子砸烂你的脑袋。"

"咋回事，小爷？"丘说，一眼就看出他怕得只好照做了，"总是要跟老黑奴嚷嚷。我不过只是开玩笑罢了。我会害怕那虫子？那虫子算啥？"说着小心翼翼地捏住绳子的一头，尽量将昆虫拿得离身子远远的，准备爬树了。

百合树是美洲森林树木中最雄伟的一种树。幼年期间，树身特别光滑，虽然长得老高但横里一根枝丫也没有。到了成熟时期，树皮上才长出疙瘩，凹凹凸凸，树干上也有了不少短枝，因此在树下看着难爬，其实没有那么难。丘比特双臂双膝尽量紧紧勾住巨大树身，两手攀住疙瘩，光脚趾踩着疙瘩爬上去，有一两回差点没摔下来，最后终于一耸一挺地爬到了头一个大杈枝上，看模样他还当万事大吉了呢。虽然离地六七十英尺，其实眼下倒确实毫无危险了。

"现在得往哪儿爬，威儿小爷？"他问道。

"顺着最大一根树枝爬上去，就是这边一根，"勒格朗说。

丘比特马上听从了，不费周折就爬了上去。愈爬愈高，愈爬愈高，到后来四下的密密树叶，终于把那矮胖个儿遮得不见影踪。

不一会就传来了他的声音，听来像是在喊叫："还得爬多高？"

"爬得多高了？"勒格朗问道。

"不能再高了，"黑人答道，"从树顶上看得见天啦。"

"别管天不天的，照我的话做吧。往下看看树身，把这边丫枝数一数。爬了多少根啦？"

"一，二，三，四，五。这边，我爬了五根大丫枝啦，小爷。"

"那么再爬上两根。"

过了片刻，又传来了他的声音，说已经爬到第七根丫枝上了。

"嗨，"勒格朗叫道，一听便知道他心头兴奋万状，"丘，我要你在那丫枝上往前爬，能爬多远就多远。一见什么稀罕东西，就通知我。"

我原先不过只是有些疑心这位仁兄神经失常，如今我能够确认清楚了，我敢断定他肯定发疯了，就急急忙忙想逼他回家。我正在暗自琢磨，用什么法子好，忽然又传来了丘比特的声音。

"实在吓得厉害，不敢爬远了。这根丫枝统统死光了。"

"你说是根枯枝，丘比特？"勒格朗抖声颤气叫道。

"就是，小爷，死得连口气都没有。实实在在是咽气了——归天啦。"

"究竟怎么办是好？"勒格朗问道，看光景他苦恼极了。

"怎么办！"我说，暗自庆幸总算可以插下嘴了，"回家去睡觉。走吧。"

"丘比特，"他对我理都不理，径自叫道，"你听得见我说话吗？"

"听得见，小爷，听得不能再清楚了。"

"那么拿刀子试试木头，看是不是烂透了。"

"是烂了，小爷，那是一点没错儿，"过了片刻，黑人答道，"烂虽烂，可没烂透。说真的，就我一个人的话还可以再往前爬点。"

"就你一个人的话？"勒格朗不解地问。

"唉，我指的是那虫子。虫子重得很哩。如果先把他扔下去，光是我自己的分量，丫枝倒吃得住。"

"你这十恶不赦的坏蛋！"勒格朗叫道，心里那块石头分明落了地，"你跟我这么瞎扯，用的是什么心？你要是把甲虫扔掉，看我不叫你脑袋搬家。丘比特，听见了吗？"

"听见了，小爷，跟我这苦命的黑人何必这么大叫大喊。"

"好！听着！继续往前爬。"

"我爬啦，"黑人立即答道，"威儿小爷——现在差不多到梢上了。"

"到梢上了！"这时勒格朗简直失声尖叫了，"你是说，爬到丫枝梢上了？"

"眼看就要到梢上了，小爷——蔼—蔼—蔼—蔼—啊哟！老天爷呐！这儿树上是啥东西呀？"

"啊！"勒格朗叫道，他简直乐极忘形了，"你发现什么东西了？"

"哟，不过是个人头颅骨——不知啥人把他脑袋留在树上，乌鸦把肉全都吃光了。"

"你说是人头颅骨！——好极了！——怎样钉在丫枝上？——用什么拴住的？"

"一点不错，小爷，得瞅瞅。哟，说真格的，怪到极点了——头颅骨上有个老大的钉子，就把它钉在树上。"

"好，丘比特，我怎么说，你就怎么办吧——听见了吗？"

"听见了，小爷。"

"那么听仔细了——把头颅骨上的左眼找到。"

"嗯哼！呵呵！妙！根本没眼睛哩。"

"真笨死了！你分得出哪个是左手，哪个是右手吗？"

"分得出，分得出——完全分得出——这只是左手，我劈柴就用左手。"

"可不！你是个左撇子。你左眼就在左手那一边。我看，你这就可以找到头颅骨上的左眼，原先长左眼的窟窿了。找到了吗？"

隔了老半天，黑人才问道："头颅骨上左眼，是不是也在头颅骨左手那一边？——因为头颅骨上根本一只手也没有——算了！找到了——这就是左眼！然后我怎么做？"

"拿甲虫打左眼里扔下来，绳子尽量往下放——一定要小心，别放掉绳子。"

"有数了，威儿小爷。拿虫子放过那洞洞里，真容易极了——在下面看好！"

只听见说话，但丘比特根本看不见影儿。夕阳在这个时间依然昏昏照着我们这块高地，他好容易才放下来的甲虫，挂在绳头上一目了然，在余晖中闪闪发光，浑像磨光的金球。金龟子悬空挂着，放到底就会落在我们脚前。勒格朗劈手拿过长柄镰刀，恰好在昆虫下面，画出个直径三四码的圆圈。画好之后就吩咐丘比特放掉绳，从树上爬下来。这时，我朋友在甲虫落下的地方，分毫不差地打进一个木桩，又从口袋里掏出皮带尺，将一头钉在靠近木桩的树身上，拉开皮带尺，到木桩那儿，再顺着百合树和木桩那两点形成的直线方向，往前拉了五十英尺，丘比特就拿长柄镰刀砍掉这一带的荆棘。勒格朗又在那儿打下一个木桩，以此作为圆心，马马虎虎画了个直径四英尺光景的圆圈。之后他自己拿了把铲子，再分给我和丘比特每人一把，请我们赶快挖土。老实说，我平时就不爱这种消遣，尤其在这工夫，真巴不得一口谢绝。一则天快黑了，再则走了那么多路，实在累得慌。可偏偏想不出法子溜走，又怕一开口拒绝，那位仁兄就会不得安生。要能靠丘比特帮忙，我早想法逼这疯子回家了。无奈老黑人的脾气我早就了解了，无论在什么情况下都别指望他跟少爷争一场。

在南方人之间有一个流言在流传着，就是他们认为地下埋着宝藏，我深信勒格朗准是中了这类鬼话的毒。他找到了金龟子，就把心头那套幻想当了真，或许是因为丘比特一口咬定那是"一只真金的虫子"，他才信以为真的吧。神经不正常的往往轻易就相信这种鬼话，如果跟心眼里那套想法恰巧吻合，就更加逃不掉上当的套了。于是我就想起这可怜家伙说过，甲虫是他"金库的钥匙"。

总而言之，我心乱如麻，不知如何是好，最后才决定，既然不干不行，干脆动手拉倒——认认真真地挖土，这样也能趁早拿出铁证，好让这位空想家相信自己是真的异想天开了。

把两盏牛眼灯全点上之后，我们一齐动手就起劲干活了，要是能把这股劲儿用在正事上就好了。看看灯火射在我们身上，照在我们的工具上，我不由得暗自思量，我们这伙人多像画中人，如果有人无意中闯进来，肯定觉得我们干的活多么稀罕和可疑。我们一刻不停地挖了两个钟头。大伙不大吭声，那条狗对我们干的活感到莫大兴趣，一味"汪汪"叫，害得我们大为不安。后来实在闹得不可开交，我们才提心吊胆，生怕这么乱叫惊动附近过路的人，或者不如说，勒格朗才这么担心。我倒巴不得有人闯进来，好趁机逼这流浪汉回家。丘比特顽强而沉着地爬出土坑，拿一条吊袜带缚住这畜生的嘴，一片狗叫声终于哑寂，他才威风凛凛地"呵呵"一笑，重新跳回土坑开始干活。

大约过了两个钟头之后，我们已经挖了五英尺来深，可是金银财宝根本不见影踪。大家便一齐住手，我真恨不得这出滑稽戏就此散场。勒格朗显然狼狈不堪，若有所思地抹了抹额角，竟又动手挖了。那直径四英尺的圆圈早已挖好，如今又稍微挖大了些，深里再挖上两英尺，可还是什么都没挖到。

这位淘金人终于满脸失望，痛苦万分地爬出土坑，慢吞吞地勉强穿上干活前脱掉的外套。我对他表示深深的同情，便一言不发。丘比特一看到少爷的手势，就动手收拾工具。收拾好，取下狗嘴上的吊袜带，我们便默默无言地打道回府了。走了十来步之后，勒格朗突然大骂一声，迈开步走到丘比特跟前，一把揪住他的衣领。黑人眼睛嘴巴睁得老大，显然被吓了一跳，一松手，扔掉铲子，双膝扑通跪下了。

"你这坏蛋！你这狼心狗肺的恶鬼！"勒格朗咬牙切齿地迸出一个个字眼道，"——马上回答我，别支支吾吾！——哪——哪一只是你的左眼？"

"啊哟，威儿小爷！难道这不是我的左眼？"丘比特吓得没命，哇哇喊叫，手伸到右眼上，紧紧按着，好似生怕少爷给他剜掉眼睛。

"我早料到了！"勒格朗道，"嗨！咱们得回去，戏还没完呢。"说着又领头朝百合树走去。

我们走到树脚下，他说，"过来！丘比特，头颅骨是脸朝外钉在丫枝上呢，还是朝丫枝里钉着的？"

"脸朝外的，小爷，这样乌鸦才没费劲，正好吃掉眼睛。"

"好，那么你刚才从哪只眼里放下甲虫的，这只，还是那只？"勒格朗一边说，一边摸摸丘比特两只眼睛。

"这只，小爷——左眼——您咋吩咐，我就是咋做来的。"可黑人指的偏偏是右眼。

"行了——咱们还得再试一次。"

看到这状况，我忽然觉得我位朋友看看好似发疯，其实倒还有条有理，或者说我只是自以为弄明白罢了。他将标志甲虫落地点的木桩取起，朝西移了三英寸光景；再从树身最近一点上拉开皮带尺，到木桩那儿，又笔直往前拉了五十英尺，圈出个地方。这时便绕着新地位，画了个圆圈，比刚才那个多少大些，我们又动手挖了。我真累到极点，可心里不知怎么起了变化，不是只想摆脱肩头这份重活，反而感到说不出的兴趣——而且还激动呢。说不定，勒格朗这种荒唐举止间有什么打动了我的心——不知是深谋远虑的神气，还是从容不迫的态度。我迫不及待地挖着，一边挖，一边还想着原来自己也巴不得找到虚无缥缈的金银财宝，原来我也跟那我不幸的伙伴一样为了梦想发财而发了神经。

我们又一次挖了大约一个半钟头光景，我满脑袋全是这种想入非非的念头，狗忽然又大叫特叫，打扰了我们。刚才分明只是因为乱起哄，瞎胡闹，才不安，可这回声调却又尖厉又正经。丘比特又想绑住它的嘴，它就拼命抗拒，跳进坑里，疯也似的扒开烂泥。不到片刻，扒出了一堆尸骨，恰好是两具四肢俱全的骷髅，还夹着几个铜扣，以及烂成灰的呢绒般东西。挖掉一二铲土之后便挖出一把西班牙大刀，再往下挖，就看见了三四个金硬币散在各处。

看到这一切，丘比特脸上的那份高兴劲儿简直按捺不住。但他少爷的脸上反而是大失所望的表情，可还是催我们使劲挖下去。他话还没说完，我的靴尖突然被一个半埋在浮土里的大铁环钩住，绊了一跤。我们眼下干得特别认真，夹杂着兴奋的心情，以前还从没碰到过。在那片刻工夫中，我们顺利地挖出了一只长方形木箱。这只箱子长三英尺半，宽三英尺，高二英尺半。木箱丝毫无损，异常坚固，显然经过什么矿物质处理——大概是升汞处理。箱子四周牢牢包着熟铁皮，钉着铆钉，整只箱子给拦成一格格的格子。左右两头，靠近箱盖，各有三个铁环，总共六个，可以给六个人当把手抓着。尽管我们一齐使出吃奶力气，箱子也只是略动几分。我们顿时看出这么笨重的东西没法搬动。幸好箱盖上只扣着两个活动扣。我们拉开这两个扣子——焦急得一边发抖，一边喘气。一眨眼工夫，整箱价值连城的金银珠宝就在面前闪闪发光了。灯光泻进坑里，乱糟糟的一堆黄金珠宝反射出灿烂光芒，照得我们眼花缭乱。

我瞪着眼盯着那场面的种种心情，简直难以形容。首先自然是惊奇。看上去勒格朗兴奋得没一丝力气，话也不说了。一时间，丘比特脸色死白，我的意思是说，一般黑人的黑脸上能显得多白，他就有多白。看模样他呆若木鸡，吓做一团。不久他在坑里双膝跪下，两条光胳膊插进金子里，直埋到胳膊肘，就这样插着不伸出来，好似乐滋滋地在洗澡一般。临了，才深深嘘了一口气，仿佛自言自语，大声喊叫："这全亏金甲虫！好看的金甲虫！可怜的小金甲虫！"

后来还是我提醒他们主仆二人，得赶紧想法把宝贝搬走。天愈来愈晚了，最好趁天亮前尽力将宝贝搬到家里。大家心里全都像团乱麻，该怎么办才好，真难说。左思右想地考虑了老半天，才把箱子里的财宝搬出三分之二，分量轻了，费上一番手脚，箱子总算起出了坑。搬出来的宝贝就藏在荆棘里，留下狗守着，丘比特还严厉地叮嘱一番：我们要没回来，无论什么缘故，都不准离开，也不准张嘴乱叫。我们这才扛着木箱，匆匆往家里赶去。

这一趟折腾很是辛苦，到半夜一点，我们才算平安到达窝棚，真把我们累坏了，再要马上动手工作，可不合人情。休息到两点钟，吃了晚饭。屋里倒凑巧有三只结实的口袋，就随身带走，赶紧回到山里去。将近四点，才走到坑边，将剩下的金银财宝尽量均分成三份，坑也不填，就动身回到窝棚里，再次将肩头的金银担子藏在屋内，等这一切都完事之后，天刚刚亮，东方树梢上露出了几道淡淡曙光。

这一晚，我们真心累垮了，可当时兴奋过度，反而睡不着。辗转反侧地睡了三四个钟头，大家像事先商定好了似的，一齐起身，开始检查金银财宝了。一箱财宝放得不整齐，也不分门别类，全都乱糟糟堆着。这一箱财宝，我们花了整整一天，又干了大半个晚上，才检查完毕。我们仔细地分了类，才晓得手边的财富，比开头想象得还要多。

所有的金币，按照当时的兑换牌价，尽可能准确地估计了一下，其价值四十五万块钱。没一块是银币，统统全是金币，五花八门的，法国、西班牙、德国的都有，还有几个英国见尼（英国1663年至1813年发行的金币名。1717年，其价值定为二十一先令。）。此外还有一些压根没见过的膺币。有几个沉甸甸的大硬币，表面差不多磨光了，根本看不清花纹，不过美国货币却一块也没有。

珠宝的价值就更难估计了。其中有钻石，有些又大又亮，总共一百一十颗，全都是大个的钻石。十八块灿烂夺目的红宝石，三百一十块翡翠，全很美；还有二十一块蓝宝石，外加一颗猫儿眼。镶嵌金子的托子全拆掉了，宝石都乱七八糟地扔在箱子里。我们在其他金器中拣出那些托子，看起来个个都是被锤子砸扁了，以防被人认出来。

箱子里还有无数的纯金首饰：昂贵的金链，我要没记错的话，总共有三十根；将近两百只又厚又重的指环和耳环；八十三个又大又沉的十字架；五只价值连城的金香炉；五只偌大的金质五味酒钵，精致地雕着葡萄叶和酒仙像；还有两把细工镂刻的剑柄，以及好些小东西，我可记不清楚了。

所有的贵重物品共重三百五十多磅。这还不算那一百九十七只上等金表。其中三只，每只足足值五百块钱。好多都是老古董，但不能用来计时了；零件多少有点锈坏了，但都镶满珠宝，配着高价的金壳。当天晚上，我们估计那箱宝贝共值一百五十万。等到后来将珠宝首饰卖掉，有几件因为留着自用所以没卖，才晓得价值估得实在是太低了。

我们终于查点完毕，异常兴奋的心情消退了几分，勒格朗看我迫不及待地想知道这离奇古怪的哑谜谜底，就把这件事情的原委原原本本地说了出来。

"你还记得那天晚上吧，"他说，"我把画好的金龟子草图递给你。你当时一口咬定我画得活像骷髅头，我就对你大动肝火。你开头说得这么死，我还当你开玩笑。可后来想起昆虫背上有三个怪点，才觉得你那番说法也有点事实根据。话虽这么说，但我心里还是生气你笑我画不来画。人家都认为我是个出色的画家呢——所以，你把羊皮递给我，我就气呼呼地打算把它揉成一团扔进火里。"

"你是指那张纸片吧。"我说。

"其实不是！看看很像纸，我开头也当是纸，可在上面一画，就知道那其实是张极薄的羊皮。那张羊皮脏得很，你总记得吧。回过头来说，我正要揉成一团，无意中朝你看过的草图溜了一眼。这一看，就不必说有多惊奇了。我自以为那儿画着甲虫图，谁知竟瞅见了骷髅头像。我一时吓呆了，怎么也没法有条有理地开动脑筋去想通是怎么回事。我知道自己画的，跟这骷髅头绝不相同——虽然大体轮廓有几分相仿。我马上拿了根蜡烛，坐到屋子另一头，更仔细地朝羊皮上打量了一通。翻过羊皮，就看到自己画的那张画还是老样子。

一开头心里只觉得奇怪，外形轮廓居然不差分毫——怎么原先竟不知道有这等异常的巧合，羊皮一面画着个头颅骨，背后正是我那张金龟子图，而且这头颅骨的轮廓和大小，全跟我画的一模一样。碰到这种巧合，人通常总要出神。心里拼命想理出个头绪——前因后果的关系——可我就是办不到，我刚才说，碰到这等异常的巧合，我一时愣住了。等到我清醒过来，不由得吓了一跳，连那种巧合也没那么叫我吃惊。

我清清楚楚、明明白白地记起来了，当时画金龟子草图时羊皮上绝对什么都没有画。我记得当初想找个最最干净的地方，正反两面都先后翻过。要是画着头颅骨，当然不会看不到。这真是个无从解释的谜。不过，就在开头一刹那间，我心灵深处好像萤火虫一闪那样隐隐掠过一阵念头。我当下站起身，把羊皮藏好，等你们全走了，再去思索研究。经过昨夜那番奇遇，真相终于大白，证明我思索的确实没错。

剩下我一个人时，我就把这事更有条理地研究了一番。首先琢磨的是羊皮怎么落到我手里。我们发现金龟子的地点就在大陆岸，小岛东面几里多地。我刚抓住甲虫，就被它狠狠咬了一口，我不由得马上扔了。丘比特为人一向谨慎，眼看虫向他飞去，先在四下找寻叶子什么的，好拿来抓虫。在这一刹那间，我跟他都一下子瞅见了羊皮，当时我还当是纸呢。羊皮半埋在沙里，一角翘起，就在找到羊皮的附近，我看到一堆破船，模样好像长舢板。看光景堆在那儿有好久好久了，因为船骨样子简直看不出来。丘比特捡起羊皮，把甲虫包在里头，交给我。

　　不久之后，我们就打道回府了。在路上还碰到了葛××中尉。我拿虫子给他看看，他请求我允许让他把虫子带到堡里去。我刚答应，他就将虫子塞进坎肩袋里，外面可没包羊皮。他打量甲虫那当儿，羊皮一直捏在我手里。大概他生怕我改变主意，认为最好马上把这个意外收获拿到手吧——你知道，他对一切跟博物学有关的东西十分着迷。就在那时，我不知不觉把羊皮放进口袋里了。你记得，当时我为了要画甲虫的草图，走到桌边，在放纸的地方找了一下，却找不到。在抽屉里找找，也没找到。在口袋里掏掏，但愿找到封旧信，手恰巧摸到了羊皮。这就是我把羊皮拿到手里的具体情形。因为这让人印象特别深刻。

　　不用说，你一定是认为我异想天开——可我早就摸出内在关系了。我把一个大连环套的两个环节连上了。海边捆着条船，离船不远有张羊皮——可不是纸——上面画着个头颅骨。你自然会问，‘这里头有什么关系呀？’我回答你，头颅骨，或者说骷髅头，是人所共知的海盗标记。碰到交锋，总是扯着骷髅头旗。我刚说过那不是纸而是张羊皮。羊皮耐久，几乎永远烂不掉。小事情一般不会记在羊皮上，因为光是用来画画图，写写字，那还不如用纸呢。这一想，就提醒我骷髅头里肯定有秘密，有点连带关系。我也没忽略羊皮的样子。虽然有一角不知怎地弄坏了，倒还看得出原来是长方形的。这种羊皮一般用来记录那些永志不忘或需要仔细保存的事情。”

"可你不是说，画金甲虫的时候羊皮上没头颅骨吗？"我插嘴说道，"那么照你说法，头颅骨准是在你画金龟子之后一段工夫里画上去的（怎么画的，是谁画的，只有天晓得喽），那怎会把小船和头颅骨扯在一起呢？"

"确实，这一问题怪就怪在这里。不过，我当时倒没费什么脑子，就把这一谜底解决了。我一步一步思考，最后推定答案只有一个。当时我是这样推论的：我画金龟子那当儿，羊皮上明明没头颅骨。等画好交给你之后，一直眼睁睁看着你，直看到你把画还给我。因此头颅骨不是你画的，当时也没别人画。那就不是人力所为了。话说回来，到底是怎么画上去的呢？想到这里，我就拼命回想当时发生的一切小事，果然就弄明白是怎么回事了。当时天气很冷（啊，这真是难得的巧事！），壁炉里生着火。我走得热了，坐在桌边。可你呢，拖了张椅子挨着炉边坐着。我把羊皮交到你手里，你刚打算看，那条狗'胡尔夫'进来了，扑到你肩上。你左手抚摸它，撵它跑，右手捏着羊皮，懒懒地垂在两膝间，恰恰靠近炉火。我一时还当火苗烧着了纸，正想叫你，谁知还没开口你已经拿开了，然后就忙着看画了。

通过上述这些详细经过，我顿时肯定羊皮上画着的头颅骨，是因为热力原因显现出来的。你也晓得自古以来有种化学药剂，可以用来写在纸上或皮纸上，只有给火一烤，字迹才会显出。人们常拿不纯的氧化钴溶在药水里，再加四倍水稀释，结果就调出绿色溶液。含杂质的钴溶解在纯硝酸里，就调出红色溶液。写在纸上的药剂冷却以后，经过相当一段时期，长短可没准，颜色就褪了，不过再加热，又一清二楚了。我于是把骷髅头仔细端详了一通。骷髅头外边一圈，就是靠近纸边的一圈，比其他部分清楚得多。那明明是热力不全面，不匀称的缘故。我马上点了火，让羊皮的每一部分都烤到炽热的程度。开头，只不过是头颅骨那模糊的线条烤得深了些，可坚持试验下去，后来就在羊皮一角，斜对着画出骷髅头的地方，清清楚楚的现出一个图形。我开头还当作山羊。再仔细一看，原来画的是羔羊。"。

"哈！哈！"我说，"我自然没资格笑你——一百五十万块钱是笔大数目，不是闲着玩的——可你总不见得打算在那个连环套里，弄出第三个环节来吧——海盗和山羊之间找得到什么特别关系？——要知道，海盗与山羊毫不相干，山羊跟畜牧业才有关系呢。"

"可我不是说过，那不是山羊的图形吗？"

"得，就算是羔羊吧——也差不多一样。"

"差不多，"勒格朗说。"但并不完全一样，你总听到过一个名叫基德船长 [指威廉·基德（1645 － 1701），原是英国皇家舰长，奉令至美洲沿海一带及印度洋捕海盗，结果反而当了海盗，横行西班牙商船航路，抢劫商船，1701 年在波士顿被捕，五月二十三日在伦敦被处极刑，至死未供出埋赃所在。] 的人吧。我当下把那动物图形看作一种含义双关，或是象形文字的签名。我说这是签名的原因，是因为它在皮纸上的位置，触动了我的灵机。照这样看来，斜对角那个骷髅头，就是标记或印信的样子。可是除此之外，其他什么都没看到——没有我想象中的文件——没有给我联系上下文的原文，我有点一筹莫展的感觉。"

"你大概想在标记和签名之间找到信件吧。"

"你说的完全对。我想找的正是诸如此类的东西。说实话，我心头禁不住有种预感，总觉得就要发一大笔横财了。为什么有这个想法，可说不上。也许，要说是信以为真，还不如说但愿如此。丘比特说甲虫是纯金的，你可知道，他这句话竟叫我异想天开。接着又出了一连串意外和巧合——全都非常离奇。这些事偏偏都凑在那一天，那一天竟然冷得必须生火，也许是冷得该生火吧。要没生火，狗要是没有偏巧在那一刻工夫闯了进来，我压根看不到骷髅头，也不会享有那笔财宝，你说这一切是不是都巧到了极点！"

"讲下去吧——我实在等不及啦。"

"好吧。你肯定听说过当年流传的故事——有无数捕风捉影的流言散布说，基德那伙人在大西洋沿岸什么地方埋着财宝。这些流言一定有事实根据。传了那么久，还不断流传，我看，只是因为宝藏还埋着没被发掘的缘故。要是基德一时把赃物埋了起来，事后又取走了，这些谣言传到我们耳朵里，就不至于像目前这样千篇一律。要注意，这些故事讲的都是找寻财宝的，不是找到财宝的。要是这海盗取回了财宝，事情就会告一段落。照我看，大概是出了什么意外——比方说指示藏宝地点的备忘录失落了——他才没办法重新找到。而且这个意外给他的喽啰知道了。否则他们可能根本不会听说有过什么藏宝的事。他们盲目乱找，白白忙了一阵，结果还是找不到。目前这种家喻户晓的流言就是他们先传开来的，后来就举世流传了。大西洋沿岸发掘过什么大宝藏？你有听说过吗？"

"从没听说过。"

"可大家都知道基德的家私多得数不清。因此我认为一定还埋在地里。告诉你，听了可别吓一跳，我心里存着一线希望。我希望这张意外找到的羊皮，就是失落的藏宝图。"

"那你当时怎么进行下去呢？"

"我再一次把羊皮纸放在火上慢慢加热，可什么也没看到。我想可能是皮面上那层尘土碍了事；因此小心地浇上热水，漂洗了一下，然后放在平底锅里，有头颅骨的一面朝下，再把锅放在火旺的炭炉上。不到几分钟，锅就烧得火烫了，我拿起羊皮一看，心里这份乐，甭提了。只见上面有几处地方，出现了一行行数字似的东西。我再把羊皮放在锅里，烤上一分钟。然后就是你现在看到的这样了，上面的字全部出来了。"

说到这儿，勒格朗把重新烤过的羊皮拿给我看。只见骷髅头和山羊之间，潦潦草草地写着如下的红色符号：

53##$305))6★；4826)4#·)4#）；806★；48$8¶；60))85；]8★；：#★8$83（88）5★$；46（；88★96★？；8）★$（；485)；5★$2：★#（；4956★2（5★−4）8¶；8★；4069285)；）6$8)4##；1（#9；48081；8：8#1；48$85；4）485$528806★81(#9；48；（88；4（#？ 34；48）4#；161；：188；#？；

"可我还是摸不着头脑，"我把羊皮还给他说，"如果金山银山的宝贝需要解开这些哑谜才能拿到手，那么我肯定是空欢喜一场，没有办法拿到了。"

"可话说回来，"勒格朗道，"这谜底根本就不难解，你乍一看这些符号，以为很难，其实并不难。谁看了都会马上猜到，这些符号是密码，换句话说，其中都有含义。不过，就我对基德的了解看来，他不见得会想出什么比较深奥的密码。我当下肯定，这是种简单的密码——可水手头脑简单，要没密码书，也休想解开。"

"你当真解开了？"

"解开这还不是小意思。比这费解一万倍的我都解开过呢。由于周围环境的影响，加上生来癖好，我对这种哑谜一向很感兴趣，我不信人类的巧妙心计想得出一种哑谜，人类的巧妙心计就不能用适当方法解开。说真的，只要确定符号连贯清楚，我简直没想到要推究其中含义有什么困难。就目前的例子来看——当然，一切秘密文件都一样——首先要晓得密码采用哪种语言。因为解谜的原则，尤其是比较简单的密码，全得看独特的熟语特征，并且要根据这些特征的不同而变化。一般说来，打算解谜的人，只有一个办法，就是拿自己懂得的语言，根据可能性，一一试验，试到猜中为止。不过，眼前这份密码，有了签名，一切困难都迎刃而解了。'基德'这个字眼的双关意义（只有在英文里才能体会）。要没这层原因，我早先试试法文和西班牙文了，因为在南美洲北岸一带出没的海盗，要写密码，用的当然是这两种语言。但事实上，我还是假定这种密码是英文。你瞧这些字全连在一起，要是分开，猜起来就容易得多。

在那种情况下，该先从整理分析较短的字眼着手，要是我得到一个单字，找是多半找得到的，比如说 a 或 l，那我就认为保险可以解开谜底。可是，这份密码全连在一起，我头一步就是确定用得最少的字，和用得最多的字。全部统计下来，我列了这样一张表：

8 的符号计有 33 个。

; 的符号计有 26 个。

4 的符号计有 19 个。

和 ）的符号各有 16 个。

* 的符号计有 13 个。

5 的符号计有 12 个。

6 的符号计有 11 个。

（的符号计有 10 个。

$ 和 1 的符号各有 8 个。

0 的符号计有 6 个。

9 和 2 的符号各有 5 个。

: 和 3 的符号各有 4 个。

? 的符号计有 3 个。

¶; 的符号计有 2 个。

]– 和 · 的符号各有 1 个。

我们接下来分析这个表。在英文里最常见的字是 e 字，按照使用多少的次序排列是：aoidhnrstuycfglmwbkpqxz。e 用的次数最多，不管多长的一句独立句子里，难得看见这个 e 字不做主要字的。说到这里，我们一开头就有了根据，不仅仅是单纯的猜测了。这种表显然可以派上用处——但在这一份密码里，只能靠它帮助解决极小部分的疑难。至于这份密码里用得最多的符号是 8 字，不妨一开头就假定这 8 字代表普通字母中的 e 字。为了证明这个推测是否正确，请看看这 8 字是否时常叠用——因为在英文里，e 这个字母常常叠用——举例来说，像 'meet'，'need'，'speed'，'been'，'agree' 等等字里，都是叠用的。就眼前这个例子来看，密码虽短，这 8 字叠用的次数倒不下五次之多。那么就算 8 是 e 吧。

在所有英文字眼里头，说起来'the'这个字眼是最常用的。那么就看看，有没有一再出现同样排列的三个符号，而且最后一个符号是 8 字。如果看到有这么排列的字重复出现，那么十之八九就代表'the'这个字眼了。查上一遍，发现这样排列的字出现七次之多，符号是"；、4、8"。因此，不妨假定"；"代表 t，4 代表 h，8 代表 e——现在最后一个字肯定没错了。这一来，咱们已经向前迈了一大步。不过，确定了一个单字，就能确定非常重要的一点。换句话说，就能确定其他几个字眼的字头和字尾了。

试引全文倒数第二个"；、4、8"这三个符号的例子来看吧——这字离密码结束不远。咱们知道紧接着的，是一个字眼的字头，接在这个'the'字后面的六个符号中，倒认出了五个之多。不妨把这些符号用知道的代表字母这样列出来，空下一格填那个未知的字母——"teeth"，咱们把全部字母都一一试填在这个空当里，还是拼不出一个字尾是 th 的字眼。既然以 t 开头的字眼里，th 用不上去，这就可以马上撇开这两个字母，把这字缩短成 tee，要用得着的话，就像先前一样，再把字母逐一填进去，只有拼出一个'tree'字读得通。这就又认出个新字，r 字是由"（"符号代表的，'thetree'两字又恰恰是并列的。

接下去再看，这两个字眼后面一小段，又看到"；、4、8"三个符号的排列，就用来当作头先那个字眼的语尾吧。可以排出这么几个字。Thetree;4(#？ 34the，换个样，用已经知道的普通字母代替，这就认出是：thetreethr#？ 3hthe。好，如果让未知的符号空着，或者用小点代替，就认出这样的字：thetreethr···hthe，这就马上认出明明是'through'一个字眼。这一发现倒提供了三个新字，o、u 和 g，三个字分别由 #、? 和 3 三个符号代替。就这样把密码从头到尾仔细看一遍，看看有没有已经知道的符号连在一起的，离开头不远，倒有这么排列的符号，83（88，或者写成 egree，这一看就知道准是'degree'这字眼的结尾部分，这又多认出了一个字，d 是用 $ 代表的。在'degree'这字眼后面四个字，看出这一组符号，;46（;88★。把这些已知的符号翻译出来，未知的照旧用小点做表，就认出；th·rtee，这么排列顿时叫我想起'thirteen'这个字眼，这又提供了两个新符号，i 和 n 是分别由 6 和 ★ 代表的。现在再引密码开头几个字看看，看到这一组符号，53##$。照旧翻译出来，得出·good，这就可以肯定，头一个字准是 A 字，因此开头两个字眼就是'Agood'。好了，最后我们总结一下上面所发现的字母，把已经发现的线索列成一张表格。列出的表是这样的：

5 等于 a

$ 等于 d

8 等于 e

3 等于 g

4 等于 h

6 等于 i

★ 等于 n

等于 o

（等于 r

；等于 t

？等于 u

　　我们已经认出十一个重要字眼。解谜的详细情形也不必再说下去了。我已经谈得不少，谅你也相信这类密码不难解决。你对发现这些密码的理论也有几分底气了。不过，说实在的，眼前碰到的这种密码是最最简单的一种。如今只消把羊皮上那些解释出来的符号，全部译给你看。请看：'一面好镜子在皮肖甫客店魔椅四十一度十三分东北偏北最大树枝第七根丫枝东面从骷髅头左眼射击从树前引一直距线通过子弹延伸五十英尺'。"

　　"可这个哑谜看来还是费解得很，"我说，"'魔椅'，'骷髅头'，'皮肖甫客店'这一切都是隐语，怎么来弄懂真正的意思呢？"

　　"老实说，乍一看的话，"勒格朗道，"这件事看上去还是很难。我一开头就尽力按照写密码的原意，把全文分为原来的句子。"

　　"你是说加标点吧？"

　　"你说的对。"

　　"可怎么办得到呢？"

　　"我想写密码的把这些字不分句的连在一起，自有目的，这样就可增加解谜的困难。说起来，心眼不太灵的，要想这么做，十之八九会做过了头。在写密码的过程中，写到一个段落，自然需要加句点或逗点，在这种地方，他往往把符号连接得更近些。倘若仔细看看这一份原稿，就不难辨别出有五处地方特别靠拢。根据这种暗示，我就这样分了句：'一面好镜子在皮肖甫客店魔椅——四十一度十三分——东北偏北——

最大树枝第七根丫枝东面——从骷髅头左眼射击——从树前引一直距线通过子弹延伸五十英尺。'"

"就算你这么进行断句区分，我还是看不明白。"我实话实说。

"有几天工夫，我也是想不明白其中的联系，"勒格朗答道，"那几天我一直在苏里文岛附近一带，尽心竭力的找寻所谓'皮肖甫旅馆'的房子。不消说，'客店'是废字，不去管它。眼见在这方面打听不到什么消息，我就打算扩大调查范围，更有系统的调查一下，正在那时，有天早晨，我心血来潮，忽然想起这个'皮肖甫客店'可能跟一家姓贝梭甫的世家有些瓜葛，不知多少年前，那一家人在苏里文岛北面四英里来路地方，就有过一座古老的府邸。我于是回到庄园，重新向庄园中那些上年纪的黑人打听。后来终于有一个年近古稀的老太婆说，听说过贝梭甫堡那么个地方，她大概可以领我去，不过又说那既不是城堡，也不是客栈，而是座高高的岩壁。我答应重重酬她一笔辛苦钱，她有些犹豫，不过还是答应陪我去了。

我们没费多大周折就找到了，等我把老太太打发走之后，就开始着手勘查。那座'城堡'是堆乱七八糟的断崖峭壁，其中一个峭壁不但外貌兀然独立，像假山石，而且高耸云霄。我爬上去，到了壁顶，就不知道下一着怎么走是好了。我正忙着动脑筋，突然瞅见岩壁东面伸出窄窄一道岩檐，大约在我站着的岩顶下面一码地方，大约突出十八英寸光景，最多只有一英尺宽，就在岩檐上面的悬崖中有个壁龛，看上去跟老辈人使用的一种凹背椅相差不多。我就肯定那儿正是原稿上提到的'魔椅'，哑谜的全部谜底也就解了。我知道，'好镜子'只能指望远镜，因为'镜子'一字，当水手的难得指其他东西。我顿时明白，得用望远镜照一下，而且得在一定地点瞭望，绝不能换个地方。我干脆认为'四十一度十三分'和'东北偏北'那两个短语，就是指望远镜对准的方向。发现了这一切，我真是兴奋到了极点，赶紧回家，取了望远镜，重新回到岩壁上。我往下爬到岩檐，在那里只能采取一种姿势，才可以坐在上面。

事实证明我早先那个想法是完全正确的。我用望远镜照了。不消说，'四十一度十三分'只能指肉眼看得见的地平线上面的高度，因为'东北偏北'那个短语明明是表示地平线的方向。我马上用袖珍指南针确定了这个'东北偏北'的方向。再凭猜测，尽量拿望远镜朝接近四十一度的角度看去，我小心翼翼地将望远镜上下移动，移到后来，只见远处有棵大树，比一切树都高，树叶间有个圆形裂口，或者说是空隙，我就全神贯注在上面了。我只瞅见裂口当中有个白点，开始可看不清是什么。我将望远镜的焦点对准之后再望一下，才看出原来是个人头骨。当发现了这个人头骨，我顿时大为乐观，自信谜语解开了。因为'最大树枝，第七根丫枝东面'那一句，只能指头颅骨在树上的地位，至于'从骷髅头左眼射击'那句话，也只有一种解释，正是找寻宝藏的办法。这个方法就是从头颅骨的左眼射下一颗子弹，从树身最近一点画出一条直距线，换句话说，就是直线穿过'子弹'，或者说子弹落下的地方，再延伸五十英尺，就会指出一定地方——我十分确信，地下肯定藏着一笔财宝。"

"这些说来虽然巧妙，但一听就很明白，倒也清楚简单，"我说，"你离开了'皮肖甫旅馆'，你又去做什么了？"

"我仔细看清那棵树的方位，就转身回家了。不料，一离开'魔椅'，那个圆口竟不见了。后来，随便怎么照，也瞅不见一眼。照我看，这一切中最最巧妙的是这个事实。要不从岩壁正面檐上观看，随便哪个地点都看不到圆口，我一再试验，所以深信这是个事实。我那次上'皮肖甫旅馆'去探险，丘比特是陪着我去的，过去几个礼拜中，他准是瞅见我那种神魂颠倒的举止，对我格外留神，不让我单独出去。可是，第二天我起了个早，想法偷偷溜了，到山里去找寻那棵树，费了不少工夫才找到。等晚上回到家里，我这个听差竟打算狠狠揍我一顿。至于以后的种种事情就不用我说了，你跟我一样熟悉了。"

"我明白了，"我说，"当初你头一回挖土挖错了地方，都怪丘比特脑子笨，没从头颅骨左眼吊下甲虫，却从右眼吊了下来。"

"说得对。这一错，就跟'子弹'差了两英寸半光景，换句话说，跟树身最近的木桩就差了两英寸半光景。如果宝藏恰正在'子弹'下面，倒也没什么。可是，'子弹'跟树身最近一点，只不过确定一条直线方向的两点罢了。当然，这个错误开头尽管微乎其微，可是直线愈拉愈长，错误就愈来愈大，等拉了五十英尺远，就失之毫厘，差之千里了。要不是我深信宝藏确实埋在那儿，也许咱们就是白辛苦一场啦。"

"可你当初大吹法螺，还有你那样挥舞甲虫——有多古怪呵！当时我想你准疯了。你何不从头颅骨中吊下子弹，干吗偏要吊下虫子呢？"

"啊哈，说老实话，当时瞧你分明疑心我脑子不对头，多少有点生气，就打定主意弄点玄虚，来稍微惩罚你一下。因此故意挥舞甲虫，故意从树上吊下甲虫。因为听到你讲甲虫重得很，我才有了吊下甲虫的念头。"

"嗯，我懂了。现在只有一件事，我还弄不明白。坑里找到的那两副骷髅骨，该怎么解释呢？"

"这个问题，我跟你一样也无从解释。但也许只有一个说法讲得通——要是我的看法里指的暴行确实是事实的话，那真可怕。事情很简单，基德——如果真是基德埋藏这笔财宝的话，这点我深信不疑——他准有帮手。等埋好了，他或许认为最好把参加埋的人全都干掉。说不定，他趁助手在坑里忙着，用锄头把他们砸两下就完事了，说不定要砸十来下——谁又说得准确呢？"

5. 汝即真凶

在拉特尔巴勒发生的一件奇事轰动了这一鲜为人知的僻静小镇。那里的人们曾经祈祷神灵，乞求神灵惩治凶手。终于，奇迹降临到了他们的头上。这一奇迹是否就是上帝赐予的呢？我们姑且不谈。

这一件奇事发生在某一年的夏天。

（1）沙特尔沃思先生失踪

巴纳巴斯·沙特尔沃思先生是镇上一位钱财满贯，颇受人钦羡的长者，居住在拉托尔巴勒镇已有无数个年头了。在一个星期六的早晨，沙特尔沃思先生骑马离家，向 P 城进发。P 城离拉特尔巴勒镇 15 英里。

他打算当日傍晚返回该镇。

但是两个钟点过去之后，沙特尔沃思先生的坐骑竟独个儿地奔了回来。沙特尔沃思先生和他随身带走的两只装满金币的口袋均已不知去向。那匹坐骑已经受了重伤，浑身泥污不堪。这一突如其来的意外事件，自然会引起小镇上居民的无比惊讶和不安。

直至星期日早晨，沙特尔沃思先生仍然毫无踪影，杳无音讯。他的诸亲好友决定出外寻觅，最后决定外出查找的领头人，当然是沙特尔沃思先生的挚友查尔斯·古德费洛先生。镇上人都称他为"老查尔斯·古德费洛"，因为他确实是一个名副其实的"古德费洛"（意为"好伙伴"）。他嗓音洪亮，双目炯炯有神；他忠实厚道，笑容可掬，心地善良，显得坦率和真挚，丝毫没有矫揉造作之态。

古德费洛先生极其平易近人，虽然在拉特尔巴勒镇定居下来仅有六七个月，但他深受人们的喜爱和尊敬。当然，他名字的含义也有着某种推波助澜的作用。沙特尔沃思先生对他尤为好感，倍加青睐。两位先生又是邻居，没过多久，他们就成了莫逆之交。老查尔斯·古德费洛并非富有者，平时颇为节俭，注意节约用钱。这也许是沙特尔沃思先生常常主动邀请古德费洛先生作为座上客的部分原因。古德费洛先生一天要去上三四次，中午常在沙特尔沃思先生家中用膳。两人在筵席间觥筹交错，劝酒畅饮，享尽了珍味佳肴。老查尔斯最喜爱的一种名酒就是马高克斯酒。

我曾亲眼看到，有一次在喝完马高克斯酒以后，沙特尔沃思先生在酩酊大醉之际，兴冲冲地在古德费洛先生背后击了一拳，并且说："查尔斯，你真是好样的。咱们萍水相逢，情投意合，确是人生一大乐事。

你对马高克斯酒如此喜欢，我要亲自为你订购一大箱名牌的马高克斯好酒，而且是市场上价格最昂贵的一种！你不必吐露任何谦逊之词，事情就此决定下来了。你有点耐心地等着，一两个月之后肯定就能把酒运抵此地。"

慷慨大方的沙特尔沃思先生，对手头拮据的好友古德费洛先生的关怀备至，解囊相助，确实是前所未有，闻所未闻。

（2）古德费洛和彭尼费瑟

沙特尔沃思先生直到星期日早晨仍然毫无音讯。老查尔斯·古德费洛先生眉宇紧蹙，忧心如焚，食不甘味，几乎到了精神崩溃、万念俱灰的地步。他早已获悉马背上的两只钱袋下落不明，马的前胸有着两个弹孔——子弹从一端穿进，并从另一端飞了出去，但这未能使这匹坐骑顷刻殒命。

"沙特尔沃思先生一定会回来的，上帝会保佑他的！我们还是耐心地等待吧。"古德费洛先生一开始就坚信这一点。可是，沙特尔沃思先生的年轻侄子彭尼费瑟先生则竭力反对等待。于是老查尔斯·古德费洛先生同意，立即出发搜寻，他并未坚持己见。

彭尼费瑟先生和沙特尔沃思老先生共居一处已有好多年了。彭尼费瑟先生常常聚众玩牌，酗酒生非，寻衅滋事，就是放荡不羁的一个人。但就因为他是沙特尔沃思先生的嫡亲侄儿，邻里诸亲不敢惹他，只得让他三分。当彭尼费瑟先生提出"要去寻找尸身"时，大家只能唯命是从。就在此时，老查尔斯·古德费洛先生提出了一个令人深思的问题，"您怎么会知道，您的叔叔肯定已经死亡了呢，彭尼费瑟先生？如此看来，您对您叔叔的这次意外知道很多内情呀！"

由于彭尼费瑟先生对古德费洛先生的提问不予理会，一直缄口不言。后来两人之间开始有了恶声恶语。对于他们之间的争吵，人们根本不以为意。因为他们本来就是冤家对头，这次又狭路相逢了。彭尼费瑟一向是个孤家寡人，他对于沙特尔沃思先生和古德费洛先生之间的深情厚谊恨之入骨。在以往的一次争吵中，彭尼费瑟竟把古德费洛一拳击倒在地。古德费洛从地上爬起后，拍掉了身上的尘土，说了一句这样的话："我会永远记住这一拳。君子报仇，十年不晚！"但是，古德费洛先生给人们的印象一直是一个宽宏大量、非一般见识之人。

（3）奇怪的马甲和小刀

刚才那一段小事只是我插叙的内容，现在再次回到正文。经过众人商议，彭尼费瑟先生最后提出，搜寻工作应该在周围各处全盘展开。拉特尔巴勒和城市之间的一大片田野和树林的伸展范围将近 15 英里。彭尼费瑟先生坚持搜索其间的每一个地段。可是，古德费洛先生却持不同看法，他也许要比年轻的彭尼费瑟先生更加才华横溢，老谋深算。他以一种果断而又正直的嗓音争辩着。

"似乎大可不必使用这种做法。沙特尔沃思先生骑着马匹驰向 P城。他怎么可能老远地偏离道路呢？我们应该仔细地搜索靠近道路的两旁地段，尤其是在灌木丛、树林和野草之中。诸位是否认为这样做更加合适些呢？"大多数人表示赞成。这样，他们在老查尔斯·古德费洛先生的带领下开始了搜索。古德费洛带着人们寻觅了不少暗黑角落和崎岖小径。他们确实在偏离道路很远的地区寻找。

接连查找了四天之后，他们依然一无所获。我这里说的"一无所获"，是指未曾找到沙特尔沃思先生本人或者他的遗体，但他们确实发现了一些搏斗的痕迹。他们沿着马匹的脚印向前搜寻，在拉特尔巴勒以东长约4英里处，经过几处转弯抹角的转悠，终于抵达了一个污水塘。那里存在着明显的搏斗痕迹，痕迹一直伸向了水塘之中。人们随后运来了工具，抽干了池塘里的污水。在池塘底下，他们发现了一件黑色的丝绸马甲。虽然马甲上面血迹斑斑，破烂不堪，但在场的人们不难认出，此马甲是彭尼费瑟先生的。他在星期六那天，也就是他叔叔骑马去 P 城的那天，还曾穿用过。可是在此以后，再也未见他穿过那件马甲。此时的情况对彭尼费瑟异常不利，他张口结舌，不知所措，脸色显得苍白和阴沉。他仅有的二三位朋友也都不屑一顾地背向了他。可是，古德费洛先生却十分反常地走近了他，并站到了他的跟前。

"我们不应该仓促地做出任何结论，各位都很清楚，"古德费洛先生说，"对于我同彭尼费瑟先生以前发生的不愉快事件，我早已不以为意。我从心底深处原谅了他。现在对于池塘底下的这一发现，我坚信彭尼费瑟先生会解释清楚的。我当然应该帮助他把此事搞清楚。他是我的那位可怜挚友沙特尔沃思先生的侄子，他唯一的亲属。从他叔叔的立场出发，我现在应帮助他解决此事。"古德费洛先生现在讲的这一番话，其中的每一句话都体现了他的善良友好和直率爽朗。

不过，他的讲话中多次提及了彭尼费瑟是沙特尔沃思先生所有家产的唯一的继承人一事。当时在场的人们立即意识到：如果沙特尔沃思先生确已死去，那么彭尼费瑟就能合理地继承那位老人所有的钱财！这时，人们就不由分说地把彭尼费瑟捆绑了起来，带往镇上。在回镇的途中，古德费洛先生在路边似乎又拾到了一件东西，他瞥了一下此物，就迅即塞向口袋。然而他的举动仍然让旁人见到了。在大家的一致要求下，他只好把此物拿了出来。原来这是一把西班牙小刀。在拉特尔巴勒这个小地方，只有彭尼费瑟备有此小刀，并且标志着他姓名的缩写字母 D·P 还清晰地刻在刀柄上！

（4）公认的谋杀犯

彭尼费瑟谋杀了他的叔父！真相已经大白。毋庸置疑，他的罪恶目的当然是为了早日攫取遗产。此时，已经无人再愿意进一步搜索了。一个钟点以后，彭尼费瑟已被押送到了拉特尔巴勒的法庭上。

法官审问彭尼费瑟，"您叔父失踪的那天早晨，您上哪儿去了，彭尼费瑟先生？"

"我当时正在树林里狩猎。"彭尼费瑟不假思索地回答。他的这一毫不掩饰的答语使人们惊讶不已。

"您当时带枪了没有？"

"当然带了，带了我自己的猎枪。"

"您在哪个树林狩猎呢？"

"就在去 P 城道路旁的几英里处……"

彭尼费瑟所陈述的去处距离那个污水塘确实很近。法官随后要求古德费洛先生描述一下寻获马甲和小刀之事。古德费洛先生潸然泪下，并且凄惨哀伤地陈述了事情的经过，然后接着说："我早已不介意彭尼费瑟先生与我的私仇，早已宽恕了他。如果法庭要我提供进一步的证据，我还能做证……"古德费洛先生伤心地掏出了手帕，擦拭着泪水，"它可真使我的心都碎了！"古德费洛先生的话语哽咽了。他尽力平息了一下自己的情绪，才得以继续往下讲述。

"上周五，我像往常一样和沙特尔沃思先生一起吃饭。当时彭尼费瑟先生也在场，沙特尔沃思先生对他的侄子说，他要在次日早晨去 P 城，并随身携带两皮袋的钱币，准备存进农业银行。沙特尔沃思先生接着一字一句、十分认真地对他的侄子说，'侄儿，我死后，你将得不到我的任何遗产！你听见了吗？我一点儿也不给你！我准备立个新的遗嘱'。"

"这是真的吗，彭尼费瑟先生？"法官问。

"是的，确实如此。"年轻人直截了当的回答又使旁听者吃了一惊。

沙特尔沃思先生的坐骑伤重死去的消息也在此刻传来。古德费洛先生解剖了死马，并在死马的前胸找到了一颗子弹。这颗子弹的体积很大，是用来射击巨兽用的。警察随后查验了镇上所有的猎枪，发现这颗子弹只适用于彭尼费瑟先生的猎枪，情况看来已经昭然若揭、不需要再接着调查了。

彭尼费瑟理所应当地被关进了监狱，等待着判刑之日的到来。古德费洛先生泪流满面地苦苦哀求着，他愿以身担保，希望法庭给予年轻的彭尼费瑟以自由，结果当然无济于事。

一个月之后，彭尼费瑟被押解到了 P 城。P 城法庭正式开庭宣布，"彭尼费瑟犯有谋杀罪，将处以绞刑。"银铛入狱的彭尼费瑟等待着绞刑之日的到来。

（5）"你——就是杀人凶手！"

一个晴空万里的日子，古德费洛先生意外而又兴奋地收到了 W 城一家酿酒公司的来信。信是这样写的：

亲爱的查尔斯·古德费洛先生：

在一个多月以前，我们收到了巴纳巴斯·沙特尔沃思先生的一个订购函件，要我们为您寄送一大箱高级马高克斯酒。

我们愉快地通知您。我们已经把一大箱精制的马高克斯酒装车运出。在您接到此信不久，箱子将会抵达贵府。

请您转达我们对沙特尔沃思先生的最诚挚的问候。我们愿意永远为您效劳。

您最真诚的霍格斯·弗罗格斯·博格斯以及公司全体同仁 6 月 21 日，于 W 城。

注：箱内共装精制马高克斯酒六十大瓶。

自从沙特尔沃思亡故以后，古德费洛先生就戒酒了，一直滴酒不沾。但是看完这封信之后，他却认为，在经过一番折磨以后，这些酒是上帝赐予他的礼物。对此他当然兴奋极了。古德费洛马上请他的左邻右舍，好友亲朋于第二日傍晚光临他的住处，准备开怀共饮。他并未挑明酒为何人所赠，如果别人问起的话，他回答说是他自己订购来的。

第二日傍晚 6 时许，古德费洛先生的大厅里陈设华丽，五光十色，宴桌上菜肴丰盛，香味满溢。屋子里宾朋满座，晚宴马上就要开始了。人人对此称羡不已。我当时也在人群之中。可是，箱装高级马高克斯酒一直到 8 时许才抵达。酒箱一到，宾客们一起动手搬动那只笨重的大箱。我也参加了搬箱的行列。大箱子很快被搬进了宴会大厅。在这之前，古德费洛先生已经用别的好酒和宾客们大杯畅饮，喝得他已面色绯红，满嘴酒气，说话哆嗦，走路踉跄，约有九成醉意了。

等到酒箱搬进大厅并被放置好之后，他就摆开双腿端坐了下来，并高声宣布。"诸位安静，安静！我的精制高级马高克斯酒已经抵达敝舍大厅！"接着，他把一些开箱工具交给了我。我当然欣然从命。我用榔头和钳子轻轻地、缓慢地敲掉了箱盖上的一只只铁钉……忽然之间，箱子盖突然崩飞得老远。从箱子里猛地跳出了一个满身沾满血迹和污泥的死者。人们一眼就认出来，那位死者就是可怜的沙特尔沃思先生！死者背靠着箱子边缘，正好同古德费洛先生相对而坐。大厅里顿时烟雾缭绕，灯光随之显得黯然无色，周围死一般的寂静。一阵阵触鼻的血腥味弥漫开来。

原来笑语喧哗、杯光酒影的大厅顿时显得恐怖凄惨，鬼泣神惊。人们惊恐万状，满腹疑惑，面面相觑。死者哀伤的双眼，直直地盯住了古德费洛先生。接着，被害者开始说话了，话语中充满血泪，满怀惆怅，但声音清楚明确，低沉缓慢，就好像是从遥远的地方传来的。

"你——就是杀人凶手！我要你偿命！"死者语毕，就顿时倒在大箱子的边缘。

当时的情景我简直很难描述。死者话毕倒下之后的那一瞬间，大厅里顿时人声鼎沸，乱成一片，宾客们都发疯般地逃出门外，跳出窗子。

有些人由于惊吓过分而顿时晕了过去。但没过多久，人们的情绪又开始恢复了正常，都对古德费洛怒目而视。

古德费洛先生双唇直打哆嗦，浑身瑟瑟发抖，像一尊塑像似地僵坐在椅中。他慌乱失措的眼睛好像已经看清楚了，藏在自己罪恶的心灵深处的那颗毒瘤。蓦地，他的双眼似乎闪出了光彩，他从椅子中一下子跳了出来，扑向了倒在箱边的沙特尔沃思先生的尸体，嘴里不停地向死者忏悔着罪恶。古德费洛交代了整个谋杀犯罪的过程……

大厅里，所有的宾客都在倾听着杀人犯的自白。

（6）事件发生的真相

我们来看古德费洛供词的主要内容：

沙特尔沃思先生被杀的当天也就是星期六的早晨，古德费洛先生骑着自己的马匹紧跟在沙特尔沃思先生后面出发了。在树林的污水池塘附近，他开枪射中了沙特尔沃思先生的坐骑，紧接着他用枪托猛砸沙特尔沃思先生的头部，直到他停止了呼吸。随后他取走了沙特尔沃思先生随身带的两皮袋钱币。当时沙特尔沃思先生的坐骑已经奄奄一息，古德费洛以为它必死无疑，就把它拖到了灌木丛中。接着，他把沙特尔沃思先生的尸体放在自己的马匹之上，并把尸体转移到了离路边相当遥远的一个小树林里隐蔽起来。当晚，他又偷走了彭尼费瑟先生的马甲、西班牙小刀和一颗大型子弹。他随即把马甲和西班牙小刀放到了易被发现之地点，后来又利用为死马解剖之机，佯称发现了一颗子弹，以此混淆大家的视听，达到隐瞒自己的罪行、借刀杀人且一箭双雕的目的。

古德费洛说到最后时，他已浑身瘫软，两眼无光，声音显得嘶哑虚弱。他颤颤巍巍地挣扎着站了起来，伸出双手向墙壁处扑去。可是，一个趔趄跌倒在地，就此呜呼哀哉！

在讲述本故事的一开始我就说过，这是一件轰动拉特尔巴勒小镇的奇事。至今，那里的人们仍然认为这是一个奇迹！古德费洛先生在被杀者面前的忏悔来得正是时候，它使即将走上绞刑架的彭尼费瑟先生免予一死。

（7）死者"复活"的经过

我想大家现在百思不得其解的事情是，难道沙特尔沃思先生被杀后真的一度起死回生，返回人间，钻在酒箱里面，从而利用宴会之机，揭露凶手吗？事实当然不是如此，也绝不可能如此！

安排这件事情经过的，不是别人，恰恰就是我本人。

古德费洛先生挨了彭尼费瑟一拳以后，我心里非常清楚他是绝对不可能就此善罢甘休的。因为他们那次争吵的时候我正好在场，古德费洛先生从地上爬起来时，那种狠毒的目光和咬牙切齿的神情对我来说记忆犹新。我当时自忖，他根本就不会宽恕彭尼费瑟先生的。别的人认为古德费洛先生善良、忠厚，我却不以为然。我觉得这个仇他总有一天是要报的。

我怀疑的事情是，在搜寻失踪者的过程中，为什么一直是古德费洛先生发现了那么多"罪证"，尤其是从死马的前胸取出了那颗大型子弹，更使我疑窦顿生。上面已经提到过，子弹是从坐骑前胸的一端穿进，从另一端飞出。可是，古德费洛居然在解剖时从马的胸部又发现了一颗子弹！这是从哪儿来的子弹呢？无可非议，这准是古德费洛先生另外搞来的。此后，我花了几乎两个星期的时间，到处搜寻沙特尔沃思先生的尸体。我当然不会在道路附近寻找，而是在离道路较远的偏僻之处查觅。工夫不负有心人，最后沙特尔沃思先生的尸体，被我在一个小树林里的枯井中发现了。

下面我的安排是这样的。

我记起了沙特尔沃思先生曾经对古德费洛做过的许诺，要赠送他一大箱名牌的精制马高克斯好酒。一天深夜，我把沙特尔沃思先生的遗体运回花园里的一间小棚屋之中。随后，我特地购买了一根约一英尺长的坚固的钢丝弹簧。我把弹簧的一头固定在尸体的颈部，接着就把尸体放进酒箱之内，并把尸体卷曲起来。这时，系在尸体上的弹簧也随之卷曲起来。卷曲后的尸体已经高于酒箱的箱盖。由于弹簧的弹性极强，我用尽了九牛二虎之力，才把箱盖紧紧地盖在酒箱之上。我的身子随之坐到了箱盖之上，并在箱盖周围钉上了数枚铁钉。

对于以后将会发生的情况，我是坚信无疑的。只要酒箱盖子一揭开，由于弹簧的强大弹力，盖子将会飞得老远，尸体也必然会从箱子中跳将出来。我把箱子携到了外地，再从外地把它运给了查尔斯·古德费洛先生。我还以酿酒商的名义给古德费洛写了一封信。最后我指使自己的仆人把箱子运抵他的宅邸，时间不要太早或者太晚，要在古德费洛举办大型晚宴的8点钟光景。

最后需要说明的是，沙特尔沃思先生的说话声"你就是杀人凶手！我要你偿命！"当然不是出自死者之口，而是我经过无数天反复练习，模仿沙特尔沃思先生的声调说出的。由于当时大厅中一片惊恐、不安和混乱，加上古德费洛已经喝醉，而且心中有鬼，我又紧靠在死者附近，使得这一模仿获得了空前的成功。当时所有在场的人都坚信，这是死者亲口说出的话语。大厅里散发出的那些血腥味，是我预先放在酒箱中的一种能挥发出类似血腥味的药水。至于弥漫开的阵阵烟雾，是我偷偷地把点燃着的卷烟，掷到事先放在桌下的一个生烟物上引起的。

我能事先估计到古德费洛能够忏悔自己的罪行，但我没有预料到的事情是，他会顿时死去，这令我感到非常吃惊。

彭尼费瑟先生被宣判无罪释放，恢复了一切自由，然后回到了拉特尔巴勒。他继承了巴纳巴斯·沙特尔沃思先生的所有家财，因为沙特尔沃思先生生前未曾来得及立下新的遗嘱。年轻的彭尼费瑟先生从这一不幸的事件中幡然醒悟，他立志痛改前非，重新做人，从此过上了正常和平静的日子。

6. 长方形箱子

好几年前，我订了一张豪华邮轮的船票，航行路线是从南卡罗来纳州的查尔斯顿到纽约，那艘船叫作"独立号"，船长叫哈迪。如果天气许可，我们将于当月（六月）十五日出发，所以在十四日那天，我就上船整理了一下自己订的包间。我发现乘客很多，女客更是多得超乎平常。

看完乘客名单，我发现里面有一些熟人。尤其让我欣喜的是，其中有科尼利厄斯·怀亚特先生的名字。他是位年轻的艺术家，我们之间有过温暖的友谊。他曾是我在卡罗来纳大学时的同学。我们总是形影不离。他具有天才身上所具有的一切禀赋，孤傲、敏感而狂热。此外，他的胸腔里，还有一颗世上最温暖、最真诚的心在跳动。我注意到有三个特别客舱的门卡上写着他的名字。再对照旅客名单，我发现那是他为本人、妻子和他的两个妹妹订的。特等客舱相当宽敞，每间有两个上下铺位。当然，铺位很窄，只能容下一个人，即便如此，我还是想不通为什么这四个人要订三个特等客舱。彼时彼刻，我的心灵恰好处于不可理喻的状态，对琐细小事异乎寻常的好奇。尽管心怀羞愧，我还是承认，当时我确实对那间多余的客舱做了种种荒唐拙劣的推测。我得承认，虽然这事跟我一点关系都没有，但是我依然十分好奇，一门心思想去解开这个谜团。

最终我得出了一个结论——"当然是个仆人，"我说，我奇怪为什么自己没有早些想到它。"我真傻，这么显而易见的答案，怎么早没想到！"然而当我再次回去对照旅客名单，我清楚地看到这一家子没带仆人，尽管原本打算带一个仆人的——因为名单上"仆人"的字样起初写在那里，但后来又被划掉了。

"哦，"我自言自语道，"一定是额外的行李，那是他不想放在货舱，而想摆在眼皮底下的东西——哈，我明白了——八成是油画之类的东西——就是他一直和那意大利的犹太人尼可雷诺讨价还价的那幅画。"这想法令我挺满意，我暂时打消了好奇心。我对怀亚特先生的两个妹妹很熟悉，她们是非常亲切聪明的女孩，而他新近迎娶的妻子我还未有幸得见。他曾多次带着他惯常的狂热在我面前谈及她，他描述她那非凡的美丽、她的不同于一般的聪慧和成就，而我因此极为渴望能够与她结识。在我上船的那天（十四号），怀亚特一家也要来——因此船长通知了我——但是我在船上多逗留了个把小时，期望能见到新娘，结果盼来的却是令我大失所望的结果，"怀亚特夫人明天起航时才会上船，因为她有点儿不舒服。"

第二日，我从旅馆去码头的路上碰到了哈迪船长，他说因为"一些情况"（一个愚蠢却方便的托辞），他认为'独立号'在一两天内都不会起航，当一切准备就绪时，他会派人通知所有旅客。这让我觉得不可思议，因为当时正刮着强劲的南风，不过既然他不肯透露那"一些情况"是什么，我再固执不已地追问下去也没意义。我只得无奈地回家，然后百无聊赖地消磨时光。

差不多一个星期过去了，船长还没送信来。不过，后来终于送来了口信。我立即赶上了船。船上挤满了乘客，四处是出发前的纷乱嘈杂。怀亚特一家比我晚到十来分钟。两个妹妹、新娘和画家都到了——画家还是一贯孤高的样子。我对此再熟悉不过了，也就没放在心上。他甚至没把我介绍给他的妻子——这一礼节自然就落在了他的妹妹玛利安身上——她是个可爱聪明的女孩，只三言两语，我和新娘就彼此相识了。怀亚特夫人严严实实地裹着面纱，当她揭开面纱对我鞠躬还礼时，我必须得承认我被深深地震撼到了。多年的经验早已告诉我，不能完全相信画家朋友对女性的热烈赞扬，否则我会更加震惊。我很清楚，话题一旦牵涉到"美"，他总是很轻易地就进入纯粹完美的理想胜境。

我不得不说的事实是，怀亚特夫人绝对只是一个相貌平平的女人。

即使不是丑得要命，也差不离了。不过，她身着盛装，品位高雅——于是我确信，她必定是凭着思想和灵魂的持久魅力俘获了我朋友的心。她几乎没怎么说话，很快就和怀亚特先生一起进了客舱。

我原先的好奇心再次浮上心头。可以确定的一件事是他们没有仆人。于是，我就看有没有额外的行李。过了一会儿，码头上来了一辆马车，马车上载着一只长方形的松木箱子，这似乎就是大家要等的东西。等到箱子在船上放置好，我们就起航了，很快安全穿过沙洲，驶向大海。

我来给大家描述一下这只箱子。箱子是长方形的，大约有六英尺长、二英尺半宽。我打量着它，尽可能做到精确仔细。箱子的形状很特别，我一看见它就为我的准确猜测骄傲不已。您可能还记得，我说过我那位画家朋友的额外行李应该是画，起码是一幅画。我知道，他已经和尼可雷诺会谈了几个星期——从这只箱子的外观看，里面装的只能是达·芬奇《最后的晚餐》的复制品。我所了解的情况是，这幅《最后的晚餐》是由小鲁比尼于佛罗伦萨仿绘的，一度为尼可雷诺所有。

好了，关于箱子的疑问我认为自己已经解决了。想到自己如此敏锐聪明，我窃笑不已。怀亚特这还是头一回对我隐瞒他的艺术秘密。他显然是想出其不意，从我的眼皮子底下偷运一幅好画去纽约，还指望我对此一无所知。我决定好好挤对他一番，好让他从此以后长点记性。不过，有一件事让我很意外。这只箱子没送到多余的包房里，而是放在了怀亚特自己的房间里。它几乎占满了整个地面——这无疑让艺术家和他的妻子很不舒服，尤其是箱子上还用柏油或者油漆龙飞凤舞地涂上了大写字母，散发出一股刺鼻的、在我的感觉中特别令人恶心的气味。盖子上漆着如下字句——"阿德莱得·柯蒂斯夫人，阿尔巴尼，纽约。科尼利厄斯·怀亚特先生托运。此面向上，小心轻放。"我明白，这位阿尔巴尼的阿德来得·柯蒂斯夫人是画家的岳母——不过我把这个地址看作是，画家向我瞒天过海而故意制造的玄虚。当然，我敢断定的是，箱子和里面的东西最终的目的地肯定是我那孤傲的朋友在纽约钱伯斯街的工作室。

在我们航线的最初三四天里，天气相当不错，美中不足的是我们是顶着风行驶，因为海岸刚从视线里消失，我们就转向正北方行驶了。由于天气很好，旅客们兴致都很高，乐于彼此交往。不过我得把怀亚特和他的妹妹们排除在外。他们举止僵硬，我不由觉得，他们对同船乘客很粗鲁。对怀亚特的行为我不以为然。他甚至比往常还要阴郁——实际上他孤僻得更厉害了——不过我对此早已习以为常了。可他的两个妹妹也这样，实在让我琢磨不透。旅途的大部分时间里，她们都把自己关在包房里，尽管我一再力劝，她们仍坚决拒绝同船上的任何人打交道。怀亚特夫人则随和得多。我的意思是说，她挺爱闲聊的，她同大多数女士打成一片。在海上，爱闲聊可是值得大力推荐的。而且更加让我大跌眼镜的是，她还毫不含糊地向男士们卖弄风情。她总是"逗乐"我们。我说"逗乐"——不知道该怎样说清我的意思。实际情况是，我很快发现，怀亚特夫人被讥笑的次数远比大家同她一起欢笑的次数多。男士们对她几乎不置一词，而女士们对她的评价则是"心肠好但相貌平庸，极其无知，粗鲁不堪"。

最让我难以想清楚的是，怀亚特先生怎么会同她结为夫妻，简直是落入圈套。一般来说都是因为钱财——可我知道，压根不是这么回事，因为怀亚特跟我说起过，她没带给他一个子儿，也指望不了能从其他渠道得到任何好处。他说，他是为了爱情结的婚，只为了爱情，他的新娘非常值得他爱。当我想到朋友的这些表白，我坦率承认，我感到了无法言喻的困惑。他会不会是丧失了感觉？我还能怎么想呢？他，如此优雅、聪明，如此挑剔，对缺陷异常敏感，对美无比狂热！固然，这女士看起来很喜欢他——尤其是当他不在场的时候——她一再引用她那"心爱的丈夫，怀亚特先生"的话，这使她显得特别可笑。"丈夫"这个词似乎永远——套用一句她本人的妙语——永远"停泊在她的舌尖上"。同时，全船的人都看得出，他以最明显的方式回避着她，多数时候都把自己独自关在船舱里。事实上，可以说他整天都把自己关在里面不出来，一任自己的妻子自由自在并且尽情尽兴地在主舱的乘客中间肆意取乐。

根据以上我所看到的和听到的这一切，我给出了这样的结论，由于某种难以解释的无常命运，抑或是突发奇想，在狂热而古怪的激情的支配下，艺术家被蛊惑了，娶了个丝毫配不上他的人。随之出现的结果，自然是迅速产生厌恶，而且很彻底。虽然我从心底里同情他，但却做不到因此而完全原谅，他对《最后的晚餐》那桩事的隐瞒，我打定主意要弄明白其中的真相。

有一天，他终于来到甲板上溜达，我像往常那样挽着他的胳膊，来来回回地走着。他的忧郁看起来一点都未消退（我觉得处在他的情况下，这很自然）。他的话很少，即便挤出几句来，也抑郁得要命。我斗胆说了一两个笑话想逗乐他，他也试图微笑了一下，可是他的笑比哭还难看。这家伙太可怜了！

每次想到他的妻子，我想不明白他怎么有心情强装笑颜。我决定针对那长方箱子展开一连串的冷嘲热讽，旁敲侧击，好让他慢慢明白，我可不上他那点玄虚把戏的当。第一步是揭开伪装，露出冰山一角。

我说了一些诸如"那箱子的特殊形状……"之类的话，脸上挂着心照不宣的微笑，眨着眼，用手指轻轻捅了捅他的肋骨。怀亚特对我那无伤大雅的玩笑的反应，让我立刻确信，他真的疯了。起初他瞪着我，好像听不懂我的玩笑话。然后，话里的含义像是慢慢钻进了他的脑子，他的眼睛渐渐地越睁越大，简直突出了眼眶。他满面通红，紧接着又苍白得吓人，再接下来，他像是被我暗示的东西给逗乐了，放声地狂笑起来，这令我非常吃惊！他越笑越凶，一直持续了十多分钟。最后，他"咣"地一下直挺挺地摔倒在甲板上。我奔过去扶起他时，发现他已经和死人毫无二致。

我赶紧呼救，大家好不容易把他弄醒过来。苏醒后，有一段时间他一直语无伦次地说着什么。最后，我们给他放了血，把他放到了床上。第二天他就完全恢复正常了，我说的正常只是针对他的身体而言，对他的精神我当然无话可说。船长给我的建议是，在剩下的旅途中避免与他见面，我十分听话地顺从了。

船长同我一样认为他精神错乱了，不过他警告我，不要对船上的其他人说起这件事。

此事之后，紧接着又发生了几件事，加深了我本来就有的好奇。其中一件是这样的：

我因为神经紧张而喝了太多浓茶，所以晚上睡得很糟糕——实际上，有两个晚上我简直就是彻夜难眠。现在，同船上其他单身男子的房间一样，我的房门也正对着主舱，即餐厅。怀亚特的三个房间在后舱，与主舱隔着一道小滑门，这门即便在晚上也不上锁。因为总是刮着风，而且还不小，船向下风方向倾斜得厉害。每当右舷倾向下风时，两个船舱之间的滑门就会自动滑开。然后它也就这么开着，没人会费劲爬起来把它关上。可我的铺位很巧合，当我的舱门和滑门同时敞开（因为天热，我自己的房门总是开着），我能清楚地看到后舱，而且看到的部分，恰恰是怀亚特先生的几个舱房。在我醒着的两夜里（不是连着的），我分明看到，每晚十一点的时候，怀亚特夫人都偷偷溜出怀亚特先生的房间，走进那个空着的特别包房一直待着，等她丈夫来叫她的时候才回去。

这件事说明他们实际上是分居的。他们有各自的房间——毫无疑问，这是计划着离婚，永远井水不犯河水，我一直对那间多余的舱房感到好奇，它的秘密原来是这样的。还有一个情况让我很感兴趣。在那两个不眠之夜，怀亚特夫人一消失在那间特别的包房里，她丈夫的房间就传出一阵异常小心、压得很低的声响。这引起了我的注意。仔细聆听一会儿，我终于成功地领悟了那声音的含义。画家在用凿子或者木槌之类的工具，摸索着打开长方形箱子——木槌的响声闷闷的，显然是用棉毛类的软东西蒙住了槌头。这样倾听着，我想我能准确地判断出他何时能把盖子撬开——也能听出他何时把盖子移开，何时能把它放在下面的铺位上。

这后面一点，是从听到盒盖碰到木头床沿发出的轻微"啪嗒"声得知的——他放得非常小心，地板上没处可放。这之后是一片死寂，直到黎明我再也没听到任何动静。也有可能有动静，貌似我听到了低声的啜泣或喃喃的细语，但声音很压抑，几乎听不见。当然，或许这只是我的想象。我说它像啜泣或是叹息——不过，当然了，它也可能哪一样都不是。我就当作是我的耳鸣吧。

很显然，怀亚特先生只是在依照老习惯纵情于自己的嗜好——也就是突然沉溺于对艺术的热情中。他打开长方形箱子，是为了饱览里面那幅珍贵的画作。然而里面没有任何可让他啜泣的东西。因此，我再次说明，那一定只是我自个儿的幻觉，是好心的哈迪船长的绿茶让我不对劲了。在我提到的这两个夜晚，就在破晓前，我清楚地听到怀亚特先生重新盖好箱盖，用蒙住布的木槌把钉子照原样钉好。做完这些之后，他就穿戴整齐地走出房间，去怀亚特夫人的房间里把她叫了出来。

到目前为止，我们已经在海上航行了七天。我们在离开哈特拉斯角时，刮起了一场猛烈的西南风。不过对此我们有过一番准备，因为天气威胁我们好久了。船只上上下下每样东西都弄妥当了，不会受到风寒侵袭。由于风越刮越猛，我们最终无法继续前行，后桅纵帆和前桅帆都折叠了起来。就这样，我们安全地漂行了四十八个小时——这船在许多方面都证明了自己确实是艘出色的海船，始终没灌进海水。但是后来，微风已演变成飓风，我们的后帆被撕得一条一条的，这使得我们的船置身风口浪尖，连遭几个大浪袭击。

在这场事故里，有三个人和小厨房一起被卷入大海，差不多整个左舷的舷墙都不见了。还没等我们醒过神来，前桅帆又被撕裂成了碎片。我们撑起了抑制风暴的支索帆，船儿在海面上劈波斩浪，顺利航行几个小时，比以前行驶得稳当了些。然而风还是一直刮着，看不出有任何减弱的迹象。我们发现，船上的索具不太适宜，绷得太紧了，起大风的第三天，大约下午五点钟，船的后桅迎风倾斜得很厉害，都越过船舷了。因为船身摇晃得剧烈，我们花了一个多小时想把它清除掉，也只是白费了劲儿。这边还没弄停当，船匠大声嚷着说船舱里积了四英尺深的水。更加恐怖的是，水泵阻塞了，几乎没法再使用。

眼下的一切都混乱不堪，我们真是有种绝望的感觉——我们设法减轻船的重量，摸到什么货物就把它往海里扔，把剩下来的两根桅杆也砍掉了。后来我们终于干完了这些，但还是修不好水泵，而且与此同时，漏进来的水正以极快的速度逼近我们。

到日落时分，肆虐的狂风才显出明显减弱的趋势，海面终于平静了下来，我们还抱着用救生艇自救的微弱希望。到了晚上八点，云层随风散去，现出一轮满月——这真是个好兆头，我们萎靡的精神为之大振。费了九牛二虎之力，我们终于顺利地把大救生艇放了下去，所有船员和大部分乘客都挤了进去。这批人立刻出发，经过许多磨难，终于在失事的第三天安全抵达了奥克拉科克港。船长和十四名乘客留在大船上，决心把命运系诸于船尾的小艇。我们没花什么力气就把它降了下来，不过下水时没有覆没在海里实在算是个奇迹。我们一行人迅速上了船，分别是船长夫妇、一个墨西哥官员、他的妻子和四个孩子、怀亚特先生一行、我和一个黑人男仆。

小船本来就小，再加上这么多人，所以除了一些绝对必需的装备、食物和身上的衣服之外，小船上再没多余的地方可以放任何东西了。没人想到去抢救别的什么。刚划出几英里远，最让人吃惊不已的事情发生了，怀亚特先生从船尾的座位上站起来，冷冷地要求哈迪船长把船划回去，他要取他的长方形箱子！

"坐下，"船长带着几分严厉地说，"怀亚特先生，你要是不老老实实坐着会把船弄翻的。这会儿船舷差不多已经在水里了。"

"那箱子！那箱子，"怀亚特先生站在那儿大喊道，"我说！哈迪上尉，您不能，您不会拒绝我的。它的分量微不足道——没一点儿分量——根本没分量。看在生您的母亲的份上——为了上帝的爱——看在您的灵魂得救的份上，我恳求您，把小艇开回去取那只箱子！"

有那么一刹那，船长似乎被画家恳切的祈求打动了，可他马上就恢复了严厉而镇定的态度，只是说："怀亚特先生，你疯了。我不能听你的。坐下，听见了吧，否则你会弄翻船的。别动——抱住他——抓住他！——他要跳海！瞧——我就知道——他跳下去了！"船长说话的当儿，怀亚特先生实际上已经投身入海。因为我们还处在失事船只的避风一侧，他以超人的力量抓住从前索条上垂下的一根绳子。一会儿工夫，他已经爬上了甲板，发疯般地冲下了船舱。那一刻，我们已被刮到了船尾，远远出了避风区，我们只能听凭波涛汹涌的大海的摆布。我们竭力想要划回去，奈何小船像是暴风中的一片羽毛。我们马上就意识到，不幸的画家厄运降临到他的身上了。

很快，我们就远离了失事船只。那个疯子（我们只能这么想他）出现在升降梯上，一个人把那长方箱子拖上来，力气大得惊人。我们震惊之下，全都死盯着他，看他飞快地用一根三英寸粗的绳子在箱子上绕了几圈，然后在自己身上绕几圈。转瞬之间，他和箱子都在海里了——立刻就消失了，再没有出现。我们悲哀地停止划桨，久久注视着他沉没的地方。最后，我们离开了。沉默持续了一个小时，到后来我忍不住提起话题。

"你注意到他们一下子就沉下去了么，船长？那不是十分不同寻常的么？坦白地讲，当我看到他把自己和箱子捆在一起跳进海里时，我还以为他有一丝脱险的希望呢。"

"他们当然会沉下去，而且会立刻沉下去。"船长回答道，"他们很快会再浮上来——不过要到盐溶解了以后。"

"盐！"我惊叫了出来。

"安静！"船长说，一边指指死者的妻子和妹妹。"等有了适当的时间，我们再谈这些事。"

我们历尽艰险，九死一生，不过老天庇佑了我们，像庇佑大救生艇上的同伴一样。经过四天的痛苦挣扎，我们最终半死不活地在罗阿诺克岛对面的海滩登陆了。我们待了一个星期。打捞沉船的人待我们不坏，后来我们搭船去了纽约。

"独立号"失事后大约一个月，我在百老汇邂逅了哈迪船长。我们的谈话很自然地转到了那场海难，然后谈到了可怜的怀亚特的悲惨命运，从船长的口中我得知了以下详情。

艺术家为他自己、他妻子、两个妹妹和一个仆人订了舱位。他的妻子，正像前面所说过的那样，是个非常可爱、多才多艺的女子。六月十四号的早晨（我第一次上船的那天），那位女士突然得病去世。年轻的丈夫伤心得快要发疯了——可是情况紧急，他无法推迟去纽约的行程。他必须把心爱妻子的尸身带给她的母亲，而另一方面，世人的偏见又不允许他公开这么做。因为十分之九的乘客宁可弃船而去，也不愿意和一具死尸同船而行。

这让艺术家非常为难，不知道该如何是好。哈迪船长知道后，于是做了安排，给尸体部分涂上了防腐香油，同大量的盐一起打包放在尺寸合适的箱子里，然后作为货物运上了船，关于女士的死他只字未提。因为大家都知道怀亚特先生已经为妻子订了舱位，就必须有什么人在旅程中假扮她，很容易就说服了已故女士的女仆来做这事。特别包房起初是为这个女孩订的，那是在女主人活着的时候，后来就让它空着了。当然，每天晚上，这假冒的妻子就睡在那间房里。事先已仔细查明，船上的乘客中没有人见过女主人的庐山真面目。由此，白天她才能尽她所能地扮演她的女主人。

我猜测错误的原因是由于，过于粗心、爱管闲事、脾气冲动。不过，最近我夜里极少能睡得安稳。无论怎样翻来覆去，总有一张面容在我眼前晃动，总有一串歇斯底里的笑声经久不息地回荡在耳边。

（1850 年）

7. 被盗的信

18×× 年的一个秋天，在巴黎的一个风声萧瑟的傍晚，天刚刚黑下来，在圣·日耳曼旧郊区登诺街 33 号四层楼上，我和我的朋友 C·奥古斯特·迪潘待在他的图书室里，这是一个藏书的小房间，我享受着双重乐趣，一边沉思，一边吸着海泡石烟斗。

我们两个寂静无言至少有一个小时，在任何偶然瞩目的人看来，我们两个大概都好像在专心致志地一味喷吐缭绕的烟云，这使房间里的气氛显得混浊。然而，拿我自己来说，我脑海里却在思索着黄昏初临时我们当作话料的那个题目，我指的是陈尸所街的那件事，还有玛丽·罗杰谋杀案难解的谜。因此，当我们房间的门被人推开，迎进了我们的老相识，巴黎警察局长 G 先生的时候，我认为这也是一种巧合。

　　对他的到来我们表示热烈欢迎，因为这个人谈吐有趣，差不多有一半抵过了他为人的可鄙，而且我们已经好几年没看见他了。我们一直坐在黑暗的房间里，这时，迪潘站起来打算点灯，可是他又坐下了，没去点灯。因为 G 说，他来拜访是为了向我们请教一些，已经引起很多麻烦的公事，或者更确切地说是为了要征求我朋友的意见。

　　"如果这是什么需要思考的问题，"迪潘既然不想点燃灯芯，于是说，"我们在黑暗中研究，效果会更好。"

　　"这又是你出的怪主意吧，"警察局长说，他习惯于把超过他理解能力的一切事情都叫作"怪"，因此，他完全是在怪哉怪哉里过日子的。

　　"完全正确。"迪潘说，然后递给来客一只烟斗，又向他推过去一张舒服的椅子。

　　"这一次是什么难题呢？"我问道，"但愿不会又是什么谋杀案吧。"

　　"哦，不是的，完全不是那一类的事。其实，这个案子十分简单，我觉得没有疑问，我们自己能处理得八九不离十，可是我又想，迪潘也许愿意听一听其中的详细情节，因为这件事怪得出奇。"

　　"又简单又古怪？"迪潘好奇地问道。

　　"呃，对，可又不能完全这么说。事实上我们全都一直觉得十分难解，因为这件事真是非常简单，可又使我们完全没有办法。"

　　"也许正是因为案情简单才弄得你们不知所措。"我的朋友说。

　　"你真是在说废话！"警察局长大笑着回答说。

　　"也许谜底有点过分明显吧。"迪潘说。

　　"哎呀，老天爷！谁听见过这种话呢？"

　　"有一点过于不言自明吧。"

"哈！哈！哈……哈！哈！哈！呵！呵！呵！"我们的客人觉得太有趣了，以至于大笑起来，"哎呀，迪潘，你把我笑死了！"

"那么，你手头究竟是件什么案子呢？"我问道。

"嘿，我这就要告诉你，"警察局长回答道，他于是深思再三地慢慢喷出一长缕烟云，在他那张椅子上坐下来。"我可以用几句话告诉你，不过，在我未讲之前，让我先提醒你们，这是一桩要求绝对严守机密的案子，万一让人知道我向谁透露了消息，我大概十之八九会丢掉我现在担任的职位的。"

"说下去吧。"我说。

"要么你别说了。"迪潘说。

"好吧，我说。我得到的情报是由地位很高的人亲自通知我的，有人从皇宫里偷走了一份极重要的文件，也知道偷文件的那个人是谁，没有任何疑问，有人看见他拿走的。还有，也知道文件仍然在他手里。"

"这是怎么知道的？"迪潘问道。

"这是明摆着的，从文件的性质可以推断出来，"警察局长回答道，"还有，文件从抢走的人手里一传出去，立即会引起某种后果，这就是说，他要利用这个文件，而且他一定会计划在最后利用这个文件，但是，目前并没有出现这种情况。"

"请你说得再清楚一点。"我说。

"好吧，我只敢说到这一步，这个文件会使拿到它的人得到一种在一定场合下极有价值的权柄。"这位警察局长很爱好外交辞令。

"我还是没有完全明白。"迪潘说。

"不明白吗？好吧。如果把文件透露给第三个人，现在且不说他的姓名，那可要使人们对一个地位极高的人的名誉产生怀疑，这样就使持有文件的人占了优势，而那位辉煌人物的名誉和安静生活都要因此受到威胁。"

"可是要依仗这种优势，"我插嘴说，"盗信的人得知失信人也知道谁是盗信的人。谁会敢……"

"这个贼正是 D 部长，"警察局长说，"他什么都敢，不论是像男人做的还是不像男人做的事，他都敢去做。偷盗方法的巧妙之处在于他的胆大妄为。我所说的这个文件，坦率地讲，就是一封信，它是失去信件的人单独待在皇宫内院里的时候收到的。她正在仔细地看信，可是突然被人打断了，另外有一位高贵人物进来了，而且她正好特别不愿意让他看见这封信。她打算把信塞到抽屉里，可是匆匆忙忙，白费力气，她只好把那封信，照原样敞开着放在桌子上。尽管这样，最上面的是地址，内容并没有暴露，这封信也没有引起注意，正在这个关节上，D 部长进来了，他那双狸猫眼立刻看见了信纸认出了地址的笔迹，看出了收信人不知所措，并且揣测到她的秘密。他办了几件公事，像他平常那样匆匆处理完毕，然后，他拿出一封信，跟所说的那封信仿佛差不多，拆开来，假装在看信，接着又把这封信放在靠近另外那封信的位置。他又谈起了公事，大约谈了 15 分钟。最后，他告辞了，可是他把桌子上那封他无权占有的信也带走了。这封信的合法的主人看见了，可是，当着那第三者的面，他正站在她旁边，当然，她不敢要人注意这样的行为。这位部长转移阵地了，他把他自己一封不要紧的信，留在桌子上了。"

"现在看起来，"迪潘对我说，"这正好是你所要求的占有十足优势的条件，盗信的人已经知道，失信的人完全知道是谁偷了他的信。"

"是的，而且把这样弄到手的权柄，"警察局长回答道，"为了政治上的目的，在前几个月运用到了十分危险的程度。这位失盗的人一天比一天更透彻地认识到有必要把她的信收回来。可是，这也不是可以公开做得到的。最后，她被逼得走投无路，把这件事委托我了。"

"因为比起你来，我想，"迪潘说，周围尽是滚滚翻腾的烟云，"她所能向往的，甚至所能想象的，也不会有更精明强干的代理人了。"

"你过奖了，"警察局长回答说，"不过当时倒也可能有过这一类的意见。"

"很显然，正像你所判断的，"我说，"信仍然在这位部长手里，因为有信才有权，而不是运用这封信可以拿到权柄。一经运用，权柄也一去不回了。"

"的确，我也是抱着这样的信心开始做起来的。"警察局长说，"我首先考虑的是要彻底搜查这位部长的旅馆。在这一点上，使我为难的主要问题在于，有必要不让他知道在搜查。其他的一切都不必谈，我已经得到警告，要是让他感到有理由怀疑我们的企图，那就会产生危险的后果。"

"可是，"我说，"这一类调查你是十分在行的，巴黎警察局以前也常常做这种事情。"

"哦，对的。正因为有这一层，我并没有觉得这件事有多么困难。这位部长的习惯也对我十分有利。他常常整夜不在家，他的仆人也绝不是十分多的。他们睡的地方离他们主人的那套房间有一段距离。还有，他们大半是那不勒斯人，所以很容易喝醉酒。我有钥匙，你也知道，巴黎的任何一间房，任何一个柜子，我都能打开。一连三个月，为了搜查这家 D 旅馆，一夜都没有错过，我每一夜都亲自参加一大部分的工作。我的名誉要紧，再告诉你一件十分机密的事，酬金的数目极大。所以我没有放弃搜查，直到后来我才完全佩服这个贼比我更加精明。因为我认为只要是有可能隐藏这份文件的每一个角落我都检查过了。"

"可是有没有这种可能，"我提了个意见，"尽管信是在这位部长手里，但是他是否有可能把信藏在别的地方而不放在自己的房子里呢？"

"这种可能十分勉强，"迪潘说，"从当前宫廷大事的特殊情况来看，尤其是从已知有 D 牵涉在内的那些阴谋来看，可能需要立刻拿到文件，也就是有可能需要一得到通知立即拿出文件，这一点几乎是和占有文件一样重要。"

"有可能需要拿出文件来吗？"我说。

"这就是说，把它销毁。"迪潘说。

"确实是这样，"我说，"那么这封信也就肯定是在他房里了。至于这位部长随身带着这封信的问题。我们可以不必去考虑。"

"完全不必，他曾经有两次被洗劫，"警察局长说，"仿佛遇上了拦路的强盗，他本人是在我亲自监督下经过严格搜查的。"

"你大可不必亲自动手，"迪潘说道，"我敢说，这位 D 部长肯定不是个笨蛋，也就是说他一定会预料到这类拦路洗劫的事，那是理所当然的。"

"不完全是个笨蛋，"警察局长说，"可是他是一位诗人，我认为这跟笨蛋只有一步之差。"

"确实是这样，"迪潘说，然后从他的海泡石烟斗里深深地、思虑再三地吸了一口烟，"不过我本人也写过几首打油诗，真是问心有愧。"

"可不可以请你，"我说，"详细谈谈你搜查的具体情况。"

"呃，我们实际上是慢慢来的，我们搜查了每一个地方。在这些事情上，我有着丰富的经验。我对整幢大楼，一个房间一个房间地搜查，把一个星期的晚上的时间用来对付一个房间。首先，我们检查了每一套房间的家具。我们打开了每一个可能存在的抽屉。我估计你也知道，对于一个经过正式训练的特工警察，要卖弄什么"秘密"抽屉之类的东西是办不到的。如果在这样的搜查之下，有什么人以为用一个"秘密"抽屉可以瞒过警察，那他就是傻瓜。事情是非常清楚的。每一只橱柜都占有一定数量的体积，或者说空间。我们有准确的规则。一丝一毫都不能瞒过我们。在搜查橱柜之后，我们检查了椅子。对于软垫，我们用你们见过的细长针来刺探。对于桌子来说，我们把桌子面拆下来了。"

"为什么？"

"有时候，桌子或其他形状相仿的家具，它的面板会被打算藏起东西的人拆下来，把家具的腿挖空，把东西放在空洞里，然后再安装好面板。对于床架的柱子，柱脚和柱顶也可以按同样方式搜查。"

"难道不能利用声音来查出空洞吗？"我问道。

"完全不能，把东西放进去的时候，可以在它四周垫上一层厚厚的棉花。再则，我们这个案子要求我们在动手的时候没有声音。"

"可是你不能都拆开——你不能拆散所有的可能以你谈到的方式存放东西的家具。一封信可以缩成一个小纸卷，同一根粗的织绒线针的形状大小差不多，可以把这样的信塞到任何可能的地方，譬如说椅子的横档里。你没有把所有的椅子都拆散吧？"

"当然没有。可是我们干得更出色——我们检查了旅馆里每一把椅子的横档，甚至每一种家具的接头，因为可以使用倍数很高的显微镜。万一有什么新近动过的痕迹，我们都能万无一失地立刻检查出来。例如，细小的木屑大概会变得像苹果一样明显。交接的地方有什么变动，接头上出现任何不常见的缝，都是必须要经过检查的。"

"我想，你大概也检查了镜子的底板和镜面玻璃之间的情况，床和床上用品，还有帘幕和地毯。"

"那是当然。我们用这种方式对家具的每一个细微地方彻底检查完毕之后，就开始检查房子本身。我们把房子的整个表面分成若干部分，都编上号，为的是一处也不会遗漏。然后我们仔细研究了整幢房子的每一个平方，包括它隔壁的两幢房子，我们和先前一样也使用显微镜。"

"隔壁的两幢房子？！"我惊讶的大声说道，"你们一定挖空了心思，费尽了千辛万苦。"

"我们是费了力，不过给我们的报酬也是非常可观的。"

"你检查房子周围的地面了吗？"

"所有的地面都铺了砖。这给我们造成了很大的麻烦。我们检查了砖块之间的青苔，发现都没有动过。"

"你们肯定也查阅了 D 的文件，同时还有他藏书室里的书？"

"当然。我们打开了每一个包包裹裹。我们不仅打开了每一本书，而且每一本都一页一页地翻过，而不是像我们有些警官那样把书抖一抖就完事了。我们还测量了每本书封面的厚度，计算得极为准确，对每一本都用显微镜百般挑剔地检查过。如果装订的部分新近有人动过，我们一定会看出来，这是不可能蒙混过去的。有五六本是新近装订过的，我们都用针仔细地顺着缝隙检查过了。"

"地毯下的地板你们查过吗？"

"查过，我们掀开了每一块地毯，用显微镜检查了木板；都没有问题。"

"还有糊墙纸？"

"查过了。"

"地下室你检查了吗？"

"我们查过了。"

"那么，你从一开始就估计错了，"我说，"那封信并没有像你想的那样放在这幢房子里。"

"我觉得你说的非常对，那么现在，"警察局长说道，"迪潘，照你的意见，我应当怎么办？"

"彻底地搜查那幢房子。"

"那是绝对不需要的，"警察局长回答道，"我比知道我自己在呼吸还有把握，信不在旅馆里。"

"我提不出更好的意见了，当然，"迪潘说，"你大概能很准确地说出那封信的特点吧？"

"噢，能！"说到这里，警察局长拿出一个记事本，大声念起那份失去的文件的详细内容，尤其是它的外表的细枝末节。他念完了这份说明之后立即告辞，精神更加萎靡不振，以前我还从没见到这位善良的绅士有过这样沮丧的时候。

大约一个月之后，他又来访问我们，并且发现我们还是差不多像前一次那样待着。他拿起一只烟斗，搬了一把椅子，谈起一些寻常的话题。

最后我说："哦，G先生，那封失窃的信有什么下文吗？我估计你大概到最后还是得承认，你是无法胜过那位部长的吧？"

"见他的鬼，我得说……是这样。不管怎么样吧，我像迪潘建议的那样又检查了一遍，不过那都是白费力气，我早知道是没用的。"

"酬金是多少，你怎么说的？"迪潘问。

"噢，数目很大……真是不惜重金……我不愿意说有多少，不必说究竟有多少，不过有一点是我可以说的，谁要能替我找到那封信，我情愿开一张五万法郎的私人支票给他。事实是，这件事变得一天比一天更重要了，新近，酬金加了一倍。可是，即使再加一倍，我能办得到的事也都已经做过了。"

"噢，是这样，"迪潘用他的海泡石烟斗吸了一口烟，慢吞吞地拉长调子说，然后又吸了一口烟。"我真的……认为，G，你自己没有尽到力……在这件事情上没有全力以赴。我想你也许可以再尽一点力吧，嗯？"

"怎么尽力？……在哪一方面？"

"噢……噗，噗……你可以……噗，噗……在这个问题上聘请顾问，嗯？……噗，噗，噗。你记得他们跟你讲的阿伯尔纳采的事吗？"

"不记得，该死的阿伯尔纳采！"

"确实！他该死，而且罪有应得。不过，从前有这么一个阔气的守财奴，他想出了一条计策，要挤对这位阿伯尔纳采说出他对一个医学问题的意见。为了达到这个目的，他假装私下里闲谈，把他的病情暗示给这位医生，仿佛这是一个虚构的人物的病情。'我们可以假定，'那位守财奴说，'他的病征是如此这般，那么，医生，你要指教他怎么办呢？'怎么办！'阿伯尔纳采说，'噢，当然要征求医生的意见喽。'"

"可是，我完全愿意付出任何代价征求别人的意见，"警察局长说，神色有点不安，"我真的愿意付给任何人五万法郎，如果他能在这个问题上帮助我的话。"

"照这样看，"迪潘回答道，他打开抽屉，拿出一个支票本，"你可以照这个数目给我开一张支票。等你在支票上签了字，我就把这封信交给你。"

听完这句话，警察局长完全像遇到了晴天霹雳一样。我也是大吃一惊。有好几分钟，他一言不语，一动也不动，张着嘴，全然不能相信地瞧着我的朋友，眼珠子好像要从眼眶里暴出来了，后来他恢复了常态，然后抓起笔，又停了几次，瞪了几眼，终于开出一张五万法郎的支票，签署了姓名，隔着桌子把支票递给迪潘。

自从迪潘要他开支票的那个时候起，他连吭都没有吭一声。迪潘把支票仔细检查了一遍，把它放在他的皮夹子里。然后，他用钥匙打开他那张有分类格子的写字台，从格子里拿出一封信，把它交给警察局长。这位局长抓住信，欢喜到了极点，他用颤抖的手打开信，迅速地把信的内容看了一遍，之后，他慌慌张张起来挣扎到门口，终于顾不得礼貌冲出了房门，冲出了这幢房屋。

他走之后，我的朋友做了一番解释。

"按巴黎警察办事的方式来说，都是极其能干的，"他说，"他们坚持不懈，足智多谋，很狡猾，大凡在业务上必须懂得的事情，他们都完全精通。所以，当警察局长向我们详细地讲他在 D 旅馆搜查房屋的方式的时候，我觉得可以完全相信，从他所费的气力来看，他的检查是靠得住的。"

"从他所费的气力来看吗？"

"是的，从他所采取的措施来看，不仅是其中最好的，而且执行得一丝不苟。"迪潘说，"如果这封信曾经放在他们搜查的范围之内，这些家伙肯定会毫无疑问地找到这封信。"我不过笑笑罢了，可是他似乎十分认真地看待他所说的一切。

"那么，这些措施本身都是好的，而且执行得也很好，"他接下去说，"它们的缺点在于对这个案子和这个人不能适用。对于这位警察局长，一套十分别出心裁的计策，可说是一张普罗克拉斯提斯的床，他硬要使他的计划适合这套计策。他处理他手上的案件，总是要犯钻得太深或者看得太浅的错误，许多小学生都比他头脑清楚。我认识一个八岁的小学生，在玩'单双'游戏的时候，他猜得很准，引得人人钦佩。这个男孩子把学校里所有的石弹子都赢过来了。这个游戏很简单，要用石弹子来玩。一个人手里握着一定数目的弹子，要求另一个人来猜这个数是单是双。如果猜中了，猜的人赢一粒弹子，如果猜错了，他就输一个弹子。当然，他猜起来是有点道理的，那就是要观察和衡量他的对手的精明程度。例如，对方是个大笨蛋，举着握紧了的手来问，'是单是双？'这个小男孩回答，'单'，他输了，可是第二次再试，他赢了，因为他自己寻思，'这个笨蛋第一次用的是双，他那一点狡猾本事只够让他在第二次用单数，所以我要猜单，于是猜单他就赢了。

那么，对于比起先的这个笨得好一点的，他会这样来分析：'这个家伙看到我第一次猜单，他首先想到的第一个念头，大概是要采取由双到单的简单变化，像第一个笨蛋一样，可是他再想一下就觉得这种变化太简单了，最后他决定还是像先前那样用双数，所以我要猜双，于是他猜双又赢了，这是小学生推理的方式，小伙伴都说他'侥幸'……那么，归根到底，这是怎么回事呢？普罗克拉斯提斯是希腊传说中的一个强盗，他把自己抓到的人放生到一张铁床上，如果这个人比床长，就会被砍掉比床长的部分，如果这个人比床短，就硬把这个人拉长。后来人们就以此比喻生搬硬套，强求一致的措施。"

"那不过是推理的人，设身处地体察对手的智力罢了。"我说道。

"是这样，而且，"迪潘说，"我还问这个孩子用什么方法来做到能完全设身处地地体察对方，他所以能取胜正在于此，他给我的回答如下：'我要是想弄清楚哪个人有多么聪明或者多么笨，多么好或者多么坏，或者他当时在想什么，我总是要模仿他脸上的表情，尽可能学得和他一模一样，然后等一等来看，我脑子里或者心里会产生什么思想和情绪才配得上这副神气，才装得一模一样了。'小学生的这种反应是一切貌似深奥的东西的起因，卢欧夫科，拉布吉夫，马基雅维里还有康帕内拉，都曾经被认为有这个特点。"

我说，"如果我对你理解得正确，这要看他把对手的智力估计得准确率有多高了。"

"从实用价值来看，这是关键的一点，"迪潘回答道，"警察局长和他那一帮人经常如此失策，首先是因为没有设身处地想一想。其次是估计不当，或者更确切地说，根本没有估计他们所对付的人的智力。他们只考虑他们自己的巧妙主意，在搜查任何藏起来的东西的时候，只想到他们自己会以什么方式来隐藏东西。他们只有这一点是对的——他们自己的智谋忠实地体现了大众的智谋，可是如果那个罪犯的鬼主意在性质上跟他们的不一样，那会使他们枉费心机的。当然，如果比他们自己的高明，那就老是会发生这种情况，如果不如他们，那也时常会这样。

他们进行调查的原则一成不变，至多，由于情况非常紧急，或者在重赏的促使之下，他们会把老一套的办法扩充或者变本加厉地运用一番，可也不会去碰一碰他们的原则。例如，在 D 这桩案子里，他们有做过什么事去改变行动原则吗？很显然没有。

用探针刺探、钻孔、用显微镜观察、测量，还有把房子的表面分成多少编了号的平方英寸，这一大套动作的目的是什么呢？这不过是他们根据对人类心机的见解，把警察局长在长期例行公事里，习以为常的那种或者那一套搜查的原则，变本加厉地运用起来。你肯定也可以看出，他认为理所当然，凡是人要想藏信，虽然不一定去把椅子腿钻个洞，至少也总要放在什么偏僻的小洞或者角落里，这岂不是跟劝人把椅子腿钻个洞来藏信的主意一脉相承吗？你肯定也能想到，这样考究的藏东西的角落只适合于寻常的情况，大概只有智力寻常的人才会采用。可以说，在凡是要隐藏东西的案子里，对所隐藏的东西的处理，以这种考究的方式来处理，这首先就是可以想见的，而且本来可以料得到的。因而，赃物的查出，依靠的完全不是才智，而是追查的人细心、耐心和决心。遇到案情重大，或者从政治角度来看关系重大的，且赏金非同小可的案件，那倒从来没听说使用这些条件会失策的。

现在你肯定已经明白我的意思了吧。譬如说，假定失窃的信确实是藏在警察局长搜查范围之内的什么地方，换句话说，假定藏信的原则包括在警察局长的那些原则之内，那么，查出信来大概也应该不在话下。可是，这位长官却完全受了蒙骗。他失败的原因在于他推测这位部长是个笨蛋，因为 D 已经有了诗人的名气。人们都认为凡是笨蛋都是诗人，这位警察局长就因此推断出凡是诗人都是笨蛋。就是这样一来，他就是犯了使用不周的命题的错误。"

"但是这一位真是诗人吗?"我问道,"据我所知,一共是两兄弟,两个人都在文才上小有名气。我听说这位部长是一位数学家,不是诗人。他在微积分方面有学术论著。"

"你错了。我很了解他,他是兼而有之。既是诗人又是数学家,他大概是善于推理的,如果他是单单作为数学家,大概要任凭警察局长摆布了,因为他根本不可能会推理。"

"你这些意见使我很吃惊,那可是全世界一向反对的意见。"我说,"你不是想把多少世纪都融会贯通的意见一笔抹杀吧。数学推理早已被认为是世界上最好的推理了。"

"'十之八九,任何公认的意见,任何公认的常规都是愚蠢的,因为它们都只适合群众。'"迪潘引用沙福尔的话回答道,"就算你对,数学家们也一直在尽最大努力传播,你所指出的为一般人接受的错误,可是把它当作真理来传播,错误还少不了是错误。例如,他们不惜小题大做,把'分析'这个词暗暗挪用到代数方面。法国人是这种特殊障眼法的创始人。可是如果某一名词还多少值得重视……如果字眼由于使用而产生了什么价值……那么,'分析'表示'代数',差不多就像人们把拉丁文'ambitus'表示'野心','religio'表示'宗教'一样无稽。"

"我明白了,你要跟巴黎的一些代数学家争论一下。"我说,"不过没关系,说下去吧。"

"关于用抽象逻辑以外的其他任何特殊形式培植起来的理智,我对它的效用表示怀疑。尤其让我怀疑的是,由研究数学而引导出的理智。数学是形式和数量的科学。数学的推理仅仅是在考查形状和数量时所用的逻辑，所以会铸成大错，在于设想连所谓纯代数的真理，也都是抽象真理或普遍真理。而且这种错误又错得这么异乎寻常，从它一向为人们接受的普通程度来看，我觉得十分令人厌恶。数学的公理并不是普遍真实的公理。譬如，适用于表示关系、表示形状和数量的正确道理，用在伦理学方面却往往大错特错。在伦理学上，要说各部分累积之和等于整体，那常常是完全不能成立的。在化学方面，这个公理也不能成立。

在考察动机的时候，它不能成立，因为两种动机，各有既定的价值，把二者结合起来得出的价值不一定等于它们各自的价值之和。还有其他的许多数学真理，仅仅在表示关系的限度之内才是真理。然而数学家却出于习惯，根据他的有限真理来论证，仿佛它们具有绝对的普遍适用性质，也正像全世界的确以为它们都能普遍适用似的。布莱恩特在他的十分渊博的《神话》中提到一种类似的错误根源，他说，'虽然异教的传说是不可信的，我们却不断地忘记我们自己的身份，把它们当作已然存在的现实，并根据它们来进行论证。'对于数学家，既然他们本身是不相信基督的异教徒，那么，'异教的传说'就是可信的，他们根据这些来论证，与其说是出于记性不好，倒不如说是出于不可理解的一种糊涂头脑。

总之，我还没有遇到一个在求等根以外能靠得住的数学家，也没有哪个不是私下里坚信 $X*X + PX$ 是绝对无条件地等于 q 的。如果你愿意，你不妨去试一试，你可以对这些先生之中的某一位说，你相信，可能出现 $X*X + PX$ 完全不等于 q 的情况。在你使他明白了你的意思之后，你必须赶紧溜到一个让他抓不到你的地方，因为毋庸置疑，他是一定要把你打翻在地的。"

这最后一句话使我觉得十分可笑。

然后，迪潘接着说道："我想表达的意思是，如果这位部长不是一位数学家，警察局长也就没有必要把这张支票给我了。因为我知道他既是数学家又是诗人，所以我的措施是按他的智能来编排的，而且考虑到了他所处的环境。我还知道他善于在宫廷里献媚，同时又是一个大胆的阴谋家。这样的人，照我估计，肯定会了解到普通警察的行动方式。他不会预料不到，而且事实证明他早就料到他会遭到拦路抢劫。我又想，他必定也预料到他的住宅要受到秘密搜查。他经常不在家里过夜，警察局长认为这一点肯定有助于警方的成功，我只认为这是诡计，他只是向警察提供进行彻底搜查的机会，以便早一点使他们深信，那封信并没有放在房子里，而且警察局长也终于达到了这个目的。我觉得，关于警察在搜查隐匿物件时不变的行动原则，这里面有一整串的想法，刚才我已经费力地向你详细讲过了，我觉得在这位部长的头脑里，也必然考虑过这一整串的想法。这必然会使他忽视一切寻常的隐藏东西的角落。我又想，他不会这样不中用，看不出在警察局长的眼睛、探针、手钻和显微镜的检查下，他旅馆里最奥妙、最偏僻、最隐蔽的角落都像他的壁橱一样敞开的。最后，我推测出他大概要被迫而求其简单了，如果不是有意选择，也是理所当然。在警察局长头一次访问我们的时候，我向他提出，这桩奇案所以使他十分为难，也可能正是因为案情过于不言自明罢了，你也许还记得他当时是怎么狂笑的。"

"对，他笑的情景，我记得很清楚。"我说，"我真以为他要笑断肚肠的。"

"物质世界，"迪潘继续说，"有许多和非物质世界极其类似的地方。因此，修辞学的教条也还有其可信之处，例如它说：隐喻或者明喻既可用来润色一篇描述，也可用来加强一个论点。举例说，惯性力的原理，在物理学和形而上学上似乎是完全相同的。一个大物体要比一个小物体难以启动，而且后来的动量也是与这种困难相称的。这在物理学上是真实的，然而在形而上学上，智能较大的有才识的人虽然在运用才智时比一般人更有优势，更持久，更多彩多姿，但是在开始前进的头几步，他们比较拘谨，不大容易冲动，且充满了疑虑，这也是真实的，不亚于前者。再比如，你有没有注意过沿街的商店门上的招牌，哪一种最有吸引力？"

"我从来没有想过这种事。"我说。

"有一种智力测验的游戏，要用地图来玩。"他重新说下去，"玩的一方要求对方找出一个指定的字——城镇、河流、国家或者帝国的名称。总之，在地图五颜六色、错综复杂的表面上的任何一个字。新手在玩这种游戏时，为了难住对方，通常都是让他们找字型最小的地名，可是老手却选择那种从地图的一端拉到另一端的印得很大的字。这些，就像街道上字形过大的招牌和招贴一样，正由于过分显著，反而没有引起注意。在这里，视觉上的疏忽和是非上的失察可以说惟妙惟肖，正因为有些道理十分突出，十分明显，有才智的人在思考时反而把它们放过去，不去理会。不过，这个问题看起来可能超过了警察局长的理解能力，也可能是他不屑于考虑的。他从来没有想过，这位部长甚至可能把信放在大庭广众之处，把它当作谁也不会有所觉察的绝妙好计。可是我确实相信 D 有着敢作敢为，勇往直前，当机立断的智谋。想到他如果打算把这份文件利用得恰到好处，一定总是把它放在手边，想到警察局长得出的明确的证据——信并没有藏在这位尊贵人物平庸的搜查范围之内。为了藏住这封信，我愈是相信这位部长采取了经过周密考虑的精明手段，索性不去把信藏起来。

我拿定了主意之后，就在一个明朗的早晨，完全出于偶然，到部长的旅馆里去拜访，去之前我准备了一副绿眼镜。我发现 D 正好在家，他正在打哈欠，懒洋洋地躺着闲混，跟平常一样，而且装出一副无聊至极的神气。在目前还活着的人里面，大概可以说，他是真正精力最充沛的人了——不过，只有在谁也看不见他的时候他才是这样。为了对付他这一套，我说我的视力弱，并且为必需戴眼镜感叹了一番。我一边装作和我的东道主谈天，一边在眼镜的掩饰下，小心谨慎地把房间里详细察看了一遍。

我特别注意到，靠近他座位的地方有一张大写字台，那上面杂乱无章地放着一些信和其它文件，还有一两件乐器和几本书。然而，在经过长时间周密的观察之后，我看不出有什么可以引起怀疑的东西。我用眼睛在房间里巡视了一圈，最后，我的眼光落到一个用金银丝和硬纸板做得好看而不值钱的卡片架上，架子上拴着一根肮脏的蓝带子，吊在壁炉架中下方一个小铜疙瘩上晃来晃去。这个卡片架有三四个格子，里面放着五六张名片和一封孤零零的信。这封信已经弄得很脏，而且给揉绉了，它已经差不多从当中断成了两半，仿佛起初觉得这封信没有用，要把它完全撕碎，可是再一想又改变了主意，就没有把它撕碎。

那封脏兮兮的信上有一个大黑印章，非常明显地印着 D 的姓名的首字母，这封信是写给这位 D 部长的，纤细的字迹像是出自女人的手笔。它是漫不经心地，甚至好像很轻蔑地塞在了卡片架最上一层的格子里。当我一瞧到这封信，就立即断定这正是我要找的那封信。当然，从外表的各方面来看，这跟警察局长向我们宣读的详细说明完全不同。在原来的信上是一个小红印章，印着 S 家族的公爵信章，而这封信的印章又大又黑，印着 D 的姓名的首字母。这是一封写给部长的信，信封上的字迹纤细，好像是出自女人的手笔，而那封信姓名地址抬头是某一位皇室人物，字体粗犷鲜明，只有信的大小跟原信一样。然而，从另一方面来看，这些区别截然不同。那封信过分肮脏，信纸污染和破损的情况，都跟 D 实际的有条不紊的习惯自相矛盾，而且很容易使人联想到这是在企图欺骗看到信的人，让他以为这封信没有用。以上这些情况再加上信的位置过分突出，来访的每一个人完全看得清清楚楚，这正同我先前得出的结论完全一致。对于一个抱着怀疑的目的而来的人来说，这些情况都是引起疑心的强有力的证据。

我尽可能拖长这次访问的时间，我一方面跟这位部长极其热烈地高谈阔论下去，我深知这个题目万无一失，一定会使他感到兴致勃勃；另一方面，我的注意力其实是集中在那封信上。经过这样的观察，我把信的外表，以及它放在卡片架里的方式都牢牢地记在心里，而且，我后来又发现了一个情况，这一情况使我排除了我原来感到的任何一点疑问。在仔细观察信纸的边角的时候，我看出边角的伤损超过了本应有的程度。信纸破损的样子，仿佛把一张硬纸先折叠一次，用文件夹压平，然后又按原来折叠的印子，朝相反的方向重新折叠了一次。发现了这个情况就足够了。我看得很清楚，这封信翻了个面，好像一只把里面翻到外面的手套，重新添上姓名地址，重新加封过。我于是立即告辞，最后向部长说了一声早安就离开了，不过我故意把一只金鼻烟壶放在桌子上了。

　　第二天早晨，我假托拿回鼻烟壶又去访问，我们又兴冲冲地接着前一天的话谈下去。可是谈着谈着，忽然就听见紧挨着旅馆窗户的下面很响地爆炸了一声，仿佛是手枪的声音，接着是一连串可怕的尖叫的声音和吓坏了的人群喧叫的声音。D 冲到一扇窗口，推开窗户向外面张望。就在这个时候，我走到卡片架旁边，拿起那封信，放在我的口袋里，同时用一封复制的信来掉包（只从外表来说），这是我在家里先仔细地复制好的，并且仿造了 D 的姓名的首字母，我用一块面团当作印章，做起来很方便。街上的混乱是一个佩带滑膛枪的人的胡作非为引起的。他在一群妇女儿童中间放了一枪。可是经过查证，枪膛里没有实弹，就把这个家伙当作疯子或者醉汉随他自己走开了。他走之后，D 也从窗口回来了，我一拿到我要的东西也立刻跟着他走到窗口。不久之后，我向他告辞。我需要说明的是，那个假装的疯子是我出钱雇来的。"

　　"可是你用复制的信来掉包，你有什么目的呢？"我问道，"如果你在第一次访问的时候公开地拿起信来就走，那岂不是更好吗？"

　　"D 是一个穷凶极恶的人，而且遇事沉着。"迪潘回答说，"他的旅馆里也不是没有甘心为他效劳的仆人。假使我那样轻举妄动，我大概永远不会活着离开那位部长的旅馆了，好心的巴黎人大概再也不会听到有人说起我了。你知道我在政治上的倾向。在这件事情上，我充当了那位与事件相关的夫人的坚决拥护者。这位部长已经把她摆布了十八个月。现在要由她来摆布他了，既然他没有发觉信已经不在他手里，他会继续勒索，仿佛信还在手里一样。因此，他就免不了要弄得他自己马上在政治上毁灭。他的垮台，与其说是一落千丈，倒不如说是难堪。常言说，下地狱容易，这种话好倒是好，可是，在各种各样的攀援过程之中，正像卡塔兰尼谈论唱歌一样，升高要比降低容易得多。对于他这样出了格的人，我不同情他，至少是不怜悯他。他是那种十分残忍的怪物，一个天才而不顾廉耻的人。不过我得承认，等到被警察局长称为'某一位大人物'的那位夫人公然反抗他了，他只好去打开我放在卡片架上那封留给他的信的时候，我倒十分想知道他究竟有何感想。"

"怎么？你在信里写了什么东西吗？"

"对呀……要是在信封里放一张白纸，那看起来多么不妥当呀……那岂不是一种侮辱。以前在维也纳，有一次 D 做了一件对我有损的事，我十分委婉地对他说，我会记住这件事的。所以，既然我知道他会觉得有点奇怪，想知道比他手段高明的那个人究竟是谁，我觉得如果不给他留下一点线索，未免太遗憾了。他对我的笔迹十分熟悉，所以不必担心他是否会想到是谁拿走了信。

于是，我在那张空白纸当中抄写了几个字：'……这样恶毒的计策如果配不上阿尔特拉厄，也配得上蒂埃斯特了。'这些话在克雷比戎的《阿尔特拉厄》里可以查得出来。"

8. 活着埋葬

可以说，有些话题非常吸引人们的兴趣并能调动人们的胃口，可要正儿八经写成小说，确实太恐怖了。如果恐怖的表述纯属虚构，则会让我们心生厌憎。如果不希望触犯众怒或是招人厌恶，纯粹的浪漫主义作家应该对这类题目加以规避，唯有以严肃而权威的事实真相作为支撑，方可进行适当的处理。我们读到某些文字时，常常会瑟瑟发抖，感到"愉悦的痛苦"，譬如强渡别列茨那河、里斯本大地震、伦敦黑死病、圣巴塞勒缪大屠杀、加尔各答黑牢里一百二十三名囚犯窒息而死，都能给人这样的阅读感受。不过，这样的叙述之所以激动人心，就在于它暴露了真实、揭露了真相、连通了历史。

我曾经提及过几场有史记载的大灾难，它们都是那么地特别和令人敬畏。但在这些灾难中，灾难的规模大小比灾难的本身给人留下的印象更加深刻。这里无需我多言，从人类连绵不绝的超常灾难中，我能列出许多个体的灾殃，在本质上，它们比这些大规模的灾难更具有苦难性。其实，真正的悲惨、终极的悲哀是独特的，而不是普遍的。可怕的、终极的痛苦总是由个体来承担，而不是由群体来承受——让我们为此感谢仁慈的上帝吧！

毋庸置疑，在降临到芸芸众生身上的终极灾难中，最恐怖的一种可谓是被人活埋。能思考的人几乎都不会否认，活埋人的事一直频频发生。隔开生与死的边界线，是含混而模糊的。谁能说出生命在哪里终结、死亡又在哪里开始？我们知道，有的疾病可以使患者的外观生命机能终止，但恰当地讲，这一终止不过是暂停罢了，是我们尚未了解的生命机制的暂时停歇。一段时间过后，某种看不见的神秘法则，会再次开动那些神奇的小齿轮，开动那些具有魔力的大飞轮，银链并不是永久性松弛，金碗也并非破得无可修复。可在此期间，灵魂寄于何处？然而撇开这不可避免的推论，撇开这由因及果的推想，生命的暂停是会导致人所共知的活埋事件的发生的。医学和日常生活中的活生生的事例，都可以证明大量的活埋事例确实存在。如果有必要，我可以马上举出上百个真实的例子给大家看。

前不久，就在附近的巴尔的摩市，刚刚发生一件性质不同寻常的事例，它引发了一场痛苦、激烈、大范围的骚动。某些读者可能对此仍然记忆犹新。一位很受人尊敬的市民的妻子———一位杰出律师、国会议员的夫人，突然患上了莫可名状的病症。这病让她的医生完全不知如何应对。经历了很多折磨后，她死了，或者说人们认为她死了。的确，没有一个人怀疑，或者说，没有一个人有理由怀疑她是不是真的死了。从表面上看，她呈现出的全部特征就是平常的死亡：她的脸部轮廓是收缩的、凹陷的；她的嘴唇是大理石般的苍白；她的眼睛光泽尽失。她没有一丝体温了，连脉搏也停止了跳动。尸体停放了三天，变得石头一样僵硬。总之，考虑到尸体会很快腐烂，葬礼举行得很是仓促。自从那位女士的尸体被存放进家族的墓窖之后，三年过去了，墓窖从没有被再次开启过。

墓窖再次被打开的原因是因为要放进一口石棺。当做丈夫的亲自把墓门突然打开时，天哪，谁也没有想到，等待他的是怎样一个可怕的震惊的场面！

当墓门旋转着朝外敞开时，一个白花花的物件"喀嚓"响着倒进丈夫的怀抱。那是他妻子的骷髅。她的白色尸衣尚未霉烂。经仔细调查，她显然是在被放入墓穴两天之后复活了。她在棺材内挣扎着，棺材就从架子上翻倒在地，摔坏了，她得以从棺材里钻出来。一盏无意间留在墓穴中的灯，本来满满的灯油已经干涸，但也可能是蒸发掉的。在通入墓穴的台阶的最高层，有一大块棺材碎片，好像是为了引起人们注意，她用它曾拼命在铁门上敲打过。也许就在她敲打之际，极度的恐惧使她陷入昏厥或者死亡；在她倒下的时候，她的尸衣缠在了铁门上向内突出的地方。于是，虽然她腐烂了，可依然是直立着的姿势。

1810 年在法国发生过一起活埋事件，所有的人都觉得这件事太离奇了，然而事实真的比小说还要离奇。故事的主人公是位年轻小姐，名叫维克托希娜·拉福加德，她出身名门，极为富有，而且容颜美丽。在众多的追求者中，有个巴黎的穷文人或者说穷记者——朱利安·博叙埃。他的才华与友善吸引了那位女继承人，他似乎已赢得她的芳心。但最终，她天性中的傲慢却促使她决定拒绝他。她嫁给了赫奈莱先生，一位出众的银行家和外交家。婚后，这位绅士却不在意她，或许还虐待她。跟着他不幸地生活了几年后，她死去了——至少她的状态酷似死亡，也就是说每一个看到她的人都相信她已经死亡了。

她被葬于她出生的村子里，埋葬于一个普通的坟墓。而那位记者悲痛欲绝。他的记忆中，深切的爱情之火一直在燃烧。痴情的人从首都巴黎出发，跋山涉水到了那个偏僻的外省村子。他心怀浪漫的想法，要把心上人的尸体从坟墓中挖掘出来，剪一束美丽的秀发珍藏。他达到了墓地，于午夜时分把棺木挖出。他打开了棺材盖。正当他动手去剪她的头发时，他惊讶地发现自己的心上人并没有死，而是睁开了眼睛。

很显然，生命并没完全离那位女士而去，她被活埋了。情人的抚摸把她从昏迷中唤醒了，她的昏迷却被人们误会成死亡。他发疯般把她抱回自己在村里的住处，凭着丰富的医学知识，给她吃了些滋补剂。最后，她复活了。她认出了救了自己一命的人，她继续和他待在一起，慢慢地，她彻底恢复了原有的健康。她那颗女人的心肠并非铁石铸造，这事给她上了爱情的最后一课，足以软化她的心。她没有再回到丈夫身边，也没有让他知道自己复活的事情。她把心儿许给了博叙埃，和情人一道远走美国。二十年后，因为确信时光已大大改变了她的容颜，不会再有朋友认出她来，两个人于是重返法国。然而他们错了，一碰面，赫奈莱先生就认出了妻子，并要求她回到身边。她拒绝了，法庭判决对此予以支持。因为法庭认为时间已经过去很久了，鉴于他们的特殊情况，于理于法，做丈夫的特权都已经结束了。

莱比锡的《外科杂志》是一份权威性和价值性很高的期刊，美国的一些书商总是很经济地翻译后重新出版。在该刊物的最新一期上，记录了一起非常悲惨的事件，从性质上讲，它与我们现在所讨论的活埋话题正好相符。

事件的具体缘由是这样的：一位身材伟岸、体格健壮的炮兵军官从一匹无法驾驭的烈马身上摔下，因头部伤势严重，当场就失去了知觉。他的颅骨轻度骨折，但没有直接危险。开颅手术得以成功完成，他被放了血，并采取了其他常规的镇痛方法。渐渐地，他陷入了昏迷状态，而且越来越不可救药。于是，人们都认为他死了。

由于温暖的天气，人们怕尸体腐烂，就仓促地把他葬在了一个公墓里。下葬的时间是星期四。可就在那个星期六，公墓那里像往常一样聚集了大批游人，大约到了正午时分，一个农民说，坐在军官的坟头时，他清晰地感到了地面的颤动，好像地下有人在拼命地挣扎着。他的话引起了一阵骚动。当然，起初人们并没有在意他的话，但他惊恐异常，固执地坚持着自己的说法。最终，他的话对人们产生了影响。有人马上匆匆拿来铲子。坟墓是一个很浅且极不体面的墓穴，所以几分钟之内就被挖开了。墓中人的头部裸露在光天化日之下。那时，他看上去像是死了，但却几乎在棺材中坐直了身子。由于他的拼命挣扎，棺材盖都被他顶开了些。

等他被送到医院经医生检查完之后，医生宣称，他还活着，只不过是陷入窒息状态。几小时后，他苏醒了。他认出了熟人的面孔，断断续续地说出自己在坟墓中所受的苦楚。从他的讲述中，人们可以明显看出，埋身坟墓后，他在一个多小时内肯定有意识，之后才陷入昏迷。坟墓是被草草填上的，泥土中有许多透气的小孔，所以很疏松。他也就呼吸到了必需的空气。听到头顶有人群的脚步声，他就死命乱动，想让人们也听到坟墓里的声音。据他后来叙述，是公墓里喧嚣的人声把他从沉睡中唤醒的，但刚一苏醒，他就意识到了自己的恐怖境遇。

根据期刊后来的连载，这位病人情况大大好转并且有望彻底恢复健康，但后来却成为庸医进行医学实验的牺牲品。他们用上了电池电流疗法。在偶发的意外中，他突然昏迷，一下子就断了气。不过提到电池电流疗法，我倒想起了一个著名的例子。它可真是不同凡响：电流疗法使伦敦一位被埋葬两天的年轻律师重回了人间。

这是发生在1831年的一件事。那个时候，只要有人谈到这件事，就会引起人们极大的骚动和议论。这位病人名叫爱德华·斯特普雷顿，他显然是死于斑疹伤寒引起的发烧，伴随着令医生都觉得奇怪的一些异常症状。在他表面上呈现死亡状态时，医生曾请求他的朋友准许验尸，但遭到拒绝。如同一贯出现的情况一样，被拒绝后，医务人员决定将尸体挖掘出来，从容地进行秘密解剖。伦敦的盗尸团伙数不胜数，他们很轻易地就与其中一个商定妥当了。在此人下葬之后的第三天，这具其实并没有完全死亡的尸体被人从八英尺深的坟墓中挖出，摆上了一家私人医院的手术台。

首先，死者腹部被切开一道长长的口子，并没有发现皮肉有腐烂现象，后来医生决定使用电流。一次又一次击打，但尸体一如既往，从各方面看都没有出现异常。只有那么一两次出现了痉挛，比一般程度剧烈，显露出生命的迹象。后来他们认为最好马上进行解剖。夜深了，拂晓将至。可一位学生想检验自己的理论，坚持要在死者的一块胸肌上通电流。粗粗划了一刀后，电线就急急地接上了。病人急促地动了，但绝非痉挛——他从桌子上一跃而起，走到房子中间。他不安地朝四周打量了一会儿，就开口讲话了。话音刚落，他就轰然倒地。他说的话含糊难解，但他确实吐出了字句，音节划分得很清楚。

当时，人们目瞪口呆了好一会，有的学生被吓得半瘫——但情况紧急，他们的意识很快就恢复正常了。显然，斯特普雷顿先生仍然活着，只是又进入昏迷状态。用了乙醚，他醒转过来，并迅速恢复健康，他再次回到朋友圈子里。不过，在确定病情不会复发之后，他才把自己起死回生的事情透露给他们。可以想象，朋友们自然惊诧莫名，同时又狂喜至极。

然而，这个事例最耸人听闻之处，还在于斯特普雷顿先生的自述。他宣称，他的意识没有一刻是完全丧失掉的——他一直恍惚着。但恍惚中，他却知道自己所遭遇的一切，从医生宣布他死亡到最后摔倒在地，他都知道。身处解剖室中，他拼尽全力说出的那句无人领会其意的话就是——"我还活着"。

如果你想了解这样的故事，我轻易地就能讲出许多，但我不准备再讲了。活埋时常发生，可我们实在不必以此来证明。当我们一想到觉察这种事发生是何其难得，我们就必须承认，它们可能在不为我们所知的情况下，已频频发生了。事实上，当人们占用一块坟墓时，不管目的何在、占多大地盘，几乎都能发现骷髅，它们都保持着令人极为疑惧的可怕姿势。

虽然说这种疑惧真的可怕，但更可怕的则是——厄运。毫无疑问，没有任何经历像活埋那样，能使灵与肉的不幸达到极点。肺部的压迫不堪忍受，泥土的潮湿令人窒息，裹尸布缠绕着身体，棺材逼仄，紧紧包围着自己，夜晚的绝对黑暗，深海般的寂静覆盖下来，虫豸虽说看不见，却能感觉到，它们征服了一切——加上还会想起头上的空气和青草；忆起好朋友，想着他们一旦得知我们的厄运便会飞身前来相救，可又意识到他们不可能获悉这一点；令我们对命运绝望的，唯有真正的死亡。这样的思绪和坟墓中的感觉混杂在一起，给尚且跳动的心脏带来莫大的恐怖，既骇人听闻，又无法忍受。无论怎样大胆的想象，都难以达到这一境界。我们不知道，人间还有什么比这更痛苦——而且，做梦也想象不出地狱到底有多恐怖，我们想不出有什么可怖的事能及上它的一半。因而，凡是关乎这一话题的叙述，都能勾起深切的兴趣，不过，鉴于人们对这一话题敬若神明，这种兴趣又恰好奇特地取决于我们是否信服所讲事件的真实性。而下面我想要讲的，纯属我自己的亲身经历，是我自己的真实感受。

一直以来，我都被疾病缠身。因为这病没有更为确切的命名，医生们就一致称之为强直性昏厥。尽管这种疾病的直接诱发原因乃至确切症状尚不明朗，但对于它鲜明的表面特征，人们却已经非常了解。其变化似乎主要表现在程度的深浅上。有时患者只会在一天或者更短的一段时间，陷入不同寻常的昏睡状态。这期间，他都毫无知觉，外表上是一动不动，但依稀间，仍然可以感知到他微弱的心跳。他的身上还存留着些许暖意，脸颊上还挂着一抹淡淡的红晕。如果把镜子凑到他的唇边，则能察觉到他迟缓、不规则、犹犹疑疑的肺部活动。然后，这种昏睡状态会持续上几个星期，也有可能甚至是几个月，即使再怎么仔细观察，或者再怎么进行严格的医疗测试，也不能确定患者的状态与我们所认为的绝对死亡之间，有什么实质性的差异。

最好的办法是，他可以依靠朋友对他的了解——他的朋友知道他以前犯过强直性昏厥，可以由此产生怀疑这个人到底是不是真的死亡。更主要的则是依靠身体尚未腐烂，才能免遭活埋的不幸。好在这种疾病是渐进式的，第一次发病虽然症状明显，但不会被含含糊糊地误会成猝死。接下来，会一次比一次发作得厉害，持续时间也一次比一次长久。正因如此，才得以逃脱被活埋的危险。如果有人第一次发作就罕见的厉害，那么很不幸，他将会不可避免地被活着运进坟墓。

我的病情与医学书上所讲的基本一致。有时，没有任何明显的缘由，我就会渐渐陷入半昏厥，或者说半昏迷的状态。在这种状况下，我感觉不到痛苦，一动也不能动，严格说来，也没有思想，但在迟钝的昏睡中，却能意识到生命的存在，意识到围在我床边的那些人的存在。我就那么半昏迷着，直到危象骤然过去，完全恢复知觉。有时，我又会被病魔迅猛击中，恶心，麻木，打冷战，眩晕，在一瞬间就倒下去了。接着，是一连几个星期的空白、黑暗和寂静。整个世界一片虚无。彻底灭绝的感觉无以复加。我从后一种昏迷中苏醒的过程特别慢，与骤然被击中恰成反比。正如黎明慢慢降临到一个在荒寒而漫长的冬夜无依无靠、无家可归的流浪的乞丐身上一样——灵魂之光就那么缓慢地、让人又愉悦地回转过来。不过除了有这种昏睡的症状之外，我的健康状况还是比较良好的。我看不出这时常发作的疾病对我的身体有什么影响——除非，真要把我在日常睡眠中的一个特征看成它的并发症。当我从睡眠中醒来时，我总是不能马上完全恢复意识，而是要一连恍恍惚惚地困惑上好几分钟，在这几分钟里，我的思维一般都是绝对静止，记忆更是彻底的空白一片。

我遭受到这一切，没有肉体的痛苦，但精神上却有着漫无边际的悲戚和折磨。我时常幻想的场面，全是停放尸骨的场所。我总是谈论"虫豸、坟墓和墓志铭"。我沉沦于对死亡的幻想中不能自拔。我的大脑被活埋的念头占据了，萦绕不去。我所面临的危险令人毛骨悚然，它日夜不息地纠缠着我。白天，过度思虑的痛苦已经难以承受；晚上，则更加令人发指。当严酷的黑暗笼罩大地，于是种种可怕的念头不期而至，我禁不住浑身发抖——就像灵车上瑟瑟抖动的羽毛。我无法再忍受清醒时的折磨，我也总是挣扎着才肯入睡——因为每当想到醒来时，有可能发现自己已身在坟墓，我就战栗不止。最后，当我终于入睡，那也不过是立刻投身一个幻觉森森的世界。被活埋的念头凌驾于一切之上，它张开遮天蔽日的巨大黑翅，久久地盘旋不去。无数个意象就这样在梦里压迫着我。我给大家挑选一个场景看看吧。

这种场景就是：我正陷于比平日更持久、更沉实的强直性昏厥中。突然，一只冰冷的手摸上我的额头，一个不耐烦的声音急促地对我耳语道："起来！"于是我坐直身子。四周是沉沉的黑暗。我看不到唤醒我的那个人。我记不起自己是何时昏迷的，也想不出自己置身何处。在我一动不动正苦思冥想之际，那冰冷的手凶猛地抓住我的手腕，粗鲁地摇晃着，急促的声音再次响起："起来！难道我没命令你起来？"

"那么你是谁？"我问道。

"我没有姓名，"那个声音悲哀地答道，"在我的居住地，我曾经有生命，但我现在是鬼。我曾经冷酷无情，但我现在是仁慈的。你能感觉到我在颤抖。在我说话时，我的牙齿在嗒嗒作响，并非因为长夜漫漫，寒冷刺骨，而是因为恐怖的气息让人难以承受。你怎么能够平静地入睡呢？这极度痛楚的哀嚎让我无法入眠。这里的景象超过了我的忍受限度。起来，跟我来，去看看外面的暗夜。让我为你揭开那些坟墓。让你看看那些令人悲哀的景象！"

于是那依然抓住我手腕的看不见的鬼影，把全人类的坟墓都撬开了。我抬眼望去，每一座坟墓都放出微弱而腐败的磷光，这使我得以看到墓穴深处那些裹着寿衣的尸体，一具具尸体都悲哀而肃穆地与虫豸同眠。唉！与不眠之人相比，真正的安息者要少百万千万。微弱的挣扎，悲惨的骚动，无数个墓穴的深处，被埋葬者的寿衣沙沙作响，令人忧伤。我看到，那些瞧着似乎安息的，也多多少少改变了当初被埋葬时的那种僵硬不安的姿势。在我凝望之际，那个声音又对我说："哦！这景象难道不可怜吗？"我还没找到合适的词回答，鬼影就放开了我的手腕，磷火熄灭了，坟墓也都猛然合上了，同时，从里面传出一阵骚动，同时有一个声音在绝望地喊着："啊，上帝！这景象难道不十分可怜吗？"

类似这样的幻觉，夜夜出现在我的脑海中，而且那恐怖的感觉涂满我醒着的时光。我的神经变得十分衰弱，我被恐惧击倒了，久久不能翻身。骑马、散步，进行任何户外运动，我都会犹豫。说真的，我寸步不敢离开那些知道我会犯病的亲友，唯恐一旦出现以往的症状，会在真相大白之前就被活埋。对最亲密的朋友的关心和忠诚，我也持怀疑态度。我怕在某次比平素的发作更持久的昏睡中，他们或许会听信别人的劝导，认为我不会醒过来了。我竟然害怕，由于我带来了太多麻烦，他们也许会满心欢喜地把我的某次特别持久的发作，当成摆脱我的充足理由。他们郑重地允诺，极力保证不会这样，但根本消除不了我的疑虑。我强求他们发出最神圣的誓言，除非我的肉体腐烂到极点，无法再保存下去，否则绝不能把我埋掉。即便如此，我还是恐惧得要死，任何道理都听不进去，一切安慰都无济于事。我开始采取一系列精心的预防措施。

其中一条是，我重新改造了家族墓窖，从里面打开它不费吹灰之力。我把一根长长的杆子伸进坟墓，只需轻轻一按，铁门就轰然敞开了。透气和采光设施也做了安排。在紧邻棺材的地方，摆放着方便的容器，里面备有食物和水，伸手就能拿到。棺材的衬垫柔软暖和，棺材盖子与墓门的设计原理一样，装上了弹簧，身体只消稍稍一动，就足以将它弹开。此外，坟墓的顶上，悬挂着一个巨大的铃铛，绳子是这么设计的——它穿过棺材上的一个洞，紧紧握在死尸的手里。可是，唉！人的命运自有定数，就算武装到牙齿又有何用？即便是这些煞费苦心发明的安全措施，也不能免除遭活埋的极端痛苦。于是我相信了，这种痛苦是命中注定的不幸，我永远都无法从这种不幸中逃脱。

正如以前经常发生的那样——生命中的新纪元到来了——我发现自己从完全的无意识中浮出，进入了最初那种微弱而模糊的存在意识。慢慢地——就像蜗牛爬行那样缓慢——接近精神上暗淡灰白的破晓时分：一种迟缓的不安，一种漠然忍受钝痛的感觉。无所挂碍——无所希求——

无所作为。接着，一段很长的间歇过后，是一阵耳鸣声，然后，在更长一段时间流逝了，四肢有了刺痛感，再接下来，就进入仿佛是永恒的静止状态，让人心情愉悦，在此期间，清醒的感觉挣扎着进入意识，随后再次坠入虚无，时间很短暂，接着就蓦地清醒。最后，眼睑微微颤动，马上就有莫名强烈的恐惧电击般袭来，血液于是迅速地从太阳穴涌到心脏。至此才开始明确地努力思考、努力回忆，至此才算获得那转瞬即逝的局部成功，至此，记忆才重新生动起来，在某种程度上，我意识到了自己的情形。我觉得我不是从普通的睡眠中醒来。我记起自己是犯了强直性昏厥。最后，似乎在大海狂涛巨浪的冲击下，我颤抖的灵魂被一种严酷的危险所覆没，也就是被那幽灵般时常造访的念头所覆没。

在我被这种想象攫住的几分钟里，我一动都不敢不动。为什么？因为我鼓不起动一动的勇气。我不敢尝试着去信服自己的命运——但在我内心深处，一个声音却在低语，说一切的确如此。绝望——没有其他任何不幸能创造出这般绝望——在长长的迟疑之后，唯有绝望在推动我张开沉重的眼皮。我睁开了眼睛。黑暗——到处一片黑暗——我知道，这一阵发病结束了。我知道，疾病的临界点也早已过去。我知道，现在我的视觉功能完全恢复正常——但眼前一片黑暗——到处都是一片黑暗——是始终如一的长夜的黑暗，这种黑暗黑得浓烈，黑得彻底。

极度的恐怖使我用力尖叫起来——我的嘴唇和焦干的舌头一起痉挛地努力着，可空荡荡的肺部却发不出一丝声音，好像有一座大山死死压在上面，随着心脏的跳荡而喘息、悸动，拼命挣扎着才得以呼吸。在我努力大声叫喊时，下颌一动，我才知道，它们被固定住了，就像人们通常对死者所做的那样。我也感觉到了自己是睡在某种坚硬的东西上面，身体两侧也有类似的东西压迫着。到现在为止我还没敢动一下四肢，不过这时我猛地举起了胳膊——本来它们是手腕交叉地平放着的。我的胳膊撞到了一个坚硬的木质物上，它就在我的上方伸展开来，距我的脸至多六英寸。我不再有任何怀疑了，我到底还是睡在了棺材里，最终我也没有逃脱被活埋的命运。

现在的我，虽然脑海中是无边的悲惨，但求生的欲望让我不能就此认命。慢慢走来希望的天使——使我想到了自己的那些预防措施。我扭动着，做出痉挛般的努力，想推开棺材盖：它却一动不动。我在手腕上摸索着，想找到系在铃铛上的绳子：却根本找不到它。此刻，安慰者转身逃去，永远不再眷顾我；绝望变本加厉，统领一切。因为我发现，棺材里根本没有为我悉心准备的软垫子——而且，鼻孔里突然扑进一股湿土特有的强烈气味。结论难以抗拒。我不在家族的墓窖里。我昏迷的时候不在家中，而是置身陌生人中间。可一切都在什么时候发生、是怎样发生的，我却想不起来了。他们把我钉进一口普通的棺材里，然后深深地埋进一座普通的无名坟墓，永远埋在那里。他们就像埋一条狗那样把我埋掉了。

这一点我已经确信了。可是当这个可怕的事实钻进灵魂最深处时，我再次挣扎着大声叫喊。这第二次努力成功了。一阵持久而疯狂的痛苦尖叫，或者说是哀嚎，划破了在地下的长夜。

"喂！喂！怎么了！"一个粗哑的声音回应道。

"到底出了什么事？"第二个说。

"别那么吵吵！"第三个说。

"你刚才像猫一样号叫，到底怎么回事？"第四个说。

接着我被一伙看上去很粗野的人抓住了，狠狠地摇晃了几分钟。他们没把我从昏睡中唤醒——因为我在尖叫时已彻底清醒了——但他们却使我彻底恢复了记忆。

这一场恐怖的遭遇发生在弗吉尼亚州的里士满附近。我在一位朋友的陪伴下去打猎。我们沿着詹姆斯河走了几英里。夜幕降临时分，我们遭遇了暴风雨。一条装满花泥的单桅小帆船停泊在河边，船舱成了为我们遮风挡雨的唯一藏身处。我们充分利用了它，在船上过了夜。我睡在船上仅有的两个床铺中的一个上面，一艘仅有六七十吨位的单桅帆船，其卧舱当然乏善可陈。我的铺位上没有被褥，宽度至多十八英寸。床铺到头上甲板的距离刚好也是十八英寸。把自己塞进去，可没少费劲。不过我睡得很香。因为无梦，也没做噩梦，所有的幻影自然是产生于我所处的环境，产生于我一向偏执的思想，产生于我前面提及的情况——我一觉醒来，总是长时间难以集中神志，尤其是难以恢复记忆。那些摇晃我的人，是单桅帆船上的船员和几个负责卸货的工人。泥土的气味，是船上装的花泥散发出的。绑住下颌的布带是个丝绸手帕，因为没有戴惯了的睡帽，我拿它包了头。

虽然只是一场虚惊，但是我所遭受的痛苦与真正的活埋毫无二致。它们非常可怕——可怕得超乎一切想象。不过，祸兮福所倚。极端的痛苦反而使我的心灵不可阻挡地觉醒了。我的灵魂奏响了和谐的音调——它有了一定的韧性。我充满活力地进行锻炼；我出国旅游；我呼吸天堂的自由空气；我思考死亡以外的其他问题；我丢弃了医学书籍；我把"巴肯"烧了；我不再读《夜思》，不再读有关墓地的夸夸其谈，不再读像本篇文章这样的鬼怪故事。总之，我过上了人的日子，所有的生活都焕然一新。

在那个值得纪念的夜晚之后，我永远消除了那些阴森恐怖的想象。我的强直性昏厥病症也随之消失了。或许，我之所以发病，正因为心中对阴森恐怖的东西想得太多，而不是因为发病，才心生阴森恐怖的想象。

不得不说，有时候即使用理性的清醒眼光来看，我们人类的悲惨世界其实与地狱不无相似之处，但人类的想象力不是卡拉蒂斯，可以不受惩罚地探测每一个洞穴。唉！不能把大量坟墓般的恐怖，都看作是稀奇的想象——但是，像那些追随着阿弗拉斯布在奥克苏斯河的航程的魔鬼，必须入睡，它们必须陷入昏睡——否则它们会把我们吞噬，我们将会遭到毁灭。

（1850 年）

Edgar Allan Poe

二、哥特式故事

1. 瓶中的手稿

在死亡将至之际，没有秘密可以隐瞒。

——基诺《阿蒂斯》

岁月漫漫，一切已面目全非。我离开了故土，疏远了亲人。对于故国和家人，我几乎没什么要说的。世袭的家产使我受到了非同一般的教育；善于冥想的癖性使我早年辛勤积累的知识条清缕晰。在所有知识中，德国伦理学家的著作给了我莫大的喜悦。这并非因为我对他们疯狂雄辩的盲目崇拜，而是因为我能凭着严谨的思维习惯，毫不费力地识破他们的虚伪。

因为我天赋匮乏，所以常常受到人们的责备，而想象力不足也成了我永远的罪恶，观念中的怀疑论则一直使我臭名昭著。事实上，我担心的是，我对物理学的浓厚兴趣，已使我的脑子中弥漫着这个时代的错误思想。现在，人们习惯于把偶发事件归结为与这种科学原理有关，甚至对与之毫无瓜葛的事，也要这么联系。总而言之，每个人都容易脱离真实的世界，迷信胡诌瞎扯的空想，这与我完全一样。

我觉得我得先写这么一段引子，才能避免下面我要说的这个令人难以置信的故事不被人看作语无伦次的拙劣想象。事实上，这个故事是没有任何空想成分的真实经历。

18××年，在异乡游荡多年之后，我终于登上了从巴塔维亚港驶往异他群岛的航船。巴塔维亚位于物产富饶、人口众多的爪哇岛。船很美丽，大约是四百吨位，镶着黄铜，是在孟买制造的，用的是马拉巴的柚木。船上装载着产自拉克代夫的棉织品和油料。此外还有椰子壳纤维、椰子糖、酥油、可可豆、几箱鸦片。货物装得很潦草，所以船老是摇来晃去。我成为这艘船上一名乘客的原因，是因为我如鬼神缠身般心神不定。

我们出发的那天，天气很好，有阵阵微风吹送。接下来的很多天，船沿着爪哇岛的东海岸行驶，一路上，除了偶遇几只从我们的目的地异他群岛开来的小船，没有任何诱人的事情出现，行程单调枯寂。一天傍晚，我斜靠在船尾的栏杆上，望着西北方那朵独特的云孤零零地飘。我们离开巴塔维亚以来，还是第一次看到云彩，加上它的颜色也特别，所以十分引人注目。我就那样一直凝望着它，直到夕阳西下。

在那一刻，云朵突然朝东西两方蔓延开去，在天水相连处形成一道狭窄的烟霞，形状宛如一条长长的浅滩。不久，我的注意力又被暗红色的月亮和罕见的海景所吸引。大海瞬息万变，海水却似乎比平常透明了。尽管我能清晰地看到海底，抛下铅锤一量，方知船下水深居然有 15 英里。当时的空气忽然变得酷热难耐，感觉有一阵热气袅袅上升，犹如从灼热的铁块上升腾而起。

　　夜晚来临了，周遭是想象不出的寂静，一丝风都没有。船尾甲板上，烛火连一下子都不跳荡；用手指捏一根长发，它也不可能飘动。然而船长却说不会有什么危险，我们的船刚漂向海岸，他就下令收起风帆、抛下铁锚。没安排人值班守夜，那些水手大多是马来西亚人，他们都在甲板上肆意地摊开了身子睡下了。我回到船舱之后，一直有不幸将至的预感。说真的，所有的迹象都表明，一种名为"西蒙风"的沙漠热风暴即将到来。我把自己的担心告诉了船长。然而我的话没有引起他丝毫的注意，他甚至没有屈尊回答我一句就走开了。因为我一直在担心着什么，所以我根本不能入眠。

　　大约在午夜时分，因为我实在睡不着，便爬上了甲板。我刚踏上后甲板扶梯的最上面一级，就吓呆了，一阵巨大的嗡嗡声响起，就像水车轮子飞速转动的声音。我还没弄清楚是怎么回事，就已感觉到船身震动开了。紧接着，一个巨浪朝船梁末端打来，一波接一波地从船头扫向船尾，掠过了整个甲板。从很大程度上说，正是那排来势汹汹的巨浪，拯救了我们的船只。整条船都灌进了水，桅杆已被巨浪折断坠入海中，过了很久船只终于吃力地浮出海面，在暴风雨中摇晃了一阵子后，最终恢复平稳。

　　我真是说不清，到底是怎样的奇迹使我幸免于难。我被那个巨浪打晕了，醒来时，我发现自己卡在船尾柱和方向舵之间。我费了很大的劲儿才站起来。我头晕眼花地朝四下里张望着，顿时明白船只遇到了滚滚浪涛。意想不到的是，它还被卷入了一个排山倒海的漩涡——那漩涡真可怕，把我们都吞噬掉了。过了一会儿，我听到了一个瑞典老头的声音。他是在船只将要离港时上来的。我拼尽全力朝他高呼，他马上蹒跚着来到船尾。我们很快发现,我们俩是这次事故中仅有的幸存者。除了我和他,甲板上所有的人都被扫落海中。船长和他的副手们,肯定在睡梦中死去了,因为船舱里都灌满了水。目前的状况别提有多糟糕了,因为没有人援助,我们根本无法使船只摆脱险境。

我们起先并没采取任何措施,因为我们一心想着船随时都可能下沉。当然,我们的锚索早在第一阵飓风的淫威下,像包裹上的细线一样断为一截一截了,否则船当即就给掀翻了。船以可怕的速度随波而行。水流哗哗地拍打着船板,船尾的骨架已支离破碎。实际上,它早已千疮百孔。让我们狂喜的是,水泵倒没有坏掉,压舱物也没有太大的移动。风暴最狂怒的时刻已经过去,我们几乎感觉不到风的危险了,但我们还是心情郁闷,盼望着它能彻底平息。船已破烂不堪,我们完全相信,继之而起的巨浪肯定会置我们于死地。不过,如此合理的推断似乎不会马上兑现。因为整整五天五夜,这条废船都是在狂风的推动下,以难以估量的速度,飞速漂行。狂风虽然不及第一阵热风猛烈了,却仍然比我以前见过的任何一次都可怕。五天五夜,我们仅凭少量的椰子糖生存,那是我们历尽艰辛从前甲板下面的水手舱里弄到的。当然,前四天,我们的航向基本没变,只在东南和正南方游移。我们准是在沿着新荷兰海岸漂游。第五天的时候,风向更加向偏北方转变,于是冷得也更加厉害了。

太阳从地平线稍稍升起,呈现出病歪歪的昏黄色——并没有光芒放射出来。天上没有云彩,可是风却变化无常,一阵一阵地越刮越猛。大约在中午的时候——这时间只是我们的猜测,太阳再次抓住了我们的注意力。它放出的不是通常意义上的光,而是一种朦胧昏沉的光晕,可是没有辐射热，仿佛所有的光线都溶化掉了。在沉入喧嚣的大海之前，那团光晕的中间部位突然消失了，似乎是被无从解释的力量匆匆熄灭，只剩下一个边框——一个银色的边框，一头扎进深不可测的大海。

我们等待着第六天的到来，却只是徒劳——因为我们后来一直陷入沉沉黑暗，看不到离船二十步开外的任何东西。对我而言，第六天还没有到来；对于瑞典老头而言，第六天压根就没到来。黑夜密密实实地包围着我们，没有尽头，我们熟悉的热带磷火也不曾把海面照亮。我们还发现，尽管暴风继续势头不减地肆虐，但一直侵袭我们的狂涛巨浪却不见了。周围是黑暗的荒漠，恐怖而阴森。因为迷信生发的恐惧悄然潜入瑞典老头的心魂。我的心里也暗自诧异。我们不再关心这条几乎报废了的船最后是怎样的命运，而是尽可能地抱紧残余的后桅杆自救，同时痛苦地望着茫茫无边的大海。

我们猜测不出自己的处境，也无法计算时间，但我们非常清楚地知道，我们已经向南漂流了很远，漂到了任何航海家都未曾到过的地方。不过，令我们感到惊奇的是，我们并没有撞上很常见的冰山。现在，我们随时面临着威胁，每一个山峰一样的浪头都可能把我们吞没，每时每刻都可能是生命的尽头。海浪汹涌起伏，超乎我一切可能的想象。我们没有立刻葬身海底，真是奇迹。伙伴说船上的货物很轻，他还提醒我说这船质量上乘。但我却止不住自己的感觉。我觉得希望已彻底泯灭，死亡不久就要降临。我已经心灰意冷，做好了去死的准备，因为船每飘行一海里，黑漆漆的大海就翻腾得更骇人几分，更阴沉几分。有时，我们被抛向高高的浪尖，比信天翁飞得还高，气都透不过来；有时，我们又晕头转向地被急流甩下地狱般的深水处。那里空气凝滞，寂静无声，没有一丝声音惊扰海妖的酣梦。

我们掉下深渊的那一刻，瑞典老头的惊呼打破了夜的静寂。

"快看！快看！"他喊道，尖叫声直灌我的耳膜，"全能的上帝啊！看！看！"在他惊呼之际，我已看到，沿着我们坠入的那个巨大的深坑边缘，洒落下来一线朦胧阴沉的红光，并时断时续地反射到甲板上。我抬起眼睛一看，一个奇观赫然在望。我的血液凝固了。在我们的正上方不远处，在一个下劈浪头的陡峭边缘，有一个大约有四千吨位的巨轮正在打转。它昂然屹立在一个比船身高出一百多倍的浪尖上，看上去比任何一艘战舰或现有的东印度公司的大商船都大得多。船体是暗沉沉的黑色，即便雕刻上任何常见的图案，也不能减轻它的黑暗色调。从敞开的炮门探出一排黄铜大炮，金光闪闪的表面，泼洒着战灯的亮光。灯绳下的战灯东摇西摆。那艘船在超自然的巨浪和难以驾御的飓风中，照旧张开风帆，驶向下风处。真是让人惊恐万状，我们刚发现它时，只看到了船头，因为浪头正把它从阴森可怖的漩涡里慢慢举起。更加恐怖的是，它还在令人眩晕的浪尖停留了一会儿，仿佛沉浸在高高在上的庄严之中，然后才晃荡着跌落下来。

不知为什么，在这一刻我的心灵突然获得了宁静。我跌跌撞撞尽可能走到船的最后部，无畏地等待着毁灭的那一刻。我们的船终于停止了挣扎，船头沉入大海。接着，震荡着下降的巨轮撞上了已然坠入水里的船头。必然的结果出现了：一股不可阻遏的力量，蓦地把我抛掷到那条陌生巨轮的索具上。我跌落下来时，大船已转向上风，离开那个深渊。一派混乱中，水手们没发现我。我没费什么事，就神不知鬼不觉地溜到了中部舱口。舱口半开半闭着，我马上趁机躲了进去。我不知道自己为什么要这样。我躲起来的主要原因，也许是第一眼看到这艘船上的水手时，心中生出了难言的敬畏。我不愿意轻信这伙人，因为一瞥之下，他们就让我隐约感到新奇、怀疑和忧惧。因此，我想还是在这个船舱里找个藏身之地比较好。在庞大的船骨间，我挪开了一小块活动甲板，就这样给自己找了个随时藏身的所在。

我刚掀开活动甲板，就听到了船舱里响起了脚步声。我只好马上躲进去。有一个人从我藏身的地方走过。他步态不稳，有气无力。虽然我无法看到他的脸，却有机会打量他的大体外貌。

岁月沧桑催人老，他的膝盖开始打晃了，全身也哆哆嗦嗦的。从这里我可以看得出，他已经年老力衰。他断断续续地低声咕哝几个词句，我听不懂他说的是哪国语言。他在角落里那堆样子怪异的仪器和烂掉的航海图中摸索着。神情中既有古稀老人孩子似的暴躁，又有神明的威严。自从他上了甲板之后，我就再也没有看见过他了。

一股莫可名状的感觉突然涌出我的心底——这感觉不容分析，我也没有办法来分析描绘，因为过往岁月中接受的教训，还不足以分析它，恐怕将来也分析不出个子丑寅卯来。像我这样的脑子，去考虑将来，真是不幸。我再也不会——我知道我再也不会——相信自己的那一套观念了。这些观念含糊不定，这不足为奇，因为其根源本来就新奇绝顶。一种新的感觉，一种新的东西又在我心里萌动了。

我已经在这艘恐怖的船上待了很久了，我觉得我的命运指向已经有了眉目。他们真是不可理喻的人！走过我身边时都沉浸在某种思虑中，谁都没有注意我。猜不出他们想的什么。我这么躲藏起来，真是愚蠢，因为他们看不见。刚才我还在大副眼皮子底下穿过呢；不久前我还闯进船长室里，拿了笔墨纸张记录所见所感，而且我已经写下来了。我要把航海日记一直记下去。是的，我也许找不到机会把它公之于世，但我会尽力想办法。我会把手稿密封在瓶子里，到最后关头投入大海。

新事情的出现给了我新的想象空间。莫非这是天意如此？我早先壮起胆子走上甲板，神不知鬼不觉地，在快艇底部那堆绳梯和旧帆布间躺下，陷入对自己奇特命运的沉思。无意中摸起柏油刷，在身边大桶上那折叠得整整齐齐的辅助帆的边上涂抹起来。现在，那辅助帆就在船上张开着，那把刷子无意间涂出了"发现"这个词。

在船上的时候，我曾经对大船的构造进行过一番仔细的观察和深入的研究。尽管武装齐全，但我想它并不是一艘战舰。船上的索具、构造和大体配置，都能推翻这一假设。一看就知道，它不是战舰，可它到底是什么船，恐怕就很难说清了。我仔细打量着它奇怪的造型、特异的桅杆、硕大的个头、大得离谱的帆、朴实无华的船头、古色古香的船尾，心头偶然有电光石火的念头闪现，而且似曾相识，夹杂着对往事模模糊糊的回忆，不知怎么的，记忆里的一些外国历史和年代久远的事，迢迢而至……

这艘船的船骨一直吸引着我的注意力，因为它用的木材我从未见过。这种木材的特征，让人不由得想到，它并不适宜造船。它质地极其松软，撇开虫蛀不谈，因为在这些海洋航行，势必遭到虫蛀。随着年久月深，木头就会腐烂。我想说的是，如果西班牙橡木使用什么不自然的方法膨胀起来的话，这种船木就具备了它的一切特征。我正读着上面的句子，突然想起了一个久经风霜的荷兰老航海家的奇怪箴言。每当有人怀疑他不诚实从而拿他取乐时，他常说的话就是："千真万确，船在海水里会像水手的身体一样，越泡越大。

就在大约一个钟头前，我壮着胆子挤进了一群船员当中。虽然我就站在他们正中间，但他们对我毫不理睬，他们就好像完全意识不到我的存在。就像我当初在船舱里看到的人一样，他们一个个都头发灰白，老态龙钟。他们衰弱得膝盖颤抖，老朽到弓腰曲背；他们枯皱的皮肤在风中簌簌作响；他们的声音很低，还颤抖不已，断断续续，因为上了年纪，眼睛里泪花闪闪，灰白的头发在暴风中猎猎飘扬，煞是可怕。在他们周围的甲板上，稀奇古怪、式样过时的制图仪器散落得到处都是。

我之前提到过，船的辅助帆不久前张开了。从那时起，大船就一直顺风飞驶，向南方继续着它可怕的行程。从桅杆顶端的木冠到帆的下桁，都绷得紧紧的，整张帆无一处不饱满。每时每刻，桁端都会卷进滔天的海水中，而海水真是骇人极了。我刚刚离开甲板，虽然船员们依然我行我素，没看出丝毫不便，我却在上面站不稳脚步了。这艘巨轮没有倾覆海底，真是天下第一大奇迹。我们注定不会葬身深渊，而是要继续在死亡的边缘徘徊。船在我从未见过的惊涛骇浪中滑行，就像海鸥那样，箭一般轻巧地掠过。滔天巨浪就像莫测的水妖，头颅高昂，但却不过是吓唬吓唬人，并不会真的摧毁一切。我不由把我能一次次逃脱灾难归因为自然因素，只有这样才能解释所发生的事——应该假定船是受到了特别强大的水流或海底逆流。

在船长室里，我终于和船长面对面了，不过不出所料，他没理睬我。偶然一见，不会觉得他的外表与常人有什么差别，可我看着他，他却仍然有种不可抑制的敬畏感，同时也混杂着惊奇。他身高和我差不多，也就是五点八英尺。他体格结实紧凑，不粗壮，也不纤细。他脸上的表情很奇异——老年的痕迹是那么强烈、触目惊心，令人毛骨悚然，老得不留余地，老得无以复加。一种说不出的情感在我的心头油然泛起。虽然他前额上皱纹很少，但却像是刻上了千年万年的印记——灰白的头发记录着过去，浑浊的眼睛预示着未来。

在舱房的地板上，摊满厚厚一层奇怪的铁扣对开本书籍、铸模科学仪器以及遗忘很久的过时航海图。船长双手捧着低垂的头颅，凝视着一张纸，眼神炽热，还流露出不安，那张纸在我看来是份军职委任状，无论怎么说，上有君主签名啊。就像我在船舱里见到的头一个船员一样，他也是一个人嘀嘀咕咕的，他怒冲冲地低声说出几句外国话，尽管他就在我的身边，可是声音却像从一英里开外的地方传来。

船和船上的一切都浸润在古代的气息中。船员就像埋葬千百年的幽灵，悄然地走来走去，他们的眼睛里，既散发出渴望也流露出不安。在炫目的战灯光亮下，只消他们的指尖扫过我经过的地方，我都会生出前所未有的感觉，尽管我一生都在与年代久远的人与物打交道，心里也镌刻下了巴尔贝克、泰特莫、珀塞波利斯那些倒塌圆柱的影子，直至自己的灵魂也变成一片废墟。我朝四周望了望，不觉为刚才的忧惧惭愧起来。假如我看到狂风袭击我们就瑟瑟发抖，那么看到狂风与海洋斗法，我不是要吓得呆若木鸡了？要知道，狂风与海洋的斗法是无法传达出的，就连用龙卷风与西蒙风来形容都觉得苍白无力。

大船以外的世界一片黑暗，像是漫漫长夜，还有看不见浪花的喧嚣的海水，但是，在船两侧一里远的地方，庞大的冰墙不时隐约可见。它们高耸在荒凉的天空中，看上去似乎是宇宙的围墙。正如我猜想的一样，这船确实是被水流裹挟着滑行的，如果这水流可以称为潮流，那么这潮流正在白冰中尖声怒号，宛如平躺着的大瀑布，汪洋恣肆，同时以雷霆万钧的疾速向南方奔腾而去。

我根本不可能说出我心底的恐惧。不过，即便绝望至极，我的好奇也没有消失，我一定要看穿这个可怕区域的秘密。而且，我还要安于这可怕的死亡。很显然，这艘船匆匆奔往前方，就是为了揭开某个激动人心的秘密——某个永远没人知晓的秘密。而结局，分明就是毁灭，也许这股水流是带我们去南极。毋庸置疑，这个猜测看似荒诞不经，其实完全有可能是真的。虽然船员们在甲板上用颤抖不安的步子踱来踱去，但是他们脸上的表情，更多的是热望而不是绝望的漠然。

此时的风依然吹向船尾，由于风帆高扬，船时不时会给带出海面——哦，险象环生，真是恐怖！忽而是右边的冰块裂开了，忽然是左边的裂开了，我们头晕目眩，围着巨大的同心圆打旋，像是绕着一个巨大的圆形剧场转个不休，而剧场的围墙墙头却隐没在黑暗中，而且高高在上，一眼望不到边。我还没顾得上想一想自己的命运，同心圆就迅速缩小了，我们骤然坠入涡流，再也无法挣扎。

大海和狂风以雷霆之势怒号着，轰鸣着——船颤抖着，哦，上帝！它沉了下去。

作者原注：《瓶中的手稿》最初发表于1831年，直到多年以后，我才对麦卡托（1512-1594，佛兰德斯地理学家——译者注）画的地图有所了解。地图上说明了海洋从四个入口流进北极湾，都被地球吸进腹部。北极的标志是耸入云天的黑色石柱。

（1833年）

2. 椭圆形的画像

由于我身受重伤，贴身男仆为了不让我在露天过夜，冒险闯进了那座城堡。那是亚平宁半岛众多城堡中的一座。那些城堡都已年代久远，混合着阴郁和庄严的气息。一点都不逊色于拉德克利夫夫人想象中的城堡。从一切迹象看来，城堡的主人是不久前临时离开的。我们在一套最小也最不奢华的房间安顿了下来。这套房间位于城堡的偏僻塔楼里。屋内装饰繁多，但破烂而陈旧。墙上挂着壁毯、许许多多式样各异的徽章战利品，还有装在图案精美的金色画框里的现代画，画作多得数不胜数，而且都充满灵性。不仅主要的几面墙上挂得到处都是，连城堡这一奇异建筑所特有的凹陷的隐蔽墙面，都没放过。

我之所以对这些画产生浓厚的兴趣，也许是因为我本来就有精神狂乱症。于是，我让佩德鲁拉上了阴沉的百叶窗——因为天色已晚，我点亮床头高架烛台上的蜡烛，并把床边带流苏的黑丝绒帷幔彻底拉开。我希望做好这一切之后，即便我不能入睡，至少可以不时抬眼看看墙上的画作，或者读一读在枕边找到的一本评述这些作品的小册子。

我虔诚地捧读着那本小书，久久不忍释手。时间在我的沉醉中飞快流逝，转眼间已是午夜。烛台摆放的位置使我很不如意，我不愿打扰酣睡的随从，就自己费力地伸手挪动了一下，以便让光线更好地照在书本上。但这一举动却产生了意想不到的效果。好多枝蜡烛的光线照到了一个壁龛上——刚才，它是被一根床柱沉沉的阴影遮挡住了。明亮的烛光下，我看到了一幅先前根本没注意到的画——是一个年轻女子的画像，她有着刚成熟女人的风韵。我只对那幅肖像投去匆匆的一瞥，就赶紧闭上了眼睛。起初，我不理解自己为什么会有这样的反应。不过瞬间，我就明白自己为何要闭上双眼了。

那不过是一种本能的反应，只是为了能够有时间思考——用思考来确定眼中所见并非幻觉，从而平息我的想象力，然后可以看得更冷静、更靠谱。只是过了一会儿，我就睁开了眼睛，目光牢牢盯在那幅画上。这下子我完全看清楚了。我马上就惊醒了。我不能也不会否认这一点。烛光一照到画布上，那悄然弥漫在意识中的梦一般的恍惚，似乎就被驱散了。

那是一个年轻姑娘的肖像，刚才我已经说过了。画面上只有头部和肩膀，用的是所谓的"虚光画"技法，颇有萨利擅长的头像画之风。画中人的双臂、胸部乃至闪闪发光的头发末梢，都不易察觉地虚化成朦胧幽深的阴影，作为整幅画的背景。画框是椭圆形的，镀着厚厚的一层金，装饰用的是摩尔式风格。不过作为一件艺术品，最令人钦佩的，还是肖像本身。刚才骤然而强烈打动我的，不可能是画作的技法，也不可能是画中人不朽的美貌，而最不可能的，当数我那已从半浑噩状态中清醒的想象力——我居然把画上的头像当作了活生生的姑娘。可我马上就意识到了，画作的构图、虚光、画框方面的特点，在瞬息间就驱散了我的这种看法，不容许我再生出半点这样的想法。

我半坐半倚在床头或许有整整一个小时的时间，就那样一直凝视着那幅肖像，我得承认我陷入了沉思。最后，当弄清那种神奇效果的真正秘密后，我才满意地钻进被窝。我发现画面的魔力所在——画中人的表情绝对栩栩如生。那魔力一开始让我震惊，接着是困惑，被征服，最后则是骇然。因为心中有了深深的敬畏，我把烛台挪到了原来的位置。那令我心情激荡的画作，被隔在视野之外了。我忽然想到了那本评述绘画及其渊源的小册子，就急切地翻到了介绍椭圆形画像的那一页。

于是，我读到了下面这段含糊而离奇的文字：

她是一位绝世美女，她有着欢快活泼的性格，可爱得无与伦比。然而当他与画家一见钟情并成为他的新娘之后，不幸的时刻降临了。画家充满激情、工作勤勉、不苟言笑，而且，他已经把艺术当作新娘了。她，光彩夺目，笑意盈盈，嬉戏时就像只小鹿；她满怀爱心，珍惜世上的一切。但她憎恨艺术，因为艺术是她的情敌；她害怕调色板、画笔和其他画具，因为它们夺去了爱人的笑脸。

因此，当画家说想给年轻的新娘画像时，姑娘认为那真是件可怕的事情。可她柔婉乖顺，终于还是温顺地在塔楼里坐了几个星期。塔楼的房间又暗又高，只有从头顶射出洒到灰色画布上的一星亮光。可是他，那位画家，却认为自己的工作无比荣光，他干了一个小时又一个小时，干了一天又一天。他是一个浑身激情、狂放不羁、喜怒无常的人，加上又沉湎于自己的幻想之中，所以他没看出，孤零零的塔楼上那缕惨淡的光线把新娘照得枯萎了。她的身心都遭到了毁损。任何一个人都看得出她的憔悴，除了画家之外。

尽管如此，她依然静静地坐着，脸带微笑，毫无怨言。因为她看到画家（他名气很大）从工作中获得了莫大的乐趣，他热情似火地画着深爱他的女子，不舍昼夜。可女子却日益萎靡、日益虚弱了。看到肖像的人无不低声说画得很传神、好得出奇，说这真是个非凡的奇迹，不仅证明了画家功力深厚，也见证了画家对画中人的深切爱恋。但当这幅画即将完成时，便不许任何人再上塔楼，因为画家的热情已经几近癫狂，他很少从画布上抬起眼睛，对妻子的面容当然是漠不关心了。他不会看出，更不会发现，他那涂抹在画布上的色彩，就来自坐在身边的妻子的脸庞。

几个星期已过去了，唯有唇上差一笔没画、眼睛的色彩差一层没涂。女子为了坚持到最后，让画家完成这最后的画面，再次变得神采奕奕，如同火苗在烛孔里的最后一闪。于是，唇上的最后一笔画上了，眼睛上的色彩也抹上了。画家痴迷地在自己的作品前站了一会儿，接着，就在他还在凝视画面时，他开始浑身发抖，脸色苍白，目瞪口呆。然后，他大声惊呼道："这就是生命！"

可当他蓦然转眼看他心爱的妻子时，她已经死了！

（1850 年）

3. 厄榭府的崩塌

他的心儿是把悬挂的琴；轻轻一拨就铮铮有声。

——[法] 贝朗瑞

那年秋天，一个阴沉、昏暗、岑寂的日子，乌云低垂，厚重地笼罩着大地。整整一天，我孤零零地骑着马，驰过乡间一片无比萧索的旷野。暮色四合之际，令人忧伤的厄榭府终于遥遥在望。我也说不清是怎么回事，一瞥见那座建筑，心灵就充满难以忍受的忧伤。说难以忍受，是因为往常即便到了荒蛮之所或可怕的惨境，遇到那种无比严苛的自然景象，也难免有几分诗意，甚而生出几分喜悦；如今，这股忧伤的感觉却总是挥之不去。

我愁肠百结地望着眼前的景物。我望着孤单的府邸和庄园里单一的山水风貌，望着荒凉的垣墙、空洞的眼睛一样的窗子、三五枝气味难闻的芦苇、几株枯木白花花的树干——心里真是愁苦至极，愁苦得俗世的情感已无法比拟，只有与染阿芙蓉癖者梦回以后的感觉做比，才足够贴切——苦痛流为日常，丑恶的面纱也摘掉了。我的心直翻腾，还冷冰冰地往下沉，凄凉得无可救赎，任是再有刺激人的想象力，也难说这是心灵的升华。这究竟是怎么了？我独自思忖起来。

到底是什么原因让我在注目厄榭府时如此不能自控呢？这真是个破解不了的谜。沉思间，模糊的幻想涌满心头，却又无从捉摸。我只得退而求其次，自圆其说罢了——简单的自然景物凑在一起，确实有左右人情绪的力量，但要剖析这种感染力，即便费尽心机，也是无迹可寻。我思量道，这片景物中的一草一木，一山一水只消在细微处布置得稍有不同，带给人的那种悲伤的感觉，可能就会减轻，或许会归于消泯。这种念头一出现，我策马奔至山中小湖的险岸边。小湖就傍着宅第，湖面泛着光泽，却一丝涟漪都没有，黑黢黢，阴森森，倒映出变形的灰色芦苇、惨白树干、空洞眼睛一样的窗子。我俯视着湖面，浑身颤抖，比刚才的感觉还要奇怪。尽管如此，我依然打算在这阴沉的府邸逗留几个星期。

罗德里克·厄榭，既是这座府邸的主人也是我儿时的好朋友。我们有好多年没见过面了。可就在最近，我收到了一封从本国一个遥远的地方发来的信——是他写来的，信写得很急切，还非要我亲自去一趟。在他的亲笔信里，显然透着一股神经不安的味道。他提到自己患有严重的疾病——是让他备受折磨的精神错乱，还说，真的很想见到我这个最好的朋友、唯一的知己，能跟我快活地待上一阵子，病情便会减轻云云。全信如此这般说了很多。毋庸置疑，他的请求确实出于一片真心，让人片刻都不能犹豫，更不能拒绝。因此，我马上就应邀动身了。

虽然我已经决定要来了，但我依然觉得他的召唤真是蹊跷得很。我们虽然是童年时代的密友，可我对这位朋友确实知之甚少。他总是有所保留，这都成了他的习惯。不过我很清楚的是，很久以前，他的先祖就以多愁善感闻名。多少年来，这一特点总是经由高贵的艺术品体现出来；最近，则表现为举办一次又一次慷慨却不张扬的慈善活动，迷恋上音乐的复杂性，而不是热爱其一致公认、一听即懂的美。我也知道一个异乎寻常的事实，厄榭家族虽历来受人尊敬，但却从未有过不衰的旁系子孙，换句话说就是，这个家族属于一代单传，除了微乎其微、偶尔出现的例外，永远都是这样。想着这座房屋的特色跟人们普遍认定的厄榭家族的性格极其吻合，想着好几百年来，房屋的特色有可能影响到厄榭家族的性格，我不由得认为，或许正是因为缺乏旁系支亲，才致使财产和姓氏总是祖孙相传，世代相袭。最后财产和姓氏终于混而为一，庄园的名称渐渐消失，一个离奇而模棱两可的名称——"厄榭府"，便流传了下来。

在庄稼人的心里，这个名称似乎既包含了这个家族，又包含了这座府邸。我上面说过了，俯视湖水这一略带幼稚的举止，只是加剧了早先那种奇怪的忧伤。无疑，这迅速弥漫的迷信感——何不就称之为迷信呢？——只会益发浓重。我早就晓得，唯有心里胡思乱想，才会觉得恐怖。这是个荒谬的定律。或许正是这个缘故，当我不再看那些水中倒影，再度举目望着府邸时，我的心里就生出了奇怪的幻象。那幻象是那么荒谬，真的，我提到它是想说明，折磨人的种种思绪有着何其强大的威力。我这么胡思乱想着，竟然当真相信整座府邸和整片庄园都弥漫着一种气息，甚至连同附近一带都沾染了这种气息。这气息完全不同于天空中的大气，阴沉、迟滞、灰扑扑的模糊难辨，从枯木、灰墙、死水中飘散而出，像瘟疫一样不可思议。

我抹去心中那些只能说是梦幻的念头，更加仔细地端详这座府邸的真实面貌。看来它的主要特征，在于年代极为古远，时光的痕迹使它褪尽了鲜亮的颜色。墙上布满微小的真菌，乱糟糟地挂在屋檐下，酷似蜘蛛网。不过倒也找不出破损得特别厉害的地方。没有一堵墙是倒塌的。各部分配合完好，整齐划一，个别石头碎裂了，看上去非常不协调。这使我不由想起无人问津的地窖里那旧的木制品，多年来它们吹不到外面的一缕风，看似完整，实则早已腐烂多年。不过，厄榭府整幢建筑看上去丝毫没有摇摇欲坠的迹象，只是表面上看着衰颓而已。

如果仔细观察的话，在建筑物上会发现一条细微的裂缝，它就从正面屋顶上开始，弯弯曲曲顺墙而下，直至消失在阴沉沉的湖水中。我一边沿着一条短短的堤道骑马而行，一边留意着这一切，很快来到府邸门口。一个侍从接过马缰绳。我跨进了哥特式的大厅拱门。一个蹑手蹑脚的男仆，无声地带我穿过一道道昏暗而曲折的回廊，到主人的工作室去。不知为什么，一路上看到的景物，竟使我上面提及的那种含含糊糊的愁绪，变本加厉了。周遭的一切——天花板上的雕刻、四壁黑色的帷幔、乌黑的地板、幻影似的亦步亦趋发出"咔嗒咔嗒"声的纹章甲胄——我幼时就看惯了。我毫不犹豫地承认，一切都很熟悉。可我还是很惊讶，这些普通的物件，怎么就激起了那么陌生的幻想！在一座楼梯上，我遇见了他家的医生。他面露刁奸与困惑之色，他哆嗦着跟我搭了句话，便消失不见了。正当我诧异之际，男仆突然打开门，把我带领到他主人的面前。

我发现房间里面极高也很宽大，窗子狭长且尖尖地耸着，离漆黑的橡木地板老高，伸手根本触不到。几缕微弱的红光，透过格子玻璃射进来，把四下里比较显眼的物件照得清清楚楚。然而，房间远处的角落、雕花拱顶的凹陷处，却无论怎样都照射不到。墙壁上挂着深色的帷幔，家具特别多，但几乎都不舒服，又过时破旧。四处散布着书籍和乐器，却并没有给房间增添一分生机。除了悲伤的气息，我什么都没有嗅到。阴沉、幽深、无可救赎的忧郁之气笼罩着周遭的一切。

我进去时，厄榭正直挺挺地躺在沙发上，看见我之后便马上爬了起来，热情欢快地迎接我的到来。我起初以为这份热诚过了火，不过是这厌世者的做作之举，可瞥了一眼他的面容，确信是出于一片真诚。我们坐了下来，有一阵子，他一语不发。我望着他，心里半是同情，半是敬畏。相信没有一个人像罗德里克·厄榭那样，在那么短的时间里，变得那么厉害。我费了好大劲才认定，眼前这个人就是我幼年时代的伙伴。不过他的面部特征一直不同寻常。他面如死灰；头发又软又薄，蛛网一样稀稀拉拉；眼睛大而清澈，明亮得无与伦比；鼻子是精致的希伯来式样，鼻孔却大得离谱；嘴唇有点薄，颜色暗淡，但轮廓绝顶漂亮；下巴造型很好，但鲜有活力，并不引人注目；这样的五官，再配上太阳穴上面异常宽阔的天庭，可以说这样的容貌，谁看了都会深深地印在脑子里。

他脸上一贯流露的神情，容颜上的显著特征，只消有一点夸张的地方，都会显得变化很大，如今与厄榭同处一室，我却生出了对面不相识的感觉。眼前这苍白得可怕的肤色，明亮得出奇的眼睛，尤其让我惊愕，它们甚至吓到了我。那丝绸般柔滑的头发，也在不知不觉中，变长了，蛛丝一样纷乱，与其说是披拂在脸上，倒不如说飘飘扬扬来得贴切。不管我怎样努力，也无法从这副怪异的神情里找出正常人的影子。

从看到我朋友的第一眼，我就发现他的一举一动既不连贯也不协调。很快我就明白其中的原因了，原来他的神经极度紧张——他有着习惯性痉挛，虽然他竭力想克服这一点，却终归是徒劳一场。其实，对他这一特质我早就有思想准备：一是因为我看了他的信；二是我还记得他少年时代的某些脾性；三是从他独特的身体状况和精神气质上，也可以做出推断。他忽而精神高昂，忽而落落寡欢；他的声音上一刻还优柔寡断，抖抖颤颤（此时听来全无生气），下一刻马上就变得干脆有力。那生硬、滞重、空洞、不疾不徐的吐字，沉闷、镇定、运用自如的发音，只能在沉湎酒香的醉汉或不可救药的烟鬼口中听到。他们受了烟酒的剧烈刺激后，就是这么说话的。

他缓慢且一字一句地谈着请我来的目的，说他如何诚心诚意地盼着我，希望我给他以慰藉。他还相当详尽地谈到自以为得了什么病。他说他这是种先天性的疾病，是家族遗传，他已经绝望了，不想再治疗了。他马上又补充了一句，这只是神经上的毛病，一准不久就过去了。这种病的症状，从他诸多反常的情绪中可以看得出。他一五一十全告诉我了。尽管他的措辞和叙述方式或许很有分量，但有些话我听了后，还是既感兴趣，又觉迷惑。神经过敏把他折磨得不轻。只吃得下寡淡无味的饭菜；即便是微弱的光线，也会刺痛眼睛；只能穿某种质地的料子做的衣服；所有鲜花的香味都难以忍受；唯有特殊的声音——弦乐，才不至于使他惊骇。看得出，他已经被反常的恐惧牢牢套住而动弹不得。

"我要死了，我肯定是死在这可悲的蠢病上。"他说，"是的，就是这样死去，没有别的选择。我害怕将要发生的一切，怕不是事情本身，而是结果。一想到要出什么事儿，哪怕这事儿再微乎其微，也会使我精神不安，难以承受，免不了就会瑟瑟发抖。说真的，我对危险并不憎恨，除了置身于它的绝对影响——恐怖之中。在这精神不安的情况下——在这可怜的境地中，我觉得那样的时刻早晚都会到来，到那个时候，我的生命和我的理智一定会在恐惧的幻觉中逐渐丧失。"

此外，从他断断续续、意义含混的暗示中，我还得知了他精神上的另一个怪状。他摆脱不了，对多年未敢擅离住宅的迷信看法。他说，由于长期忍受，他家府邸的外表及实质上的特点，给他的心灵造成了影响。他摆脱不了这种影响。灰墙和塔楼的样子，映出灰墙和塔楼的暗沉沉的湖水，无不影响到他的精神状态。在想象这一影响的感染力时，他用词太模糊，我实在难以复述。尽管一再踌躇，但他到底承认，追溯起来，如此折磨他的奇特的忧郁，多半来自一个更自然也更明显的原因，那就是，他心爱的、重病一直缠身的妹妹——眼下就要死了。

妹妹是他在这世上仅有的最后一个亲人，是他多年来唯一的伴儿。"她一死，"他说，声音痛楚得让我永远都忘不掉，"厄榭家族就只剩一个了无希望的脆弱的人了。"在他说话的当口，玛德琳小姐（别人就这么叫她的）远远地从房间走过，步子慢悠悠的，她根本没注意到我，转眼间，已款款消失。看见她，我心里吃惊得紧，还混杂着恐惧的感觉。我发现，要想说得清个中原因，是不可能的。我的目光追随着她远去的脚步，心头一时恍惚得很厉害。当门最终在她身后关上时，出于本能，我急切地转眼去看她哥哥的神情，但他早用那瘦骨嶙峋的双手捂住了脸，只能看见十指比平常还要苍白，指缝间的热泪滚滚而下。

那些医生对玛德琳小姐的病早已经黔驴技穷了。她有种种异常的症候：根深蒂固的冷漠，身子一日日瘦损，短暂但频繁发作的类痫症的身体局部僵硬。但她一直与疾病顽抗，并没有倒卧病榻。可就在我到他们家的那个傍晚，她却向死神那摧枯拉朽的威力俯下了头颅。噩耗是她哥哥于夜间告诉我的，他的凄惶无法形容。我这才知道，那恍惚间的惊鸿一瞥，竟成了我跟玛德琳小姐的永诀。我再看不到活着的玛德琳小姐了。接下来的几日里，我和厄榭都绝口不提她的名字。

之后的那一段时间，我尽心尽力，想方设法减轻我朋友的哀愁。我们一起画画，一起看书，或者我听他如泣如诉地即兴弹奏六弦琴，恍若身在梦中。于是，我们愈来愈亲密了。越是亲密，我对他的内心世界了解得越发深刻，也就越发痛苦地察觉到，所有想博取他高兴的努力，都是枉费心机。他心底的哀愁永不停歇地发散出来，仿佛是与生俱来的，它笼罩着大宇，整个精神世界和物质世界于是一片灰暗。

我和厄榭府的主人单独相处的时刻比较久，这将成为我一生的记忆。但要让我说他让我沉陷其中、或者说他引领我研读的究竟是什么，我还真说不出个子丑寅卯来。活跃而极端紊乱的心绪，使得一切都蒙上了一层硫黄样的淡淡光泽。他大段大段即兴演奏的挽歌，终将长在耳畔。在别的曲调之外，我痛苦地记得，他对那首激越的《冯·韦伯最后的华尔兹》进行的奇异的变奏与夸张。他凭借着精巧的幻想，构思出一幅幅画面，他一下一下地刷，画面渐至模糊，令我一看就周身战栗，还因为不明白为何战栗而愈加惊悚。这些画面至今仍活灵活现、历历在目，可我却无法用文字形象地描摹出来。他的画构图极为朴素，裸着容颜，真正是天然去雕饰，既吸引人又令人震慑。如果世间有谁的画自有真意，那人只能是罗德里克·厄榭。至少对我来说——处在当时环境中——看到这忧郁症患者设法在画布上泼洒的纯抽象的概念，心里就会生出浓重的让人受不了的畏惧。与此相反，凝视福塞利那色彩强烈但幻象具体的画时，我则从不曾产生过一丝一毫的畏惧。

在我朋友那些幻影般的构思中，有一个倒不那么抽象，或许可以诉诸文字，尽管可能诠释不到位。这画尺寸不大，画的是内景，要么是地窖，要么是隧道，呈矩形无限延伸。雪白的墙壁低矮，光滑，没有花纹，也没有剥落的痕迹。画面上的某些陪衬表明，这洞穴深深潜在地下，虽无比宽广，却看不到出口，也看不到火把或别的人工光源，可强烈的光线却浪浪滔滔、四下翻滚，使整个画面沐浴在一片不合时宜的恐怖光辉里。

上文已提及过，他的听觉神经有问题，除了某些弦乐声任何乐曲都听不了。或许正因为他只弹奏六弦琴，所以才会弹得那么空幻怪诞。但他那些激昂流畅的即兴曲却不能归结于此。我先前已委婉指出，只有在充满做作的极端兴奋时刻，他的精神才会极其镇定，高度集中。那些狂想曲的调子和歌词（他时时一边弹奏，一边押韵地即兴演唱）必定是，也的确是他精神极其镇定、高度集中的结晶。我毫不费力就记住了其中一首狂想曲的歌词。也许因为他一唱，就拨动了我的心弦，所以深深铭记住了。从它隐秘意蕴中，我想我第一次体知了厄榭的心路——他完全明白，他那高高在上的理性，已经摇摇欲坠，朝不保夕。那首狂想曲名为《闹鬼的宫殿》，全诗大致内容如下：

I

绿意浓浓的山谷，点缀着可爱仙女的房屋，一座富丽堂皇的宫殿——熠熠生辉，昂首苍穹。

在思想主宰一切的王国，宫殿巍峨耸立。

六翼天使的翅羽，从未掠过如此美丽的建筑。

II

金黄的旗帜灿烂夺目，在宫殿之巅漫卷飞舞；（一切都成过

往烟尘，随时光逃遁）

那时岁月静好，清风翻飞。

红墙绿瓦容颜已褪，幽幽芳香飘然远去。

Ⅲ

漫游在欢乐之谷探看两扇明亮的窗户，仙女轻歌曼舞，琴瑟悠悠。

她们绕着王位旋转，思想之君荣光万丈，如坐云端，威仪而有帝王风范。

Ⅳ

星罗棋布的珍珠和红宝石，映得美丽的宫殿大门亮闪闪。

成群结队的回音女神，艳光四射，川流不息飞过大门。

她们唯一的使命，便是纵情歌唱。

千娇百媚的声音，盛赞着国王的智慧。

Ⅴ

邪恶披一袭长袍裹挟着悲伤，侵入国王的至尊之地；（呜呼！叹君王凄凄赴黄泉）

昔日王家繁华落尽，渐渐成为模糊的传说，随风而逝。

Ⅵ

而今旅人踏进山谷，隔着血红的窗户，望见森森鬼影伴着刺耳的旋律梦幻般舞动。

可怕的群魔迅速穿过惨白的宫殿大门，势如骇人的滔滔冥河，脚步匆匆，无休无止，面容木然，狂笑声声。

我清楚地记得，对于这首曲子暗含的意味，当时引得我们想了很多很多。想来想去，厄榭的观念也就显山露水了。我提到他的观念，主要不是因为它新颖——因为别人也有这样的观念，而是因为厄榭对它的坚执。这种观念一般来说是认为草木都有灵性。可是，在厄榭骚乱的奇思怪想中，这观念就显得尤为大胆了，在某种情况下，他竟认为连无机世界的物，也有灵性。他对此深信不疑、一派赤诚，要描述出他的这种信念，我的笔墨实在有限。不过，如我前面所暗示的，他的这一信念跟他祖传的那幢灰石头房子不无干系。在他的想象中，那些石头的排列组合、遍布在石头上的真菌、伫立在四周的枯树——尤其是那虽年久月深但毫无变动的布局、那死寂湖水中的倒影，无不透着一股灵性。他说，湖水和石墙散发出的气息在四下里逐渐凝聚，从中可看出灵性的痕迹。听他这么说，我吓了一跳。他又接着说道，这无处不在的灵性造成的结果有目共睹，它就潜伏在那寂然无声却又纠缠不休的可怕影响力中，就这样一直主宰着他家族的命运长达几百年之久，也把他害成了眼下这副鬼模样。

我对这样的看法不会妄加评论，也无须发表任何评论。不难想象，我们看的书也跟这种幻象不谋而合，多年来，这样的书籍对病人的精神状态起到了不小的影响。我两一起仔细研读的书为：格里塞的《绿鸟与修道院》，马基雅维利的《魔王》，斯威登堡的《天堂与地狱》，霍尔堡的《尼古拉·克里姆的地下之行》，罗伯特·弗拉德、让·丹达涅和德·拉·尚布尔合著的《手相术》，蒂克的《忧郁的旅程》，康帕内拉的《太阳城》等等。我们喜爱的一本书是《宗教法庭手册》，八开小本，多明我会的教士艾梅里克·德·盖朗尼所著。《庞波尼斯·梅拉》

中提到的古代非洲的森林之神和牧羊神的一些章节，常常使厄榭如梦似幻地痴坐上几个小时。但他最爱读的，是一本极其珍稀的黑体、四开本奇书——《美因茨教会合唱经本中追思已亡占礼前夕经》——一座被人遗忘的教堂的手册。

玛德琳小姐去世的那个晚上，厄榭冷不丁地告诉我，他打算在下葬前，把妹妹的尸体在府邸主楼的一间地窖里存放十四天。听他一讲，我不禁想起那本奇书里的疯狂仪式，及对这位忧郁症患者可能产生的影响。然而，他选了这么奇特的做法，自有其世俗的理由，对此我不便随意质疑。他告诉我，一想到死去的妹妹那非同寻常的病，想到医生冒失而殷切的探问，再想想祖坟偏远，周遭都是凄风苦雨，他就拿定了主意这么办。我不会否认，想起到厄榭家那天，在楼梯遭逢的那人的阴险脸色，我就不愿反对他这么做了。而且在我看来，这么做也不算是有悖常理，也伤害不到任何人。

应厄榭之请，我亲自帮他料理临时的殡殓事务。尸体已入棺，我们两个抬着送往安放它的地窖。地窖已多年不曾打开过，空气令人窒息，差点儿把火把扑灭。我没能仔细看上一看。只觉它又狭小又潮湿，透不进一丝微光。它在很深的地下，上面恰好就是我的卧室所在地。显而易见，在遥远的封建时代，地窖派的是最坏的用场——它是作为死牢存在的；近年来，则当库房使用存放火药或其他极为易燃的物品了，因为一部分地板和通向外面的那条长长拱廊的四壁，都仔仔细细包着黄铜。那扇厚重的铁门，也一样包着黄铜。沉重铁门上的铰链在开合之际，总是发出分外尖锐的嘎吱嘎吱声。

等我们把令人悲恸的灵柩架在了可怕的地窖里之后，又将尚未钉上的棺盖挪开了些，接下来是瞻仰遗容。在那一刻，我突然第一次发现，他们兄妹二人的容貌惊人的相似。厄榭大概是看穿了我的心思，低低地吐出几句话，我这才了解，原来他和死者是孪生兄妹，两个人的天性里有着不可思议的共通之处，是因为懂得所以慈悲的那种息息相通。因为心底畏惧，我们的目光没敢在死者身上停留太久。正当她青春的好时光，疾病却夺去了她的生命，像所有患有严重硬化症的人一样，胸口和脸上还似是而非地泛着薄薄一层红晕，唇上停泊着一抹可疑的微笑，那笑容逗留在死者的脸上，格外怕人。我们重新盖好棺盖，钉牢钉子，关紧铁门，拖着沉重的心，回到上面那比地窖好不了多少的房间里了。

我的朋友哀伤欲绝地过了几天，然后他的神经紊乱的特征发生了显著变化，平日的举止踪影全无。平日要做的事忘得干干净净。他漫无目的地从一间屋子逛荡到另一间屋子，脚步匆促而凌乱。本就苍白的脸色如果说还能再苍白，那他就可以说是面无人色。那眼睛里的光亮，却当真是彻底暗淡了。再听不到他那偶尔沙哑的嗓音了。他变得声音颤抖，好像极端惊惧。这都成了他说话的一贯特点。有时我真觉得，他的心之所以永无宁日，是因为其中掩藏着令人压抑的秘密，而他还必须攒足力气，以便有勇气倾吐出来；有时候，我又不得不把这一切看作是匪夷所思的狂想，因为我亲眼目睹了他长时间对着虚空苦苦凝视，仿佛在聆听某种虚幻的声音。

他的状况真的把我吓住了，然后我感觉我自己也被他感染了。我觉得，他身上那荒诞而感人的迷信气息，有着强烈的感染力，这种力量正一寸一寸地潜入我的心底。玛德琳小姐的遗体停放在主楼地窖中的第七或第八天的深夜，这样的感觉尤其深刻。时间一个小时一个小时地流逝，我依旧辗转难眠。我紧张得不能自拔，只好拼命排解。我极力使自己相信，这如果不全是因为房间里那蛊惑人心的阴郁家具、破烂黑幔，那多半也是源于此。当时，一场即将到来的暴风雨撩得黑幔不时在墙壁上瑟瑟飘摆，窸窸窣窣拍打着床上的装饰物。怎么排解都无济于事。抑制不住的颤抖渐渐传遍周身，最后的结果是，一个莫名恐怖的梦魇压上了心头。

我喘息着，挣扎着，终于把它摆脱了。起身靠在枕上，仔细凝视着黑洞洞的房间，我侧耳倾听起来。我不知为何要去倾听，除非是本能使然。我倾听着某个低沉而模糊的声音，每隔很长时间，当暴风雨暂时停歇，便随之而起。我不知道它来自何方。一种说不清道不明的强烈恐惧感铺天盖地压来，简直让人难以忍受。

因为我觉得当晚肯定不会再睡着了，于是匆忙穿上衣服，在房间里急促地走来走去，想把自己从可怜境地中解脱出来。我刚来回转上几圈，就听得附近楼梯上传来一阵轻微的脚步声。我的耳朵竖起来了。不久听出了是厄榭的脚步。转瞬间，他轻轻叩了叩房门，走了进来。手里，掌着一盏灯。他的面色照常是死尸般苍白，不过眼睛里却流溢出狂喜。他的举止中，显然带有压抑着的歇斯底里。他的模样让我惊骇。但我一切都能忍受，因为长夜的孤独是那么不堪。我把他的到来当成了一种安慰。我甚至是打心底里欢迎他来这里。

"你没看到么？"他无言地朝四周盯视片刻之后，突然说，"难道你那会子没看见？且慢！你会看到的。"这么说着，他快速走到一扇窗子前，谨慎地把灯遮好之后猛地打开了窗子。窗外，雨狂风急。一股狂风猛烈袭来，几乎把我们掀翻。

虽说外面的暴风雨十分恐怖，但那个夜晚绝对美丽，是个恐怖和美丽纠结的奇特夜晚。旋风显然就在附近大施淫威，因为风向时时剧烈变动。乌云密布，且越积越厚，低垂着，仿佛要压向府邸的塔楼。乌云虽浓密，但还看得出云层活灵活现地飞速奔突，从四面八方驰来，彼此冲撞，却没有飘向远方。我是说，浓密的乌云没有遮蔽住我们的眼睛。不过我们没看到月亮和星星，也没看见一道闪电划破夜空。可厄榭府邸却雾气缭绕，被遮蔽了面目。那雾气亮光微弱，却又清晰可见。那奇异的雾光闪闪烁烁，使得大团大团翻腾着的乌云下面，还有周遭地面上的一切，都闪烁着这种光亮了。

"你不要看——你不该看这个！"我颤抖着对厄榭说，一边微微使了使劲，把他从窗口拉到座位上。"这些蛊惑人的景象，不过是寻常的电光现象罢了——或者，只是山湖中瘴气弥漫的缘故。关上窗子吧，空气寒凉，对你的身体可不好。这里有一部你喜爱的传奇，我念给你听，咱们就这样一起度过这可怕的夜晚吧。"

我拿起的是兰斯劳特·坎宁爵士的《疯狂盛典》这部古书，但我把它说成是厄榭爱读的一部书，可不是真心话，而是苦中作乐的说辞，因为说真的，我这朋友心高气傲、思想空灵，而这部书语言粗俗、故事冗长、想象力贫弱，很难提起他的兴趣。不过，这是手头仅有的一本，而且，我还心怀一丝侥幸，希望眼下正兴奋难安的忧郁症患者，听我念一念那荒唐透顶的情节，能从中得到些许解脱，因为神经紊乱的病史中，多有类似的情况。因为凭着他听故事时那副过度紧张、快活得发狂的样子，就能判断出他是真的在听还是表面上在听，那我就可以恭祝自己大功告成了。

很快，我就念到很有名的那段了，故事的主人公埃塞尔雷德殚精竭虑想和平进入隐士的居所，却终是徒然，于是他付诸武力，强行闯了进去。记得这段情节是这么写的：埃塞尔雷德生性勇猛刚强，加之刚灌过几杯，趁着酒力，就不再与隐士多费唇舌。那隐士也天性固执，心狠手辣。埃塞尔雷德感觉肩膀上落了雨点，唯恐暴风雨来临，立刻抡起钉锤，照着大门砸了几下，厚厚的门板很快就被砸出一个窟窿。他把套着臂铠的手伸进去，使劲一拉，"噼啪"一声，门被撕裂，接着扯得粉碎。干燥空洞的木板碎裂声，在整个森林里回荡着，令人心慌。念完这话，我吃了一惊，以至于我有那么一阵子没再念下去。

因为我仿佛听到——我仿佛听到从府邸的一角远远传来模糊的回声，与兰斯劳特爵士特别描述的劈啪的破裂声几乎一模一样，当然较之沉闷压抑了些。虽然立刻就断定是由于激动产生了幻想，属一时错觉——毋庸置疑，正是这种巧合，吸引了我的注意力。但有了窗子的"啪嗒啪嗒"声，以及照旧混合着嘈杂之音的仍在加剧的风暴声，这个声音确实不算什么，它既不能勾起我的兴趣，也不会搅扰得我心慌意乱。我接着念道：好斗的埃塞尔雷德进得门来，却不见那隐士的踪影，不由怒火中烧，暗自心惊。不过，他却看见了一条巨龙，通体鳞甲，口吐火舌，守在一座黄金建造的宫殿前。宫殿地面由白银铺就，墙上，挂着一个亮闪闪的黄铜盾牌，上面镌刻着——征服者得进此门，屠龙者得赢此盾。埃塞尔雷德挥动钉锤，一锤击中龙头，龙头应声落地，正滚到他的面前，尖叫着喷出一股毒气。叫声撕心裂肺，凄厉刺耳，埃塞尔雷德不得不用双手掩住耳朵，以抵御那前所未闻的可怕声音。

我念到这里时又突然停住了，心中实在大为惊诧——因为就在这一刻，毫无疑问，我确实听到了一个声音，微弱，刺耳，拖得很长，分明从老远传来，又听得出是极不寻常的尖叫或摩擦声——读了那传奇作家的描写，脑中已幻想出了巨龙的尖叫。现在，耳边的声音居然与它丝毫不差。的确，如此巧合的事已经是第二次出现了，各种心情翻江倒海般相互冲撞，最强烈的当数惊讶和恐惧了。可我还是保持着足够的镇静，以免我那神经敏感的伙伴看出异样而受刺激。在过去的几分钟内，尽管他的举止确实有了奇怪的变化，但我不敢肯定他是否已注意到这些声音。

他本来是面对我坐的，但他把椅子慢慢转开了，现在是正对着房门。因此，我只能看到他的侧面了。他嘴唇簌簌发抖，好似在无声地念叨着什么。他的头垂到了胸口。可我知道，他没有睡着，因为扫视一下他的侧面，只见他眼睛怔怔的，睁得很大。他的身体一直轻微地左右摇摆，始终如一，这也证明他没有睡着。我迅速把一切收入眼底，重新开始读兰斯劳特爵士的那篇文章，故事进展如下：斗士避开巨龙的狂怒之后，想起了黄铜盾牌，想到要破除盾牌上所附的魔法。他把横在面前的龙尸搬开，无畏地跨过城堡的白银地面，走向挂着盾牌的墙壁。还没等他走到跟前，盾牌就掉在了他的脚边，砸得白银地板发出震天的可怕脆响。

我的嘴巴刚把这些音节吐完，刹那间，好似真有黄铜盾牌重重落在白银地板上，清晰、空洞、明显沉闷的金属"哐啷"声，顿时回响在耳际。我惊得魂飞魄散，一跃而起，可厄榭依旧一下一下地摇来晃去。我冲到他的椅子前。他的双眼直勾勾地盯着面前那块地方，整张脸僵冷无比。当我把手搭到他肩上时，他浑身上下猛地战栗起来，嘴唇上颤动着一丝惨淡的微笑。只见他结结巴巴地咕哝着，声音急促而低沉，似乎没有意识到我就站在面前。我俯下身子，把耳朵凑近他的嘴边仔细听，才明白了他话里的可怕含义。

"没听到？我可听到了，早听到了。好久——好久——好久——几分钟前，几小时前，几天前我就听到了。可我不敢——哦，可怜可怜我吧，我真是个可怜的人——我不敢说。我们把她活埋啦！我不是说过我感觉敏锐么？现在我来告诉你，她最早在空荡的棺材里弄出的动静，我就听到了。我好几天前就听到了——可我不敢——我不敢说。可现在——今晚——埃塞尔雷德——哈！哈！——隐士的门破裂了，巨龙临死前凄厉地叫着，盾牌'哐啷'一声掉在地上！——倒不如说，是棺材的碎裂声，是地牢铁门铰链的摩擦声，是她在黄铜廊道中的挣扎声！哦，该往哪里逃呢？难道她不会马上赶来？老天，难道她不正匆匆赶来么？来责问我草率？我不是已经听到她上楼的脚步声了么？我不是已听清她沉重而可怕的心跳了？疯子！"说着，他猛地跳起来，失魂落魄地厉声喊道："疯子！告诉你，她现在就站在门外！"

他这声非人的尖叫似乎有种符咒的魔力，就在他把手指向那扇古旧笨重的黑檀木门的一瞬间，那扇门竟缓缓地张开了口子。这是一阵疾风刮开的——然而，令人感到恐怖的是，门外当真站着厄榭府的高个子的玛德琳小姐。她的身上裹着寿衣，那白色的袍子上，溅满血迹；瘦弱不堪的身体上到处是苦苦挣扎的痕迹。她在门槛那里颤抖了一阵，前后摇晃了一阵，然后，低低地呻吟着，重重地朝屋内哥哥的身上倒去。这死前猛烈而痛苦的一击，把她哥哥扑倒在地，成为一具死尸。这倒在他的预料之中。他被吓死了。

我心惊胆寒，飞一般地逃出了那个房间，逃出了厄榭府，不觉间已踏上那条古旧的堤道。风雨依然肆虐着，突然，路上射来一道奇异的光线，我回转头，想看看这道奇光究竟来自何方，因为身后除了那座府邸和它的影子，别无他物。原来是一轮血红的满月，它沉沉地悬挂在西天，照得那条几乎看不见的裂缝很是惹眼。

在文章的一开始我就提到过那条裂缝，就是那条从正面屋顶上开始、曲曲弯弯延伸到墙根的裂缝。在我举目凝望之际，裂缝迅速变宽，耳畔的旋风依然在怒吼着，而那血红的满月，骤然逼至眼前。在眩晕中，我看到坚固的高墙崩裂为碎片，我听到惊天动地的巨响经久不息，犹如万丈狂涛喧腾咆哮。

脚下，那幽深阴冷的山湖，寂寂地淹没了砖残瓦碎的"厄榭府"。

（1839 年）

4. 陷坑与钟摆

陷坑与钟摆就在这片土地上，贪婪暴徒舞，仇恨绵绵长，无辜鲜血淌；大地放光明，鬼牢被夷平，死神猖獗处，生命花将开。

——为巴黎雅各宾俱乐部原址建造的市场大门所作的四行诗

因为长久的折磨，我感觉我难受得快要死了。当他们最终给我松了绑，赐了座，我觉得神志正远离躯壳而去。清清楚楚灌进耳膜的最后一个声音，就是一声判决——可怕的死刑判决。之后，审讯的声音似乎幻化为模糊的嗡嗡声。不由得使得我想起"旋转"这个概念来——兴许是在恍惚中联想到水车的声音了吧。这念头转瞬就消逝了，因为不久我就什么都听不到了。不过我一时间还能看得到，但我看到的东西夸张得真是可怕啊！我看到了黑袍法官的嘴唇，白花花的嘴唇，比我写下这些黑字的纸还要白，还薄得近乎怪诞；那么薄的嘴唇，吐出的话却字字千钧，无可更改，对人类的所受的折磨压根就不屑一顾。我看见定我死罪的判决，正从那嘴唇里汩汩淌出。我看见一伸一缩一咧一嘟之际，我的名字就脱口而出了。我看见两片嘴唇闭合扭动，吐出致命的字句。

我因为恐惧而浑身颤抖，因为我只看见唇动却听不到有任何声音传来。我虽一时惊恐得神志都昏乱了，但还能看见包裹着四壁的黑幔悄然波动，轻微得很难察觉。随后我的目光就落在桌子上的七支长蜡烛上。乍看去，它们充满仁慈，亭亭玉立，宛如能拯救我的白色天使；可是转眼间，我马上就体味到了极度的不适，浑身瑟瑟哆嗦，仿佛触到了通上电流的电池。再看那些形象好似白色天使的蜡烛，似乎个个都是头顶冒着火焰的鬼怪，变得没有任何意义了。

突然间，一个念头像曼妙的乐曲一样潜至心头。那个念头就是——长眠地下定然是甜美的。这个念头于不觉间悄然袭来，似乎是过了许久才获得我的青睐。可待我终于体味到这一点，并适时地敞开心灵拥抱它，法官们却变戏法一样从我面前消失了，烛火也彻底熄灭，长蜡烛顿时化为乌有。四下里立刻漆黑一团，一切都凝滞了。黑夜主宰了宇宙，周遭一派寂静。一切感觉都逃遁了，唯有一个意念，那就是急速坠落，似乎灵魂被打入地狱。我昏迷过去了，但也不能说丧失了全部意识。至于还剩余点什么意识，我不打算详加说明，也不愿去描述，不过真的并没有丧失全部意识。

在酣睡中——并非如此！在狂乱中——并非如此！在昏迷中——并非如此！在死亡中——并非如此！即便在坟墓中，也并不是完全失去意识。否则就没有灵魂不死这一说法了。当我们从沉沉睡梦中醒来，就像是打破了薄薄的丝网般的梦。大概是因为丝网一触即破吧，因为转眼间，我们就不记得自己做过的梦了。

通常而言，我们从昏迷中醒转过来需要经历两个阶段：首先是心理或精神上恢复意识，其次是肉体的苏醒。如果到了第二个阶段，还回忆得起第一个阶段的印象，那么，我们或许就该发现，这些印象极富雄辩，使得昏迷中的情况活灵活现起来。可昏迷是什么？如何才能把昏迷的预兆与死亡的预兆稍稍区分开？但是，如果我所说的第一阶段中的印象不能随意回想起来，隔一段时日后，难道那印象就不会不邀而至？而我们，唯有惊奇于它到底来自何方。从没昏迷过的人，绝不会看到奇怪和宫殿与极为熟悉的面容，隐现在光闪闪的煤火中；绝不会看到很多人看不大见的忧伤的幻影，在半空载沉载浮；绝不会被以前没聆听过的音乐旋律弄得心神恍惚，绝不会对新奇的花香玩味良久。

我常常沉迷于追忆，追忆昏迷时所陷入的表面上的虚无状态，挣扎着想要捕捉到只光片羽；我常常思忖昏迷状态中的种种情形，想竭力回忆起来。其间，有时竟自以为想起来了；有一瞬间，短暂的一瞬间，我如同用魔法召唤出了记忆，其后清晰的理性告诉我，那种记忆只跟表面上的无意识有牵系。这若有若无的记忆朦胧地表明，当初一些高高的人影把我抬起来，悄无声息地把我朝下推去——下去——再下去——直到我心中被没完没了的下沉占满，感到有可怕的眩晕压过来。这种记忆还表明了，我当时之所以只是感到模糊的恐惧，是由于当时的我心静如死水。

然后，我觉得一切突然都静止不动了，仿佛推我下去的人——是成群结队的可怕家伙——一路下沉，永无休止，下沉得过了界，累得筋疲力尽，才停下来歇会儿。再后来，我还回忆起了平坦、潮湿，接下来，一切都变得疯狂——一种忙着冲破禁区的记忆的疯狂。突然，我的灵魂中又有了声音和动作意识——心脏一阵喧嚣，耳边就是心脏激越的跳动声。而后，是片刻的静止，大脑也随之一片空白。再接着，还是声音、动作、还有触摸——一种刺痛感遍布全身。然后意识中没有了思想，只知道自己是存在的。这一状况持续了很久。再后来，突然之间，思想复活了、心弦战栗的恐惧感回来了，一种想要了解自身真实处境的努力，也蓬勃起来。之后，便强烈渴望坠入无知觉的境地，精神完全苏醒了，手脚可以动了。随之而来的，则是重重记忆，法庭、法官、黑色幔帐、判决、生病以及昏迷；再之后，是所遗忘的一切，是过了一段时间并且经过艰辛努力才模模糊糊回忆起的一切。

直到现在，我觉得自己是躺着的，没被捆绑。但我依然没睁开过眼睛。我伸出手，摸到的是特别潮湿坚硬的东西，我把手放在那上面，忍受了好几分钟，一边心里琢磨着自己到底在哪里，自己究竟又是谁。我很想睁开眼看一看，可又不敢。我对第一眼将看到的周遭景况，心存畏惧，不是害怕看到可怕的东西，而是唯恐睁开眼后，什么都看不到。我愈来愈害怕了。

最后，在心情极度恐惧以至于快到绝望的时候，我猛地睁开了眼睛。不出所料，果然糟透了。长夜漫漫，黑暗包围着我，我拼命地呼吸。无边的黑暗压迫着我，令我窒息。空气憋闷，难受极了。我仍然静静地躺着，开始尽力调动自己的理智。我想起了审讯的一幕，试图从那一点上推断出目前的真实情形。死刑判决宣布了。对我来说，那似乎是很久很久以前的事了。然而片刻后，我就推测自己其实已经死了。虽然我们在小说里看的离奇事很多，可这一推想还是完全与真实存在相矛盾。——但我在哪里？我又是什么状态？我知道，被宗教法庭判决死刑的，通常是捆在火刑柱上烧死。而在我受审的当晚，这样的刑罚已执行过一次。难道我已被押解回地牢，正等着数月后的再一次火刑？我马上就看出这不可能。因为该死的人总是立即被处死。再说我待过的那间地牢，都是石头地板，和托莱多城的所有死牢一个样子，而且也并不是一丝光亮都没有。

突然，我的脑海里闪现了一个可怕的念头。这个念头导致我立刻血液奔涌，心跳加剧。有一瞬间，我又失去了知觉。一醒过来，我马上跳了起来，抖得浑身痉挛。我伸出双手，上下左右朝着各个方向摸了一通，可我什么都没摸到。但我还是寸步都不敢挪动，生怕墓墙挡了去路。我全身的每一个毛孔都在冒汗，额上挂满豆大的汗珠，冰凉冰凉的。我焦虑，痛苦，最后实在忍无可忍了，就小心翼翼地往前移了脚步。我的双手朝前伸得笔直。想着要捕捉到一丝微弱的光线，我的两眼又瞪得目眦欲裂。我前行了几步。依然是黑暗与虚空。我的呼吸畅快点了。显然，我至少不是待在最可怕的墓地，这说明我的命运还没糟糕透顶。

就在我一步一步小心谨慎地朝前摸索时，我想起了托莱多城许许多多真真假假的传闻，其中也有地牢里的一些怪事——我认为不过是无稽之谈——但毕竟稀奇古怪，可怕得让人不敢公开谈论，只有私下里流传。难道要把我关在这个暗无天日的地下活活饿死？或者还有更可怕的命运等着我？结果总归是个死，而且会死得比别人更痛苦。我对这一点没有丝毫怀疑，因为我太了解那些法官的德行了。现在我心里想的或者说让我心烦意乱的，是什么时间死以及怎样去死。

终于，我伸出的手指碰到了某个坚固的障碍物———堵墙。好像是用石头堆砌的——光溜溜、黏糊糊、冷冰冰的。于是我就顺着墙走，每走一步，都小心翼翼、充满警惕。这是某些古老的故事赋予我的启示。可我这么走，并不能确定地牢的大小，因为我很可能是在绕圈子，说不定不知不觉又回到了原处。这堵墙到处都是一个样，于是我就去找那把小刀，我记得被带上法庭时它就在我的口袋里。可它不见了，我的衣服也被换成了粗布长袍。我本想把小刀插进石壁的某条细缝，以便确定我起步的地方。尽管在心神迷乱中，那个困难初看似乎无法克服，其实，也不过是件小事。我从衣服的边缘撕下一缕布，把它平铺在地上，与墙面成直角。这样，在摸索着绕地牢行走时，如果绕一个圈，就不可能踩不到这块布。但我没有考虑地牢的大小，也没有充分估计自己的虚弱。地面又湿又滑，我蹒跚着朝前走了一会儿，就踉跄一下摔倒了。我感觉疲劳极了，就那么在地上趴着不想起来。很快，睡意就不可遏制地朝我袭来。

当我醒过来时，我发现身旁有一块面包，还有一罐子水。我已筋疲力尽，没去想是怎么回事，我伸出一只手拿吃的和喝的，就贪婪地吃喝开了。不久，我又开始了我的地牢之行。经过一番苦苦支撑，走到了放布条的地方。摔倒之前我已经数了五十二步，重新爬起来后，又走了四十八步才到布条那里。如此说来，总共是一百步。两步是一码，于是我推测地牢的周长是五十码。但在我摸索行走时，碰到了许多转角，所以我无法推断出这个地窖的形状。没错，这百分之百就是个地窖。

这次探究几乎没什么结果——当然本来也没有抱任何希望，我只不过是出于一种朦朦胧胧的好奇心。

我决定从地牢的中央横穿一遭，而不是再顺着墙壁走。开始我每迈上一步都极为小心，因为地面虽然似乎很牢固，但却非常容易滑倒。到后来，我鼓足了勇气，不再犹疑，步伐也就坚定多了。我要尽可能笔直地到达对面。如此大约走了十一二步，衣服上那撕扯后残存的破边，在两腿间缠来缠去，我不小心一脚踩了上去，于是狠狠地跌了一跤，摔了个嘴啃泥。

我被摔得稀里糊涂的，没能马上意识到一个多少有些令人吃惊的情况，但仅仅过了几秒钟，我还没从地上爬起来呢，就注意到了这一点。当时的境况是这样的：我的下巴贴上了牢狱的地板，我的嘴唇和脸庞的上半部分却什么都没挨着，尽管它们的水平位置明显低于下巴，而我的前额，则似乎是浸泡在了粘湿的雾气中，还有股霉菌的异味直往鼻孔里灌。我朝前伸了伸胳膊，不由得浑身打战。我发现自己摔倒在一个圆坑的边缘处，而我当时根本就无法确定那圆坑到底有多大。我在靠近坑沿的坑壁上一阵摸索，还算幸运，因为我成功地抠下了一小块碎片。

我把它扔下了深渊。有一会儿，我听到的是它下落时撞击坑壁的声音，后来，是坠入水面的沉闷回响。与此同时，头顶也传来一种声音，好像有人在急速地开门关门。一丝微弱的光线划破黑暗，又迅疾消失。

他们为我安排好的死亡已是清晰可见。

我为刚才那一跤暗自窃喜，因为它使我幸免于难。如果摔倒前多走一步，我已经不在人间了。我刚才免了一死的那种死法，与传闻中宗教法庭处死人的方式如出一辙。在我看来，那些传闻都十分荒诞不经。在宗教法庭的暴虐下，人只有两种死法：一是死于可怕的肉体痛苦，一是死于恐怖的精神谋杀。他们为我安排的是第二种死法。由于久经折磨，我的神经已非常脆弱，弦都快绷断了，以致听到自己的声音都会发抖。他们替我安排好的死法，无论从哪方面看，对我来说都是最残忍的折磨。

我因为恐惧而四肢颤抖，慢慢摸索着回到墙边，下定决心宁可死，也不再去胡乱冒险。在我想来，地牢里到处是陷阱。在别的境况下，说不定我会生出一股勇气，跳进深渊了结痛苦，可眼下我是个十足的懦夫。我怎么都忘不掉以前读过的对陷坑的描述，它们最可怕的地方在于，并不是让你一下子死去就完事了。

我清醒了好几个小时，但因为心绪纷乱最终又睡死过去。再次醒来，我发现和上次一样，身边又放了一块面包、一罐子水。我正渴得唇焦舌燥呢，一口气就把罐子里的水喝干了。可能水里给下了药，刚一进肚，我就感到一阵不可抗拒的困倦袭来。我沉沉睡去，就像死了一样。我当然不知道自己睡了多久。眼睛再度睁开时，居然能看到周围的东西了。借着一线昏黄亮光，虽然一时说不出从何而来，我终于看清了牢房的大小和形状。

刚才我把牢房的大小完全搞错了。它的周长顶多二十五码。这一点又使我白费了一番心机，真是白费心机啊！因为处于这么可怕的境地，还有什么比地牢的大小更无足轻重的？可这事我偏偏就是绕不过去。我对鸡零狗碎的事大感兴趣，一心要找出量错的原因。我终于恍然大悟。我先前丈量时，数到第五十二步就摔倒了，而当时，我肯定离那布条不过一两步远而已，差不多就绕地牢一周了！可我随后睡着了。而醒来时准是走了回头路——这样就几乎把地牢的周长多估算了一倍。当时我根本没注意到出发时墙在左手边，走到布条那里墙却在右手边了，真是太糊里糊涂了。

我发现我把地牢的形状也估摸错了。刚才一路摸索着走过去，感觉墙上有很多拐角，于是我就断定，地牢的形状是不规则的。可见，对一个刚从昏迷或睡眠中醒来的人来说，绝对的黑暗有着多么大的影响！所谓拐角，不过是墙上那些间隔不等的凹陷所致。地牢大致是正方形。墙也不是我想象中的石墙，看起来像是用巨大的铁板或另一种金属焊就，接缝处，恰好形成凹陷。金属牢笼的表面上，到处都粗暴地涂抹上可怕而可憎的图案，尽是些源于宗教迷信的阴森图景。狰狞的魔鬼骷髅鬼影森森，与其他令人恐惧的图像联合起来，铺展得山山海海，把墙壁搞得丑陋不堪。我看到，那些鬼怪图轮廓倒还明晰，只是似乎因为空气潮湿的缘故，颜色好像褪了，显得模糊不清。我也注意到了地板，是石头铺的。地面中央是开裂的，一个圆形陷坑赫然在目——就是先前我侥幸逃脱的那个。不过，地牢里的陷坑也就那么一个。

这一切，我看得十分清楚而且还很费劲，因为在昏睡之时，我的身体状况发生了很大变化。我现在是仰面朝天，直挺挺地躺在一个低矮的木架子上，身上牢牢地捆着腰带一样的皮绳子。皮绳绕着我的四肢和身体缠了一圈又一圈，只有头部可以自由活动，左手勉强伸出够到吃的。

食物就在附近地板上的陶制盘子里。盘子里的食物是肉，散发出刺鼻的味道。我惊恐地发现，水罐子不见了。我说惊恐，是因为我快渴死了。很明显，这种焦渴是迫害我的人有意为之。

我抬眼看着地牢距我大概三四十英尺的天花板，它的构造与四壁很是相仿。其中一块深深吸引了我，因为嵌板上有一个奇异的人影。那是一幅彩色的时间老人的画像。它与一般画法并无二致。只不过，他手里握的不是一把镰刀。不经意地扫了一眼后，我还以为，那是一个我们在老式时钟上见过的巨大钟摆。但这个钟摆外形上的奇特处，促使我多看了它几眼。当我直勾勾地仰望着它时（它的位置恰在我正上方），我感觉它动了。片刻间，这个感觉就被证实了。它的摆动幅度不大，当然也很慢。我盯着它看了会儿，心里有几分害怕，但更多的则是惊奇。直到我的眼睛看厌了它单调的摆动，才转向天花板上的其他东西。

一阵轻微的响动吸引了我的注意力，我朝地上一看，几只硕大的老鼠正横穿过地板。它们是从我右边视线内的陷阱里钻出的。即便在我盯着它们看的时候，它们照样匆匆忙忙鱼贯而至，眼睛中流露出贪婪之色——是肉香的诱惑。我用尽了浑身的招数才吓退它们。

大约过了半个小时，或者是一个小时——我的时间感已有些混乱，我的目光又转向上方。

一看之下，我不由大惊失色，焦躁难安。因为钟摆的摆幅已经近乎一码，当然它的摆动速度也随之加快了。最使我惊慌失措的是，我意识到了钟摆在下降。我如今看到，钟摆的下端居然是弯月形的钢刀，它闪闪发光，长约一英尺，我有多恐惧已不言自明。两角朝上翘起，下边的刀刃分明像剃刀一样锋利。钟摆的样子也像剃刀，看来又大又重，从下往上渐渐变细，俨然一个坚实的宽边锥形物，上端悬在沉实的铜棒上，硕大的钟摆左右摆动时，在空气中划出"嘶嘶"的声响。

我已经可以确定无疑了。这正是那些酷爱折磨人的僧侣为我安排的死法。真可谓独具匠心啊。宗教法庭的那伙人已得知我发现了陷坑——恐怖的陷坑，正是为我这样胆敢与国教唱反调的人而设的。它是地狱的象征，是传闻中宗教法庭登峰造极的一种惩罚。偶然间摔的那一跤，使我躲过了葬身陷坑那一劫。可我明白，乘人不备设计袭击，使用酷刑折磨，是地牢里的主要杀人手段，无论哪一种，都堪称稀奇古怪。我没跌入陷坑，把我扔进去也不在毒计的计划范围内，但我又必死无疑，别无选择，于是，另一种比较温和的死法等着我了。比较温和！想到自己居然还能用这样的字眼来形容死亡，我不由苦笑起来。

在漫长的时间里，我一下一下地数着钢刀急速摆动的次数，经受着比死还可怕的恐惧。说这个又有何益！钟摆一寸一寸、一分一分地下降，每隔一会儿，才能感到它确实是在下坠。片刻长于百年。钟摆在下降，下降。几天过去了——也许好多好多天都过去了，钟摆在我的头顶上晃荡了，它摆来摆去，扇出丝丝恶毒的小风，锋利刀刃的味道直冲鼻孔。我祈祷着，祈求上苍让它降得快一些。我变得极为疯狂，拼命挣扎着往那摆来摆去的可怕刀锋上凑。后来我突然平静了。我平躺在那里，冲着那寒光闪闪的杀人器物笑了，如同孩子对着罕见的玩具发笑。

我再次完全不省人事，不过时间很短，因为等我恢复知觉后，丝毫没觉得钟摆有所下降。不过，也许时间很长，因为我知道，那些恶魔见我昏迷过去是可以随意止住钟摆的。这次醒来，我感到说不出的难受和虚弱，似乎好久没吃东西一样。即便当时有着滔天的痛苦，对食物的需要依然是人的天性。我苦苦挣扎着伸出左手，皮绳容许我伸出多远就伸出多远。我拿到了那块老鼠吃剩的一丁点肉。正当我揪下一点往嘴里塞时，脑子里闪过了一个念头，那念头尚未成形，但它含着喜悦，带给人希望。可希望到底与我何干？如我所说，那个念头尚未成形。人们有许多这样的念头，而且最终也不会成形。我觉得那个念头含着喜悦，带给人希望，但我同时也感觉到，那个念头还没成形就消失了。我成了一个蠢蛋，一个白痴。我竭力想抓住它，使它完好地呈现出来，可一切都是徒然。因为我长期以来受尽苦楚，正常的思维能力几乎消耗殆尽。

看得出，钟摆的摆动方向刚好跟我平躺的身体成直角。那弯月样的刀锋设计好了要划过心脏，它将磨破我的衣服，一遍又一遍地磨过来磨过去。尽管钟摆的幅度大得惊人——大约在三十英尺甚至更多，尽管钟摆下降时发出的"嘶嘶"声力道很猛，这阵势足以把铁墙给劈开，但它要磨穿我的袍子，还是要花上几分钟的。我打住了，没敢接着再想下去，思绪顽固地定格在这个念头上。似乎抓住这个念头停滞不前，就能阻止钢刀的降落。我迫使自己去想象刀刃划过袍子的声音，想象那样的摩擦声对神经造成的惊悚效果。我琢磨着这些无聊的细节，直至唇冷齿寒。

下降——钟摆缓慢平稳地下降着。我比较着它的摆动速度和下降速度，心中有种疯狂的快感升起。向右，向左，摆幅真大，伴着坠入地狱的灵魂的尖叫，像一只悄然潜行的老虎，慢慢接近我的心脏。不同的念头轮番占据上风，我时而号叫，时而大笑。

下降——钟摆断然而残酷地继续下降！它就在离我的胸口不足三英寸的地方摆动。我剧烈地挣扎着，想挣脱左臂。但只有肘部以下部位可以活动，我可以把左手伸向旁边的盘子里，再伸进嘴巴，不过很费劲，够不到更远的地方。如果我可以挣断捆在肘部以上的皮绳子，我会抓住钟摆，死命阻止它的摆动。没准我还能阻止一场死亡！

下降——钟摆依然继续下降，不可避免地下降！钟摆每摆动一次，我都会喘息一声，挣扎一下，都会痉挛性地收缩一阵。在毫无意义的绝望中，我又满怀希望，我的目光追随着钟摆，无论它是向外还是向上摆；但当它向下摆过来时，却又吓得眼皮颤抖，赶紧闭上眼睛了事。尽管死亡是一种解脱，哦，这种解脱又是何其难以形容！钟摆再下降一点点，那锋利闪光的刀刃就会陡然切入我的胸膛，一想到这个，我的每一根神经都止不住地颤抖。正是因为有了希望，才会每一根神经都瑟瑟发抖，每一寸身体都收缩。即便在宗教法庭的地牢里，希望——那战胜苦痛的希望啊，它也会对死刑犯悄声耳语。

看得出，钟摆只消再摆动十一二次就能触到我的袍子了。已经料想到这一后果时，我绝望的神志蓦地变得敏锐而镇定。多少小时以来，或许是多少天以来，我第一次开始思考了。我突然想到，捆绑我的皮绳子，或者说马肚带，是完整的一根。身上并没有别的绳索。剃刀般锋利的弯刀在绳子上一划，不管划在哪里都会将它割断。这样，我就可以用左手把绳子从身上解开了。但那样干太可怕了，刀刃都挨着身子了，稍一挣扎都会送命。再说了，那些折磨人的狗奴才能想不到我会这么干？他们能不严加防范？！而且，钟摆是否能恰好划过我胸部的皮绳？我唯恐这微弱的并且似乎也是最后的希望破灭，我尽量抬起头，细细察看绳子绕过胸部的样子，四肢和躯干横七竖八缠满了——唯独该死的弯刀将划过的地方没缠上。

脑袋还没在原来的位置摆正，就有一个想法电光火石般闪过心头。我只能说，这正是先前提到的尚未成形的脱身念头的另一半。先前，当我把食物送到焦渴的唇边时，只有一半想法在脑海中飘飘忽忽地漾起。现在，整个想法都出来了，虽然微弱、隐约、模糊但却完整。想到能绝处逢生，我马上满怀激情地着手干起来，都有点神经质了。

几个小时以来，我躺的那个矮木架旁边，大批老鼠蜂拥而至，它们疯狂、猖獗而贪婪，血红的眼睛死死盯住我，似乎在专门等到我一动不动时扑上来吞吃我。"它们在陷坑里惯于吃什么？"我暗自思忖道。我的手一直习惯性地挥舞着，想看住盘子里的食物，可是到后来，这种无意识的挥动再也不起任何作用了。它们到底还是把盘子里的肉吃得仅省一点碎屑。可恶的群鼠实在贪婪至极，尖利的牙齿常常咬着我的手指。肉真的所剩不多了。我把那点油乎乎香喷喷的碎末全都抹到皮绳上，凡是左手能触及的地方我都涂上了。然后，我把手缩回来并且屏住呼吸躺着，一动也不动。

看到我一动不动了——看到这一变化，那些贪婪的老鼠起初是又惊又怕，纷纷惶恐地后退，不少老鼠都逃回陷坑去了。但这样的现象只持续了一会儿。我没有白白估错它们的贪婪。看我依然一动不动，一两只最大胆的跳上了木架，在绳索上嗅来嗅去，这像是个总攻的信号。成群结队的老鼠，急急忙忙、冒冒失失地涌出陷坑，跑到木架上，跳上我的身体，简直是泛滥成灾。钟摆"喀嚓喀嚓"的摆动丝毫没对它们造成干扰，它们一边躲闪着不让钟摆撞上，一边忙着啃噬涂满肉末的皮绳子。它们密密麻麻地挤压在我身上，在我脖子上扭来扭去，冰冷的嘴巴嗅着我的嘴唇，我差点被它们压得窒息而死。黏糊糊的，一种无法言喻的厌恶感升腾而起，使我的心底生出萧瑟寒意。不过片刻之后，我就感到，战斗即将终结。我明显察觉到了皮绳的松动。我知道，老鼠咬断的地方肯定不止一处。我以超人的意志继续一动不动地躺着。

我没估算错——因为我没白白受苦。我终于有了自由的感觉。皮绳断了，就那么一截一截地披挂在我身上；但是钟摆的利刃也压向了胸膛。它划破了长袍的斜纹哔叽布，划破了里面的亚麻布衣衫。它又摆动两个来回。尖锐的疼痛传遍了每一根神经。不过，脱身的时刻也到来了。随着我大手一挥，一阵骚乱，释放我的大群老鼠匆匆逃离。我稳稳地行动了，小心而缓慢地往边上一缩，我滑脱了皮绳子的束缚，避开了弯刀的利刃。至少在这一刻，我是自由了。

自由！可我仍在宗教法庭的掌控之中！我刚从恐怖的木床上滑到石头地板上，那地狱般的玩意儿就停止了摆动。我看到某种无形的力量在把它往上拖，拖过天花板就不见了。无疑，我的一举一动都受到了监视。这个教训，我已铭刻在心。

自由！我只不过是逃脱了一种痛苦的死法，随后到来的，将是比死还难受的另一种折磨。想到这里，我神经质地转动眼珠，打量起囚禁我的几面铁壁。有不同寻常的变化发生——起初我没有清楚地注意到它——这变化很明显了，它已经在这间地牢里发生了！有好一阵子，我颤抖不止，恍若置身梦中，灵魂也脱壳而去。我乱七八糟地猜想着，却皆是枉然。

这期间，我第一次意识到了照亮地牢的昏黄光线来自何方。它是从一道缝隙射出的。那缝隙宽约半英寸，沿着地牢的墙角延伸一周。如此看来，墙壁与地面是彻底分离的，事实正是这样。我拼命从那道缝隙向外看，当然这么做不过是徒劳而已。

我刚放弃这一企图，立刻发现牢房起了不可思议的神秘变化。我先前已观察过，墙上的那些鬼怪图轮廓虽然相当清晰，但色彩似乎模糊了。可眼下，色彩即刻间却呈现出惊人的变化，而且越来越光辉夺目。这使得那些妖魔鬼怪的画图更加可怕，就算神经没我脆弱的人，也会吓得两股战战。先前从没看到过那些鬼怪有眼睛，可现在，一双双魔眼从四面八方瞪着我，目光中还流溢出疯狂而可怕的欢快，闪耀着火焰般可怕的光芒，我无法迫使自己相信那火是虚幻的。

虚幻！——在呼吸之间，已有铁板烧热的气息扑进鼻孔！牢房里弥漫着令人窒息的味道！那些盯着我受煎熬的魔眼一闪一闪的，也越来越亮了！深红的颜色越来越浓烈，在那些血淋淋的恐怖画图上漫射。我气喘吁吁！我难以呼吸！毫无疑问，这是那帮折磨我的家伙设计好的阴谋。哦，冷酷的恶魔！为躲开炽热的铁壁，我只得朝地牢中央退缩。想到即将被活活烤死，陷坑的凉爽倒成了精神抚慰剂。我迫不及待地冲到那致命的坑边，瞪圆了双眼往下看。燃烧的屋顶发出的亮光，照彻了坑内的角角落落。我有一刻是癫狂的。我的心灵拒绝领悟眼见的事实。但最后，它还是硬闯进了我的内心——在我发抖的理智上，烙下了深深的印记。

哦，不可言传！哦，恐怖！哦，登峰造极的恐怖！

我尖叫着逃离坑沿，悲痛地掩面而泣。

温度依然在急剧升高。我再次抬头张望，浑身好似发疟疾一样打战。地牢里第二次起了变化——这一次显然是形状上的变化。和以前一样，我一开始也是怎么都没弄明白到底发生了什么。不过这一次我很快就吃准了原因——由于我连续两次脱险，宗教法庭在加快进行报复。这次再难与死神周旋了，地牢是正方形，可现在我看到，铁壁的其中两个角已经变成了锐角，另外两个则成了钝角。伴随着低沉的轰隆声，骇人的变化飞速加剧。瞬息之间，地牢就变成了菱形。但变形还在继续——我一点都不希望它停止。我可以把火红的墙壁拥进胸膛，作为我永恒的裹尸布，就此获得安宁。

"死亡，除了死于陷坑，"我说，"我接受任何死亡！"白痴！我难道不知道，火烧铁壁就是为了把我逼入陷坑？难道我抗得住铁壁的炽热？难道我经得起它的压力？此时，菱形变得更扁了，速度之快，根本容不得我有片刻的思考余地。菱形的中心，当然，也就是它最宽的地方，已横在了张着血盆大口的深渊上。我退缩着，但丝丝逼近的铁壁，不可抗拒地推着我前进。最后，我的身体烤焦了，它扭动着，翻腾着，可地牢坚实的地板上，已无我的立锥之地。我不再挣扎。我最后响亮、悠长、绝望地尖叫了一声，为痛苦的灵魂寻到了发泄的出口。我感觉到自己在陷坑边缘摇摇欲坠，我移开了目光。忽然，我听到了一阵嘈杂的人声，听到了一阵嘹亮的声音，像是无数号角的奏鸣。我还听到了，似乎是雷霆万钧的刺耳的声音！炽热的墙壁"刷"的一下恢复了原状。

正当我晕乎乎地快要跌入深渊之际，一只手臂伸来，一把抓住了我的胳膊。那是拉萨尔将军的手，法国军队已开进托莱多城，宗教法庭沦陷敌手。

（1842 年）

5. 红死魔的假面具

"红死"在国内肆虐很久了，这种病的具体表现和鲜明特征就是出血——红色漫卷，令人齿寒。剧痛袭来不久，是突如其来的头晕眼花，接着毛孔血流不止，人于是必死无疑。如此致命而骇人的瘟疫可谓前所未有。一旦猩红色的斑点在谁的身上——尤其是在脸上出现，这人就给戳上了红死病的标签，即便是亲朋好友也不敢靠近。这人就陷入孤绝之境，没人援助，没人同情。从染病、发病到送命，不过短短半小时罢了。可作为一国之君的普洛斯彼罗却欢喜依旧，他真是无所畏惧的国王。

当他领地里的百姓死了一半时，他把从宫廷男女爵士中挑出的一千名心宽体健的心腹召至身边，带他们隐居到一个城堡样的修道院。这座修道院四围是坚固的高墙，有两扇铁门严防死守。其占地辽阔，建筑恢宏，完全迎合普洛斯彼罗君王怪癖而骄奢的口味。这帮朝臣进得门来，便拿熔炉和巨型铁锤焊死了门闩。他们横下了一条心，就是在里头绝望发狂得难以遏止，也坚决不留任何出入口，修道院里储备很丰足。谋划如此精心，朝臣们也就没什么好怕的了。外边的事，自然是事不关己高高挂起。悲伤也好，思虑也罢，不都是庸人自扰？再说，寻欢作乐的一切硬件，君王早已打点齐全。有跳芭蕾舞的、有丑角戏、即兴表演、有演奏乐曲的，还有美女和醇酒。

　　门内歌舞升平，门外"红死"猖獗。隐居将近五六个月时，也是外面的瘟疫最凶猛之时。普洛斯彼罗君王却举办了一个盛况空前的化装舞会，以款待心腹。这是何其奢侈逸乐的一个化装舞会啊！且让我先描述一下舞会的场地吧。

　　舞会总共占用了一套行宫的七间屋子。不过在一般的宫殿里，只需把可折叠的门向两边推至墙根，目光便可笔直地望出去很远，屋里的一切，都会毫无阻隔地尽收眼底。而这个舞场的铺排却大不相同，因为君王偏爱新奇的物事。这些屋子造型极不规则，一望之下，只能捕捉到一个地方。每隔二三十步，就有一个急转角，每个转角都能看到新奇的景物。左右两面墙壁中间，都是又高又窄的哥特式窗子。窗外，是一条围绕这套行宫的回廊。所有的窗子都是彩色玻璃的，色彩相异，但都与各自房间的装饰主色调一致。譬如说，最东面的那间悬挂着蓝色的饰物，它的窗子就蓝得格外活灵活现。第二间屋子的装饰和帷幔是紫色的，窗玻璃也一样是紫色的。第三间屋里一派绿色，窗扉也便跟着绿意盎然。第四间的家具与光线都是黄色的。第五间是白色的。第六间是紫罗兰色的。第七间从天花板到四壁都被黑丝绒帷幔层层覆盖，那黑色层层叠叠，重重地垂到料子和色调并无二致的地毯上。只有这一间屋子的窗子，色彩与室内装饰不协调。这里的窗玻璃浓血一样猩红。

　　七间屋子的装饰极尽繁复，满眼流丽，连天花板上都没放过。但却没有一盏灯，也没有一架烛台。整套屋子里，一线灯火和烛光都没有。不过在围绕屋子的回廊里，对着每扇窗，都摆有一个三脚架，上面有个火钵，火光透过彩色玻璃照的满屋通亮。屋子于是成为一个绚丽奇异的大舞台。但西边的黑屋子里，几乎没人胆敢走进那间屋子。因为人一进去，无不显得面无人色。那间屋子里，火光透过血红的玻璃，吃力地照在黑色的帷幔上，却无比阴森可怕。

一座巨大的黑檀木时钟，摆放在这间屋子的西墙前。钟摆左右晃动，沉闷、滞重而单调。每当分针走完一圈，大钟的黄铜腔里就发出报时声，那声音清晰、洪亮、深沉，并且极为悦耳，然而调子和重音却又非常古怪。因此，每过一个小时，乐队的乐师们都不得不暂停演奏，侧耳聆听一番钟声；成双成对跳华尔兹的人也只好停止旋转；寻欢作乐的红男绿女也不免出现一阵骚动；当钟声还在一下一下敲响的时候，即使最沉湎欢乐的人也蓦地灰了脸，上点年纪的和庄重些的，都抚额做思虑状，似乎陷入混乱不堪的玄思中。但待到钟声余音一停，舞会上马上回旋起一片轻松的欢笑。乐师们你看看我，我看看你，笑了起来，似乎在为刚才的神经过敏和愚蠢举止自我解嘲。他们还彼此悄声发誓，等下回钟声响起，再不会这么情绪失控。然而六十分钟飞快流逝，三千六百秒不过转瞬间的事。时钟又敲响了。骚动依旧，人们纷纷坠入冥想，照样紧张不安。

尽管如此，所有的人都玩得很尽兴，这场欢宴还是无比壮丽。普洛斯彼罗君王的口味确实不一般。他对色彩和视觉效果别具慧眼。装饰如果说仅仅是赶了个时尚，压根就入不了他的眼。他的构想大胆热烈，闪耀着原始的光辉。可能会有人认为他疯了，他的追随者却不这么看。不过要确认他到底疯没疯，亲眼见见他，听听他说话，乃至接触接触他，也就甚为必要了。

为举办这一场奢华宴会，普洛斯彼罗君王还亲自当了指挥，七间屋子的大多活动装饰都是在他的指点下进行的。参与化装舞会的人，也都依照他的口味装扮自己。他们的奇形怪状自然不在话下。真是五光十色，如梦似幻，让人兴奋不已——差不多都是《欧那尼》里出现过的场景。满眼光怪陆离，到处是张牙舞爪的四肢，不伦不类的摆设。一切都充满迷狂，只有疯子才想得出这般花样。其中有不少美不胜收之处，放荡淫乱之气，怪异离奇之境，有的让人害怕，还有很多使人恶心。实际上，在这七间屋子里昂然地走来走去的，不过一群梦中人。这些梦中人在房间色彩的映衬下，身子不断扭曲，引得乐队奏出癫狂的音乐，宛若他们脚步的回声。

没过多久，那间黑屋子里的黑檀木时钟又敲响了。一时间，除了钟声之外世界陷入死寂。人群僵凝住了。但时钟的余音一消失——其实仅只片刻而已——人群中便传出极力压制的轻笑，笑声随着远去的钟声飘荡。于是，音乐轰然再起，人群重又活跃过来，比先前扭动得还要欢畅。火盆散发出的光线，透过五光十色的窗子，照得屋内人影幢幢。但参加化装舞会的，依然没有谁敢迈进最西边的那间屋子。夜阑更深，从猩红的窗子泻进来一片红光，黑沉沉的幔帐阴气袭人，对于踏上阴森森的地毯的人来说，近处的黑檀木时钟发出的沉郁轰鸣，要比在远处其他屋子里纵情声色的人听来更为有力，更为肃穆。

可是别的六间屋子早挤得满满当当，洋溢生命力的心脏都跳得格外欢腾。狂欢正酣之际，午夜的钟声响起了。一如刚才所言，钟声一响，音乐随即停息；成双成对跳华尔兹的人也安静下来，不再旋转。周遭的一切再次陷入死寂，让人很不自在。但这一回，时钟要敲十二下，因而，狂欢的人群里那些喜欢思考的人，玄想的时间更长了，兴许随着思绪蔓延，转的念头也益发多了。也许正因如此，在最后一下钟声的余音完全消失之前，不少人恰好有闲暇察觉到一个从未引人注目的蒙面人的出现。人们开始交头接耳，出现了新蒙面人的消息，很快在宴会上传开了。众人哗然，嗡嗡声、咕哝声响作一片，人们既不满又惊讶，到后来，所表达的却都是恐惧和厌恶了。

说实话，这个化装舞会算搞得过了火。完全可以想象，在我所描绘的这个奇幻聚会中，寻常人的出现，根本不会激起这样的波澜。可这个成为人们议论焦点的人一出现，连花样百出的普洛斯彼罗君王也望尘莫及了。那些不计任何后果的人，心里也并非漾不起一丝涟漪，即便是那些绝对无动于衷，视生死为一场游戏的，也难免对有些事认真起来。事实上所有在场的人，无不感到陌生人的举止装束既缺乏妙趣，又不合时宜。这人身材瘦长，形容枯槁，从头到脚裹着寿衣。一张面具酷似僵尸的脸容，就是凑近了仔细打量，也很难看出是假。如果只是这样，周遭狂欢的人尽管不满，但尚且能容忍。可这个一言不发的陌生人竟然扮成"红死魔"的样子出现！他的罩袍上染着鲜血，他宽阔的前额和五官上，有着可怕的猩红斑斑点点。

普洛斯彼罗君王的目光一落到这个鬼怪般的人身上，就浑身痉挛，战栗不休，初看像是害怕或恶心，一转眼，就见他愤怒得额头都涨红了。那会儿，那个鬼怪似的陌生人，正缓慢而肃穆地在跳华尔兹的人之间来来回回大踏步走，仿佛要继续把这个角色淋漓尽致地扮演下去。

君王天性勇猛，精力充沛，他的大手一挥，音乐戛然而止。"是谁如此大胆？"普洛斯彼罗君王声嘶力竭地喝问着身边的朝臣，"是谁如此大胆，竟开这大不敬的玩笑侮辱我们？把他抓起来，剥去他的面具，明早太阳出来，就知道在城垛上绞死的是个什么东西了！"说这番话时，普洛斯彼罗君王正站在东面那间蓝屋里。他的声音洪亮清晰，传遍了七间屋子。

普洛斯彼罗君王站在那间蓝色的屋子里，一帮朝臣苍白着脸候在左右。开头他说话时，这帮朝臣已向就在近旁的不速之客稍稍逼近；现在，来者反而不慌不忙、步伐稳健地直逼君王而去。众人都被入侵者的疯狂嚣张攫住，没有谁敢伸出手把他抓住。因此，他得以畅通无阻地前行，几乎贴到君王的身上。这当口，那帮子狂欢的人，好像受了无形之手的推动，"呼啦"一下从屋子中央退避到了墙边。空间让出来了，不速之客也就没有停步地继续前行了，步子还像先前那样不同一般，既稳健又均匀。他一步一步走出蓝屋，进入紫色的一间，出了紫屋又走进绿色的那间，穿过绿屋再走进黄色的一间，再进入白色的一间，由此再到紫罗兰色的那间。

普洛斯彼罗君王已决定采取行动逮住他。因为愤怒，因为耻于刚才的一时胆怯，君王发疯了。他匆匆忙忙冲过六间屋子。大家都吓得魂不附体，因此没一个人跟过去。他高举一把出鞘的短剑，急吼吼地杀向那个撤退的人。两人相距不过三四英尺了。当时来者已到了黑色房间的尽头。他猛一转身，面对追兵而立。伴着一声刺耳的惨叫，那把短剑寒光一闪，掉到乌黑的地毯上去了。随之仆倒的，是普洛斯彼罗君王的尸体。那帮狂欢作乐的人见此情景铤而走险，他们一哄而上，涌进黑色的房间，一把抓住了肇事者。那高高的身躯分明直挺挺地竖在黑檀木时钟的暗影里，一动未动。可让众人惊魂骤起、喘作一团的是，他们使猛劲一把抓住的，竟然只是一袭寿衣，一个僵尸面具，里面人迹全无。

至此，大家公认"红死魔"已寻上了门，贼一样于夜间潜来。狂欢作乐的人们，一个接一个倒在刚刚狂欢过的地方，个个都是一副绝望的姿态，鲜血满地。黑檀木时钟也随着放浪生活的终结而不再敲响，火盆里的火光也熄灭了，黑暗、衰落和"红死"统领一切。

（1842 年）

6. 瓦尔德马尔先生病例之真相

这件离奇的瓦尔德马尔案子引得大家议论纷纷，如果它不奇怪，它也会是一个奇迹——尤其是在当时的情况之下。当然我不认为它有什么奇怪。根据有关各方面的要求，只得对公众隐瞒这一事件，至少眼前先这样做，或者直到我们有更多的机会进行深一步的调查，凭着我们的努力去探索真相——以免成了歪曲和夸大的故事，任它流传于社会，变为许多不愉快事件的根源。而且，当然使得谁也不能相信。

如今我有必要根据我的理解来讲讲这件事实。简单地说，就是这么一回事：

我不断地被催眠术这个题目所吸引，有三年的时间了。大约九个月以前，我突然想到，在直到目前我所做的实验中，有一个十分突出而且无法解释的缺陷——没人做过临终催眠。在这种情况下，需要加以研究的，首先是病人是否存在对于磁力作用的敏感性；其次，倘若存在的话，是根据情况减弱还是增强；第三，要达到什么程度，或者需要多长时间才能达到。其他还有几点需要明确，但这一问题是最让我好奇的，特别结局的性质尤为重要。我在周围寻找可以让我来做此项实验的人。我想到了我的朋友恩斯特·瓦尔德马尔。他是《辩论学丛书》的著名编者，波兰文版《华伦斯坦》和《加岗图亚》的译者（用的是伊萨却·马克斯的笔名）。

瓦尔德马尔自 1839 年以来长期居住在纽约哈勒姆区，他本人的俭省特别引人注意。他的下肢尤其像约翰·伦道尔夫，他那雪白的小胡子跟乌黑的头发形成强烈对比——因此，常常被误认为戴的是假发。他的脾性极为神经质，真是做催眠实验的最好材料。有一两次，我毫不困难地就使他睡着了。但是结果却不佳，尽管他的素质使我期望如此。他的意志在我的控制下从来没有肯定或者彻底的时候，至于他的观察能力，我简直无法令其有丝毫的可靠性。我把我在这一点上的失败总是归结于他健康状况不佳的缘故。在我认识他之前好几个月，他的身体被医生确诊为肺结核。的确，平静地谈论自己临近的死亡已经成为他的习惯了，仿佛是一件既避免不了也没什么遗憾的事。

当这个念头第一次出现在我的脑海时，我很自然地就想到了瓦尔德马尔。我对这个人坚定的人生观知之甚详，不怕他会有什么犹豫。他在美国没有什么亲友，没人会来干涉。我把这题目坦率地对他说了。使我惊讶的是，竟然激起了他很大的兴趣。我说使我惊讶，是因为尽管他经常慷慨地拿他自己的身体给我做实验，可以前从未对我所做的事情表示过兴趣。他得的这种病，到什么时候会死亡，是可以正确地计算出来的。

于是我们两个人做了约定，他在得到医生宣告他的生命将要结束的24小时前通知我。

后来，大约在七个多月之前，我收到了瓦尔德马尔送来的一张便条，上面的内容是这样写的：

亲爱的毕：

现在你可以来了，狄大夫和费大夫都一致认为我过不了明天半夜。我觉得他们认为时间已经临近。

瓦尔德马尔

我收到的这张便条大约是半小时前写的，15分钟后，我就到了垂死者的房间。

我已经十天没有见他了，使我大为吃惊的是，这短暂的十天他发生的可怕变化。他的脸容显出一种铅灰色，眼睛完全失去了光芒，那种憔悴已经到了极度，以至于颧骨上的皮肤都破裂了。喉咙里痰很多。脉搏几乎摸不出来。然而，他不仅在精神上，而且在体力上都仍然保持着很好的风度。他说话清晰，用不着别人帮忙就吃了一些缓解痛苦的药。我走进房间的时候，他正用铅笔在笔记本里写什么东西。他躺在床上，背后靠着枕头。狄大夫和费大夫都在他床边。与瓦尔德马尔握过手之后，我把这两位大夫请到一旁，让他们告诉我病人的详细情况：

他的左肺一点儿生命力也没有了，因为左肺处于半骨质或软骨质已有18个月了；至于右肺，上半部如果不是全部骨质化了，也是一部分，而下面一半不过是一堆化脓性的结核，互相合并；还有一个地方有几个大窟窿，已经牢牢地粘连在肋骨上。右边这片肺叶的状况看来是最近发生的。骨质化的程度发展得意外迅速，一个月前还看不到，而这种粘连状态只是在三天之前才发现的。除了肺结核外，病人还有患主动脉瘤的嫌疑，但是由于骨质化的征象，所以不能确诊。

两位大夫的一致意见是：瓦尔德马尔将要在明天（星期日）的半夜时分死去。而当时的时间是星期六晚上 7 点。

在两位大夫离开病床，跟我走到一边谈论以上这些话时，他们已经跟病人做了最后的告别。他们根本不想再来了，但是经过我的请求，他们同意次日晚 10 点钟再来看看病人。他们走了之后，我随便地跟瓦尔德马尔谈起日益严重的病情，尤其是我建议的实验。他仍然承认他完全同意，甚至急着赶快就做，催促我立刻开始。

当时有一男一女两位护士在照顾他，可是我不认为仅仅靠这两个护士做证我就可以开始我的实验。万一突然发生意外，只有他们可以证明，这无法说明问题。于是我把手术推迟到次日晚上 8 点钟左右，等到我认识的一个学医的名叫西奥多尔·艾尔的学生来到，这样可以免除其他的麻烦。我原来的计划是等医生们来，但首先是由于瓦尔德马尔的催促，其次是由于我不能浪费时间，因为病人的模样是越来越不行了，这就促使我着手进行。

艾尔先生按照我的愿望，把发生的一切情况都记录下来。由于他做了记录，所以我如今才能在这里讲讲其经过，有的简略，有的照抄。

一开始，我握住病人的手，用了五分钟到八分钟时间，请求他尽可能地对艾尔先生说明白，他本人（瓦尔德马尔）完全自愿让我在他目前的情况下做催眠术的实验。

他低声然而清晰地回答说："是的，我愿意做催眠术，"然后立刻又说，"我怕耽搁太久了。"他这样说着话时，我开始对他进行催眠，这是我早已发现能够在他身上生效的方法。开头我的手在他额角上横拍几下，显然他已经受到影响，但是尽管我使出了全力，却没有产生进一步的功效。一直等到10点钟过了，狄大夫和费大夫应约来到之后，我用几句话向他们解释了我的计划，如果他们不反对的话，因为病人已经处于弥留状态。我不再犹豫，立即继续进行——然而把横拍改成下拍，把目光也针对着病人的右眼。此时，他的脉搏已经摸不出来了，呼吸也发出呼噜的响声，半分钟一次。这种情况有一刻钟的时间，几乎没有变化。在这样的呼吸期间，却有一种自然的、然而很深沉的叹息，从垂死者的胸腔发出来，那呼噜声也就停止了——也就是说，那呼噜声不明显了，间歇也没有减少。

在差几分钟就到11点的时候，我准确无误地看出了催眠的作用。混浊玻璃一般的眼睛显出一种不安的内心在思考的表情，那是梦游者才有的，几乎错不了。我又很快地横着催眠几下，使他眼珠颤动了，仿佛刚睡着一样。又催眠了几下，它们就完全闭上了。然而，我对此并未满意，继续使劲地进行催眠，用尽意志的力量，直至使这个躺在床上的人双腿僵硬；在这之前我已经把它们放在舒适的位置。病人的双臂差不多都放在床上，离开腰部稍远一些，双腿现在僵直了，而脑袋则微微有些抬起。

做完这些，已是半夜时分，我请求在场的两位大夫检查瓦尔德马尔的情况。做过几项试验后，他们承认他正处于一种奇异的、完全的昏睡状态。两位大夫的好奇心非常强烈。狄大夫立即决定留下通宵陪伴病人，而费大夫离开时则答应天亮时回来，艾尔先生和护士都留下了。

我们一点儿也没有惊动瓦尔德马尔先生，直到凌晨 3 点钟的时候，我靠近他，发现他的情况与费大夫离开时完全相同——也就是说，他以同样的姿势躺在那里，脉动细微，呼吸轻缓（不很明显，除非在唇边使用一面镜子才能看出），眼睛自然地闭合着，四肢僵硬、冰冷得如同大理石一般。但是，总的看来是并没有死亡。

我靠近瓦尔德马尔先生，试着对他的右臂施加影响。我在他身体的上方来来去去地横拍，使其追随我的右臂。对病人所做的这种实验，以往从未完全成功过，所以我现在也没想到会成功；然而令我惊讶的是，他的胳膊尽管无力，却极容易地随着我的胳膊，按我指定的方向活动。我决定试着说几句话。

"瓦尔德马尔先生，"我说，"你睡着了吗？"他没有回答，可是我发觉他的双唇微微动了动，并且这样一遍又一遍地重复这个问题。重复到第三遍时，他的整个身躯因一阵很轻微的颤动而不安起来，眼睑微睁，露出眼球的一道白，嘴唇慢慢地动动，低声说了几乎听不见的话："是的，现在睡了。别弄醒我！让我这样去死吧！"我触摸他的四肢，发觉它们像以前一样僵硬。他的右臂像开头那样随着我手的方向动作。

我再问这个半睡半醒的人，"瓦尔德马尔先生，你胸部还感觉疼吗？"

我马上就得到了回答，但是声音比先前更难听见了，"不疼，我在死去。"

我认为不能再进一步打搅他了。便什么也没说，什么也没做，直到费大夫来了，他是日出前一会儿到的。当他发现病人仍活着时感到万分惊讶。他摸过脉搏，又在病人唇边使用了镜子，就让我再对病人说话。

我照做了，然后问道："瓦尔德马尔先生，你还在睡吗？"像先前一样，几分钟过去了，才有了回答，在这个间歇里，这个垂死的人似乎在集中他的力气来说话。

当我把这个问题重复到第四遍时，得到了他无力的回答，声音几乎听不见，"是的，还睡着，正在死去呢。"瓦尔德马尔先生目前的情况明显稳定，大夫的意见，或者更确切说是愿望，仍是不使病人受到打搅，直到死亡降临。死亡几分钟内必然降临，大家都同意这一点。然而，我决定再对他说句话，不过是重复了我前面提到过的问题。

当我问话时，我发现这个半睡半醒的人的面目有了显著的变化，眼睛慢慢地睁开，瞳孔向上消散；皮肤基本呈灰白色，与其说像羊皮纸不如说像白纸，顽固地生在脸颊上的圆块潮红也立即消失了。我这样说，因为它们的突然消失，只能使我想到一根被一口气吹灭的蜡烛。同时，原本紧闭的上唇离开牙齿动了动，随着能听见的声音，下颌沉下来，嘴巴拉得很宽大，露出了肿胀发黑的舌头。我相信当时在场的人都看惯了临终人的恐怖样子，然而，瓦尔德马尔先生这会儿的形象过于可怕了，大家都因为害怕而远离床边，不敢上前。

我认为我已经叙述到了关键的地方，每个读者都会因惊奇而肯定不信我所讲的。然而，我有责任继续讲下去。

瓦尔德马尔最虚弱的生命迹象不再出现，我们断定他要死去，就把他委托给护士照管，这时只见他的舌头使劲地颤动起来，这情况持续了大概一分钟。这期间，从他肿胀的双颌里发出一种声音——我如能描述出那声音，那我一定是疯了。有两个或者三个形容词被认为在某种程度上确实适合用来形容这种声音。譬如，我得说那声音刺耳，破碎，空洞，总的听来难以形容得可怕，那是因为没有相类似的声音刺激过人类的耳朵。然而，我当时认为，现在仍认为，作为声调的特色被清楚地表现出来，这也适于表达其本身神秘特性的某种想象。那声音有两个特点，其一，它似乎进入我们的耳朵里，至少是我的耳朵里，从一个遥远的地方，或者从某个地下的洞穴。其二，它给我留下的印象（我确实担心不可能使自己理解）像触摸到胶粘的或者湿粘的东西。

我用了"声音"和"话音"，意思是说，那声音是独特的音节，甚至是奇异的，惊人的特别。瓦尔德马尔先生说话了——明明白白地回答几分钟前我向他提出的问题，还记得我曾问他是否还睡着，现在他说："是的；——不；——我一直睡着——可现在——现在——我死了。"这几个字一出口，在场的所有人没有一个能掩饰住或者抑制住极端的恐怖，那个叫艾尔的学生甚至晕了过去。护士们吓得全部都立刻离开了病房，而且劝不回来。

我不想明白地告诉读者我自己的感受。我们无言地忙碌了大约一个小时，一句话也没说，竭力使艾尔先生苏醒。当他醒过来时，我们又着手研究瓦尔德马尔先生的情况。除去那面镜子不再显示呼吸的迹象外，一切情况同我前面描述的一样。

从胳膊取血的试图失败了。我也该提到，在我看来这只胳膊也不能再是我的实验对象了。我尽力使它跟随我的手所指的方向，但是已经算是徒劳了。其实，我们发现受催眠术影响的唯一真正迹象是舌头的震动。我每向瓦尔德马尔先生提出一个问题，他似乎都在努力做出回答，然而，他的意志力量不够充足了。我比任何人都更怀疑他似乎完全失去了知觉，尽管我尽力使在场的每个人都与他的催眠相联系。我相信我现在所讲的一切对于这个时代理解苏醒的人的状况很有必要。另外，护士被设法请来了。

10 点钟，我与两位先生一道离开了这个房间。下午我们又都被叫回来看望病人。他的情况仍与原来一样。我们讨论关于唤醒他是否妥当和可行，然而这种做法可能没有意义，在这一点上我们之间存有异议。显然，眼下的催眠阻止了死亡（或者被称作的一般死亡）。我们大家似乎都明白，唤醒瓦尔德马尔先生，会导致他瞬间的或者至少是快速的死亡。

从那个时候到上个周末，相隔差不多七个月，我们继续每天到瓦尔德马尔家里访问，时常由医务人员和别的朋友陪同。这些时间里，这位苏醒的人的情况，与我最后描述的完全一样，护士的关照一直不断。

上个星期五，我们最后决定做唤醒他的尝试，或者试图唤醒他，这最后的尝试结果是不幸的，在非公开的范围里它引出了如此多的讨论——引出如此多的不该有的俗念，那些是我不曾想到的。为了使瓦尔德马尔先生从催眠迷睡中醒过来，我用了通常的挥手动作。这方法一时没有成功。病人眼球虹膜的部分下降，提供了苏醒的初步迹象。因为特别的明显，我们注意到瞳孔昏暗，流出淡黄色的脓水，有一种刺鼻的令人作呕的气味。

大家建议我，像以前那样试试对患者的胳膊施加影响，我照做了，然而又一次失败了。

接着费大夫要求我提一个问题。于是我问了下面的话："瓦尔德马尔先生，你能对我们谈谈你目前的感觉和愿望吗？"有病态潮红的双颊出现了立时的反应；舌头颤动，更确切地说，是在嘴里激烈地卷动（尽管上下颚和嘴唇仍像以往那样僵硬）；最终我描述过的那种相同的可怕声音突然发了出来："看在上帝的面上！——快！——快！——让我睡吧——或者，快！——弄醒我！——快！——我对你说我死了！"

我彻底失去了勇气，并且一时不知该做什么。起初我努力使病人重新镇定下来，然而由于他意愿的中止而失败了。我重新尝试，并且认真地努力使他苏醒，在这过程中，我很快发现我会成功，或者至少我很快便以为我的成功将是圆满的，并且我肯定屋子里的人都做好准备观看病人醒来。

至于真会发生什么事，任何人都不具有充分的思想准备。

我在"死了！死了"的叫喊声中，快速地做了催眠的挥手动作，那声音发自病人的舌头而不是嘴唇。他的整个身躯立即在一分钟或者更短的时间里，收缩——崩溃——完全枯死在我的手下。人群围着的床上，躺着几乎是液状的一团——令人作呕的腐烂物。

Edgar Allan Poe

三、犯罪冲动型故事

1. 黑猫

我要讲述的是一件十分荒唐但又很常见的故事。我并不指望读者相信它，否则我不是疯了么？因为连我自己都不相信这就是我的亲身经历。我没疯，也的确不是在做梦。明天就是我的死期，我要赶在今天把这事说出来，以求灵魂安生。我只是想马上简洁明了地把这些家常琐事公之于众，只求大家理解而不打算妄加评论。

这些事让我备受折磨，以至于惊魂难定，最终遭到自我的毁灭。这些事带给我的感觉唯有恐怖，可在其他人看来，我似乎只是在夸夸其谈。可我不想多做解释。或许后世的某些智者会认为，这都是些不足挂齿的平常事，而那些比我更冷静更有理性的有识之士，则会更加明察秋毫。也许我满怀敬畏的叙述，在这些人的心里只是一连串因果相生的普通事件。

我从小就性情温良，心肠非常地柔软，而这曾经一度遭到伙伴们的讥讽和嘲笑。我特别喜欢动物，父母对此也百般纵容，给我弄了很多种宠物。

我长时间和它们泡在一起。每喂它们一次、抚摸它们一下，我都快乐得要死。这种癖好与日俱增。长大后，人生的最大乐趣也就莫过于此了。对着那些珍爱忠实而有灵性的狗的人，我压根无须多费口舌解说个中欣悦。兽类自我牺牲的无私爱意，总能让看惯人情冷暖的人刻骨铭心。我早早地就结了婚。让我高兴的是，妻子和我性情相投。见我喜爱饲养宠物，碰到中意的，她从不放过任何机会，千方百计也要搞到手。我们养了野兔、一条好狗，小鸟、金鱼、一只小猴子，还有一只黑猫。

那猫浑身乌黑，美丽非凡，大得惊人而且特别有灵性。我妻子骨子里就迷信，一说到那猫的灵性，就绕不开古人对猫的普遍看法——所有的黑猫都是女巫乔装的。我不是在说妻子对此有多当真，我之所以提到这一点，不为别的，只是刚好想起而已。那猫名叫普鲁托，是我最心爱的宠物和玩伴，我包揽下喂它的活儿。在家里，我一抬脚，它就如影随形。即便我要上街，想甩开它也不容易。我和普鲁托就这样愉快地相处着，过了好几个年头。

在后来的时间里，我不得不羞愧地承认自己喝酒喝上了瘾，于是性情也跟着大变。我一天比一天喜怒无常，全然不顾别人的感受。我居然容许自己辱骂妻子了！甚至还对她拳打脚踢。我的宠物当然感受到了我的变化。我不理它们也就算了，可我还虐待起它们来。小兔子、小猴子、甚至那只狗，一旦想跟我亲热或碰巧跑到我身边，我都会毫无忌惮地踩踏一番。然而对普鲁托，我还很顾念，没忍心下手。可我的病情却日复一日地加重——世上哪种病能比酗酒更可怕啊——那时普鲁托老了，脾气也有几分乖张了，就连我最爱的这只猫，最终也成了我的出气筒。

有一天晚上，我又一次去了城里，在那家我经常喝酒的地方醉酒而归，我以为普鲁托故意躲我，于是一把逮住了它。惊骇之下，它在我手上轻轻咬了一口。我顿时恶魔附身一样，怒火中烧，忘乎所以，原本善良的灵魂似乎从躯壳逃逸而出。我酒性大发，一身狠劲。我从背心的口袋里掏出折叠刀，打开刀子，攥住那可怜畜生的脖子，蓄意不良地把它的一只眼珠剜了出来。写到这幕该死的暴行，我不禁面红耳赤，一会儿灼热不堪，一会儿瑟瑟发抖。睡了一夜，酒醒了。神智恢复后，想到自己犯下的罪行，我的心头半是恐惧，半是悔恨。但这充其量不过是种暧昧无力的感觉，我的灵魂竟然丝毫不为所动。那件事很快就让我抛在了九霄云外，我又开始纵饮无度。

当我沉湎于酗酒的快乐时，猫的伤势也渐渐好转了。眼珠被我剜掉的那个眼窝真是可怕，但它看来已不再感到疼痛。它照常在屋子里走来走去，只是我一靠近，就吓得拼命逃窜，这是意料中的反应。我毕竟天良未泯，所以，看到曾经那么爱我的猫这般模样，不由悲从中来。但这股子悲伤马上就化作怒火，然后又演变为邪念，正是这股邪念，最终把我推进罪恶的深渊，让我一败涂地。

我深信，这种邪念是人心的一种原始冲动，是与人类须臾不离的一种基本心力，或者不妨说情绪，尽管哲学上并不重视这种邪念。正是它，直接决定了人类的性格。谁敢说在明知干不得的情况下，自己干的坏事蠢事没有一箩筐？难道我们不是常常明知那么干犯法，还是全然不顾，飞蛾扑火一样管不住自己？哎呀，我就是受这邪念的左右，活活断送了自己。内心深处那股神秘难测的感觉，散发着惑人的气息，让我烦扰难安，甚至违背本性，为作恶而作恶——就仿佛一股无形的力量推动着我，让我继续对那只无辜的猫狠下毒手，最终害它一命呜呼。

有一天早上，我残忍地用索套勒住猫脖子，把它吊在树枝上。我流着泪吊死了它，虽然我痛悔不已，可我到底还是吊死了它。我明知那猫爱过我，我抓不住它的错；我明知吊死它就犯下了灵魂永难超生的死罪，如果有此可能，那罪恶就连慈悲为怀、让人敬畏的上帝都无法赦免。就在我干下那个伤天害理的勾当的晚上，我在睡梦中忽听有人大喊失火，惊醒后发现，床上的幔帐已着了火。整幢房子熊熊燃烧。我们夫妻俩和一个佣人拼死拼活才逃出火海。那场大火把我在世间的所有财产都焚烧一空，火烧得相当彻底。大火之后，我万念俱灰。

在这里，我只是想把事件的来龙去脉详述一遍，但愿不要遗漏任何环节。我并没脆弱到非得在灾祸和恶行间找出因果关系。失火的次日，我前去凭吊了废墟。四壁崩塌，唯有一道墙还立在残砖断瓦中。那是我房间的一道墙，并不厚，在房子中央。我的床头就是靠在这堵墙上。墙上的灰泥大大阻隔了火势——我认为是新近粉刷的缘故。墙根前挤满了人，很多人似乎急欲发现点什么秘密，不错眼珠地查看着那道墙。忽然，人们连呼"怪事"。

我好奇心顿起。凑近一看，天哪，白墙上赫然出现了一个浅浮雕——那是一只硕大的猫！一只刻得鬼斧神工的猫！猫脖子上还有根索套！一看到这幽灵，我怎不以为是活见了鬼？我又惊又怕，转念一想，终是舒了一口气。我记得，那猫是吊在离房屋很近的花园里。火警一起，花园里片刻间就人潮汹涌，一准是谁割断绳子，把猫从树上放了下来，再从敞开的窗子扔进了我的卧室。那人可能是想把我从睡梦中砸醒。不过别的几堵墙倒下来，那可怜的死猫，就被挤压到了新刷的泥灰墙上。石灰、烈火和尸骸释放的氨气交互作用，墙上的浮雕也就赫然在目了。

　　我上面说的这件惊心动魄的事实，就算良心上不能自圆其说，倒也合情合理吧。但在我灵魂深处，更加根深蒂固的，还是我的幻觉。几个月来，猫的幻影总是挥之不去；几个月来，我一直沉浸在说是懊悔又不是懊悔的模糊情绪里。害死了它，我竟然后悔起来。我在经常混迹的下等场所中，到处物色一只和普鲁托品种一样、外表也多少有些相似的猫，聊慰寸心。

　　一天晚上，我坐在一个声名狼藉的酒寮里，正迷糊着呢，视线突然被一只盛放杜松子酒或朗姆酒的大酒桶拽了过去。除了那只桶，屋里的家具寥寥无几。一个黑咕隆咚的家伙，正卧在那只巨桶上养神。我刚才就盯着那桶看了一会儿了，奇怪的是现在才发现上面卧着的那黑东西。我走过去摸了摸，是一只块头跟普鲁托一样大的黑猫。正是我苦苦寻找的猫。除了一个地方之外，它简直和普鲁托毫无二致：普鲁托通体乌黑，没一根白毛；酒桶上的猫，整个胸部几乎都被一块白斑覆盖了。那白斑有些模糊不清。有意思的是，我一触摸它，它就迅速呜呜叫着站起身，还一遍遍蹭我的手。我的关注使它显得很高兴。我当场向店主人表示要买下它。不料店主却说猫不是他的，说是以前从没见过它，也就没要钱。我继续抚摸着它。要动身回家时，猫流露出跟我走的样子。我任它跟着，一边走一边俯身拍拍它。猫一到我家，马上乖顺得不得了，片刻工夫就博取了妻子的欢心。可我对它的喜爱没有持续几个小时，然后从我的心底深处就生起了一股对它的厌恶。真让我摸不着头脑，到底是怎么回事呢？

　　很显然，它是喜欢我的。但它的喜欢却惹我嫌恶，令我恼火，慢慢地，变成仇恨。我迷惑了。我的心里充满苦涩。我开始躲避它。羞愧加之对早先暴行的记忆，使我没动手欺侮它。几个星期过去了，我依然没动它一下。然而，时间长了，我心里渐渐生出一层说不出的憎恶，一瞄见它可恨的形象，就躲避瘟疫一样，悄然逃开。毫无疑问，这畜生招致我厌恶的原因，就是在我带它回家的第二天早晨，看到它和普鲁托一样，眼珠也被剜掉了一个。可我妻子竟然因此更疼爱它了。我上面说了，我妻子极其慈悲。以前我也这么慈悲，我曾因我的慈悲感受过无与伦比的快乐。

后来，我对这猫越是嫌憎，它反倒越加眷恋我，可以说是寸步不离地跟着我。这般执著，恐怕您确实难以理解。只要我一坐下，它就自觉地蹲在椅子下，有时跳到我的膝上，百般示好，实在让人生厌；我一站起来走路，它就缠在我两腿间，几乎将我绊倒；再不就用又尖又长的爪子钩住我的衣服，顺势爬上我的胸口。那会子我恨不得一拳把它打死，可却未敢造次，部分原因是，我总在那个时候回忆起上次犯下的罪行，但更主要的——我还是快点承认吧——我是怕极了那家伙。这层害怕，也许是怕自己冲动起来管不住自己而犯罪——唉，我也说不清是不是这样。

即使现在身陷死牢，我也一直羞于承认，这猫在我心底激起的惊骇，竟然因脑中幻象的存在而变本加厉。妻子曾不止一次地要我留心看这只猫身上的白斑，我说过了，这怪物跟我杀掉的那只猫唯一的不同，就是这块白斑。想必您还记得，这白斑虽大，原本倒是很模糊的，可随着时光的推移，它明显异于往日，不知不觉间，竟然轮廓分明了。长久以来，我的理性一直拒绝这一点，我宁愿把它当成幻觉。眼下，我一提这家伙就毛骨悚然。我因此而厌恶它，惧怕它。要是有胆量，我早送它上西天了。老天！这家伙身上的白斑居然是一个极端恐怖的意象——一个绞刑架！哦！这是正法的刑具，这是多么可悲可怖的刑具！让人饱尝痛楚的刑具，送人性命的刑具啊！

一只没有思想的畜生，因我轻侮地杀了它的同类，居然给我——一个上帝创造出来的人——带来了这样的灾难。白天，这畜生纠缠不休，片刻都不放过我；夜晚，我时时从说不出有多骇人的噩梦中惊醒，醒来，它正往我脸上喷热气。我无力摆脱这一梦魇的具象。这畜生沉甸甸的肉身，一直压在心头。呜呼，我再也不得安宁了。至此，我已是沦落不堪。

我身负这般煎熬，身上那点残余的温良便丧失殆尽了。意识中，全是见不得天日的邪恶意念。我平素就喜怒无常，而今，脾性越发极端，我开始痛恨所有的人和事。我管束不住自己，时常突发暗火。我完全没了判断力，一味放任自己。可悲的是，我妻子的日子就不好过了。可她经常默默忍受着我的暴虐，毫无怨言。

被穷困所迫，我们只好住在一栋老房子里。有一天，为了点家务事，妻子陪我去老房子的地窖。猫尾随我走下陡峭的阶梯，差点绊我个倒栽葱。我气得发疯，失去理智般抢起了斧头。盛怒之下，我忘了自己曾孩子一样惧怕它，因了那惧怕，我至今没对它下手。此刻我却记不得这些了。我对准这猫一斧砍去。如果斧头像我想的那样落下去，这厮当即就得毙命。谁知，妻子一把攥住了我的胳膊。她这一拦不当紧，我被激怒了，狂暴得热血冲顶。我挣脱她的手，一斧子劈在她的脑壳上。她当场送了命，都没来得及呻吟一声。

干完这天理难容的杀人勾当，我马上开始思索如何来藏匿尸首。

我知道，无论白天还是黑夜，要想把尸首搬出去，都有被邻里撞见的危险。种种方案走马灯一样在脑子里穿梭。我一会儿琢磨着剁碎它来个焚尸灭迹，一会儿想着在地窖里挖个洞埋了，再一转念，又思忖干脆扔到院子的井里去，或者像平日装货一样装进箱子，找个搬运工弄出去。后来我灵机一动，突然想出一个自认为万全的计策：把尸首砌进地窖的墙壁里。据史书上记载，中世纪的僧侣就是这么把殉道者砌进墙壁里的。

这个地窖能够派上这个用场简直是物尽其用。地窖的墙壁造得不牢，新近又用粗糙的灰泥彻底粉刷了一遍，因地窖潮湿，灰泥还没干燥。巧的是，墙上有个地方，本是虚设的烟囱或壁炉，经填补后，也就跟别处毫无二致了。我确信自己很轻易地就能把这儿挖开，塞进尸首，再把墙原样砌好，保管谁都看不出任何破绽。想到做到，我立刻按照我这个想法干了起来。

我找了根铁棍，三两下就把砖头撬开了。为免尸首倒下，我很仔细地把它靠在里面的夹墙上。接着，没费劲就把墙堵死了。为了防止留下痕迹，我搞到石灰、黄沙和一些毛发，调配出的灰泥跟旧灰泥没什么区别，仔细地涂抹在新砌的砖墙上。粉饰太平之后，我感到很满意。墙壁看上去就跟没动过一样。连散落在地上的垃圾，我都万分谨慎地清扫干净了。全部完成之后，我还得意地四周打量一遍，心想着真是没白忙活这一通。

接下来要做的事不用再明示，肯定是找到那个制造惨祸的家伙了。我已横下心来，坚决要置它于死地。如果它现在出现在我面前，它必死无疑。可在我怒发冲冠的时候，那狡诈的家伙已脚底抹油了。它自然不会往枪口上撞。这蹲伏在我心口上的可恶畜生终于消失了。我如释重负，幸福得无以复加。猫一整夜都没露面。自从它来到我家，这是我睡过的第一个安稳觉。我是多么可怕，即使灵魂背负着杀人的重担，我依然睡得很香甜。

第二天过去了。

第三天过去了。

带给我巨大痛苦的猫始终没有出现。哈！这怪物吓得逃之夭夭了！眼不见心不烦，我像是进入了极乐世界，感觉自己重新自由呼吸。杀害妻子的滔天大罪，居然只在心头泛起一丝涟漪。警察调查过几次，被我三言两语就打发了，他们甚至还来搜了一次家，当然也没找出任何蛛丝马迹。我于是认为，这件事已经过去了，我可以高枕无忧地过将来的幸福生活了。

然而，在我杀死妻子的第四天，家里开进了一队警察。他们又严密地搜查了一番。藏尸的地方隐蔽得超乎想象，我自然一点都不感到慌乱。警官命令我陪他们四处搜查，连旮旯缝隙都没放过。搜到第三遍或是第四遍时，他们终于下了地窖。我连眼皮都没颤动一次，心跳平静得如同睡眠者均匀的呼吸。我从地窖这头走到那头，双臂当胸而抱，简直是来回漫步。警察完全对我放了心，都准备走了。我乐不自禁，为了表示得意，我恨不得马上说些什么，也为了让他们加倍相信我是无罪的，哪怕就一句也行。

他们刚抬脚跨上台阶，我终于没忍住而开了口："先生们，承蒙你们不再那么怀疑我，在下深感欣慰。祝各位身体健康。还望多多关照。对了，顺便说一句，这地窖非常坚固。（我越是想说轻松点，越不知道自己究竟说的是什么）这地窖可以说建造得太好了。这几堵墙，这几堵墙砌得很牢。先生，要走了么？"说到这里，我神经兮兮地抓起一根藤条，故作姿态地冲着藏匿爱妻的砖墙使劲敲打。

然而，可怕的事情发生了。敲击的回响尚未归于沉寂，就听得墓穴里传来了回应，是啼哭声。哭声开头还瓮声瓮气，断断续续，像孩子的抽泣。随即迅速变成尖锐的长啸，极为异常，惨绝人寰。这声声哀鸣，半是恐怖，半是得意，唯有地狱里受罪的冤魂的惨叫和魔鬼见到遭天罚者的欢呼交相呼应，才有这样的效果。主啊，把我从大恶魔的毒牙下拯救出来吧！

我头脑昏沉，踉踉跄跄着走到对面那堵墙边。我当时的想法说来荒唐。阶梯上的警察惊惧万状，一时呆若木鸡。过了一会儿，才有十来条粗壮的胳膊挥舞着撞向墙壁。

整堵墙全倒了。

那具尸首笔直地戳在大家眼前。尸首已腐烂不堪，凝满血块，头顶上，蹲伏着那只骇人的大猫，张着血盆大口，独眼里冒着火。我竟把这怪物砌进墓墙里了！

原来这一切都是它捣的鬼，先诱使我杀了妻子，后用叫声报警，把我送上绞刑架。

（1843 年）

2. 威廉·威尔逊

怎么说呢？冷酷的良心幽灵般神出鬼没，怎么说呢？

——张伯伦《法萝妮德》

[张伯伦（1619-1689），英国医生，于1658年完成长篇叙事诗《法萝妮德》，叙述游侠阿加利亚与公主法萝妮亚的爱情。——译者注]

为了避免我的真名实姓糟蹋面前的这张白纸，我姑且自称威廉·威尔逊。这姓名已经害得我的族人受尽轻蔑、厌恶和憎恨。难道愤慨的流言，还没把族人无比狼藉的声名传播到天之涯、海之角？哦，最自甘堕落的浪子！难道你对尘世的荣誉、鲜花、美好的愿望永远不再眷顾？对人间的一切已经心如止水？在你的希望和天堂之间，难道不是一直阴云密布？

在以前的一段时间里，我遭遇了无法言说的不幸，犯下了不可宽恕的罪行，如果可以，今天就不在此详加描述了。在近些年这一段岁月里，我突然之间就坠入了深渊，现在，我只打算把原因交代出来。人们往往都是一步一步走向堕落的，而在我这里，所有的德行像披风一样，刹那间就从身上掉落了。

我犹如迈着巨人般的步伐，越过微不足道的邪恶之境，陡然堕入比依拉加巴勒（依拉加巴勒，约生于公元205年，是叙利亚以米沙太阳神庙祭司，218年被选为罗马皇帝，荒淫无耻，恶名远扬，于222年被侍卫杀死。——译者注）那类滔天罪行还要罪恶的深渊。

究竟出于何种偶然，出于何种事件，我会犯下这邪恶的罪行？请容我细细讲来。

我感觉到死神一点一点地逼近，但死亡的阴影反而使我的灵魂获得了安宁。我穿过朦胧的谷地（意指临死的痛苦时分——译者注），渴望着世人的同情，我差点说成渴望世人的怜悯。我只求他们相信，我多多少少受了环境的摆弄，那是人力所控制不了的。但愿他们看了我即将讲述的情节，能在一片茫茫罪恶的沙漠中，为我找出那么一小块天命的绿洲。我想要他们承认，他们无法不承认，尽管以往也有过不小的诱惑，可是至少人们并没有经历过，当然也就没有这么堕落过。难道我不是生活在梦里？世间的一切怪诞幻象都那么恐怖、神秘，难道不会把我吓得一命归西？人们真的没经历过这样的痛苦吗？

在别人的眼里，我们是一直以想象力丰富、性子暴躁而闻名的一族人。在幼年时代，我就表现出了完全继承家族特征的秉性。随着我一年一年地长大，这种秉性益发显著。由于种种原因，它搞得我的朋友焦虑不堪，我自己也备受伤害。我变得一意孤行，沉溺于胡思乱想，情绪常常失控。我的父母天性优柔寡断，而且患有我这样的先天虚弱症，所以，他们也拿我那与众不同的坏性情毫无办法。他们也曾花费过心力，但因为软弱，方法不当，终于还是一败涂地，而我当然是大获全胜的一方。此后，我的话便成了家法。在大多数孩子还得牵着父母的手走路的年龄，我就开始率性而为了，凡事都是自己做主，父母只是名义上的。

在我的印象中，学校给我的最早记忆，始终离不开一幢结构不规则的伊丽莎白式大房子（指伊丽莎白女王时代流行的建筑式样，特征为窗户巨大，回廊幽长，烟囱高耸，还有很多带形装饰——译者注），房子建在伦敦一个雾蒙蒙的村子里，那儿有很多浑身疙疙瘩瘩的参天巨树，所有的房子都特别古旧。说真的，那个古老的小镇的确是个梦一般抚慰人心的所在。这一刻，在想象中，我体味着浓荫如盖的大街上那份沁人心脾的凉意，嗅着灌木林里散发出的芳香，听着低沉而空洞的教堂的钟声，我重新怀着说不清的喜悦颤抖了，阴森森的钟声每隔一个小时就会冷不丁地敲响，在寂静的暗淡天光里回荡，那被岁月侵蚀的哥特式尖塔就掩映在暮色之中，沉沉而睡。

或许，只有对学校那些事的回忆才能给我带来莫大的喜悦，超过眼下任何一切带给我的感觉。我现在特别悲惨——悲惨，哦！千真万确——原谅我软弱地写上一些杂乱无章的琐事，以寻觅些许暂时的慰藉吧。这些事情虽然特别琐细，甚至可笑，可在我看来，一旦跟特定的时间和地点联系到一起，反而显出意外的重要来。我明白，正是在当时当地，命运第一次给了我模模糊糊的忠告，此后的年月里它一直如影随形。那么就让我回忆一下吧。

我所在的学校里，有一幢古旧而不规则的房子。那里的院子广阔，围着一圈坚固的砖墙，高高的，墙头上涂抹着一层灰泥，上面插着碎玻璃。这监牢似的堡垒就是我们活动的有限领地；每周只有三次可以看到外面的世界：一次是星期六下午，在两个老师的带领下，才可以集体到附近的田野上散会儿步；另一次就是在星期天，早晚两次中规中矩排队，到村里唯一的教堂做礼拜。

我们学校的校长就是教堂的牧师。我常常坐在靠背长凳上遥望他迈着庄严的步子，缓缓走上讲坛，心中的惊奇和惶惑深得难以言表。这位牧师面容一派道貌岸然；法衣闪闪发光，飘飘扬扬——只有牧师的法衣才会这样飘扬；假发上扑满了粉，又坚硬又庞大。这就是不久前的那个人么？那会子他可是容貌酸腐，手握教鞭，身着讨厌的制服，严峻地执行着学院的律令。哦，真是自相矛盾得无以复加，荒谬绝伦到无从解释！

两扇笨重的大门，在沉闷围墙的一角不甘情愿地开着。门上钉满大头铁螺丝钉，顶端耸着尖尖的铁钉。一眼望去，我吓得不由倒退几步。除了刚才提过的三次定期出入，大门从不打开。因此，每当巨大的铰链"嘎吱"一响，无数奇妙的事物就闪现在眼前了——一个庞大的世界，值得仔细观看，沉思再三。宽广的院子形状并不规则，墙壁有很多地方都凹进去很大一块。最大的三四个壁凹连成了操场。地面平坦，铺着上好的硬沙砾。我记得很清楚，没有树，也没有凳子，没有任何可以坐的东西。当然什么都在屋后。屋前有个小花坛，种着黄杨及其他小灌木，不过只有赶上难得的机会，才能经过这片圣地——比如第一次进校，最后一次离校，或者父母或者朋友来找，或者我们兴冲冲地回家过圣诞或夏至节的时候。

对于我来说，那幢房子既离奇有趣，又古色生香！回廊迂回曲折，没有尽头，房间多得不可理喻。无论何时，都分不清到底是在楼上还是楼下，它真是一座迷宫。从一间房到另一间房，免不了要遇到或上或下三四级台阶。套间也数不胜数，多到难以想象，一间套一间，我们对这幢房子的确切看法，就如同想到无限这个词差不多。我和其他一二十名学生住在一间小寝室，住了有五年的时间。五年中，我从没有弄清过这间寝室究竟藏身于哪个偏僻的角落。

我们上课用的那个房间最大，我自认为它是世界上最大的一间。房间狭长，屋顶很低，很是沉闷。窗子是哥特式的，天花板是橡木的。在远处一个恐怖的角落，围出了一个八九英尺见方的小屋子，那是一间密室——是我们的校长——牧师勃兰斯比博士"授课时间"的密室。小屋结构坚固，房门厚重。即便主人不在，我们宁愿活活地被处罚死，也不会开一下门。在另外两个角落里，还有两个相似的屋子，虽然远不及校长大人那间令人肃然，但也让人心生敬畏。一间属于"古典文学"教师，一间属于"英语兼数学"教师。教室里散布着课桌和凳子，横七竖八，数也数不清。桌凳都是黑漆漆的，老旧破烂。桌上乱糟糟地堆放着泛黑的书本、刻满缩写字母、有的连名带姓刻上长长的一串、还有稀奇古怪的图案和用刀子刻了多次留下的记号。因此，早在很早很早以前，就已经彻底面目全非了。房间的一头，放着一只盛着水的水桶；另一头，则放着一个大得惊人的钟。

从十岁起，我就在这个古老的学院里上学，一直到十五岁，不过倒也没怎么觉得厌烦。童年时代幻想丰富，用不着去琢磨外面的世事，也不必以此自娱自乐。学校生活沉闷、单调，这是明摆着的，可偏偏又无比热闹，后来较为成熟的青年时代的奢华生活，完全成年后的罪恶生活，都及不上那会子热闹。不过我必须这么认为，在我的心智初步发育的时候，一定有很多地方不同寻常，乃至超越常规。一般说来，人们成年后很少能清晰地记得幼年时的生活。一切都是灰扑扑的扑朔迷离的影子，记忆依稀可见。能够记起的，是淡淡的喜悦和幻影般的痛苦，可我却与常人不同。

童年的一切，至今像伽太基奖章（伽太基，非洲古国——译者注）上的刻记一样分明、深刻而持久，脑海中所有的记忆依然清晰如画。想必在童年时代，我就像成人那样有力地感受到了那时的一切。可事实上，就是世人眼里的事实，有什么好回忆的呀！清晨梦醒起床，晚上熄灯睡觉；默读，背诵；定期的半天假，散步；操场，打闹，嬉戏，捣蛋——因为早就忘记了，才在时光的魔法下，勾出不少特别动人而有趣的事件。它们荡起说不清的依情我意，激情、惊心动魄的刺激也一波一波再次泛滥开去。哦，童年真是黄金时代，多么美好的童年啊！

因为我生性热诚、激情、专横，很快就被同学们见识了，并在同学中出了名。自然而然地，年龄比我大不太多的人都听命于我了，只有一个人例外。这位同学尽管跟我不沾亲也不带故，但却与我同名同姓。其实这也没什么稀奇的。我虽然出身贵族，但我的名字和很多普通的名字一样，根据时效权利，似乎随岁月的流逝，这名字早已为平民百姓所拥有。一开始我说了，我姑且自称威廉·威尔逊，其实这个假名字跟我的真名字相差无几。

用我同学的话来说，"江湖"之中，唯有那个跟我同名同姓的人，才敢在课堂里的学习、在操场上的打闹和运动方面跟我较劲儿，才敢拒绝盲从我的指令，才敢不屈服于我的意志。说真的，无论我在哪方面武断地发号施令，他都敢横加干涉。如果说天下有什么至高无上的绝对专制，当属少年时代的孩子王对唯唯诺诺的伙伴的专制。威尔逊不服气我，这让我很是困窘。尽管在大庭广众之下，我肯定会虚张声势，不吃他那一套，可越这样，我在私下里也就越怕他，我不得不承认，他能那么容易就和我打成平手，这证明他确实比我厉害。如果不想被他打败，就必须进行长久的斗争。其实，他与我平手也好，比我厉害也好，只有我一个人知道，同学全然看不出这一点，甚至连一丝疑心都不起，我也不知到底是什么原因。

说实话，他和我较劲儿的时候，尤其是放肆而又顽固地跟我作对的时候，虽然尖锐，但更加私密。看起来，他既缺乏与我作对的野心，又少有激情四射的性子。我反倒占了上风。他和我较劲儿，或许纯粹出于一时性起的欲望，以阻碍我的专横，让我感到惊讶，或者让我克制自己。有时我留意到，他伤害我、凌辱我、反驳我时，极不合适地夹杂着一种柔情，的确令人讨厌到极致，我心里就不由升腾起愕然、自卑与愤怒的感觉。我只好这么想，他之所以有这种特别的举止，不过因为他极端自负，想摆出一副以保护人自居的庸俗样子罢了。

或许，正因威尔逊举止中的这点亲热，加上同名同姓，刚巧我们又在同一天入校，所以，在高年级里就流传着一个说法，那就是我俩是兄弟。高年级学生对低年级学生的事情，很少认真查究。其实，威尔逊和我家压根一点关系都没有，这一点，我在前面早就说过，我肯定是说过的。如果我们是兄弟，那么准是双胞胎，因为在我离开勃兰斯比那个学校后，无意中得知一个惊人的巧合，那就是同名同姓的那个人生于1813年1月19日——而那一天，正好也是我的生日。

尽管威尔逊总和我较劲儿，可似乎有点奇怪的是，他那叫人忍无可忍的反驳精神，虽然令我时时感到焦虑，却没有勾起我对他的恨意。我们几乎天天吵架，可当着人的面，他总是让我赢，可一边又能想办法让我感觉到，赢家应该是他。不过，由于我的自尊心以及他那份真正的尊严，我们总是保持着"泛泛之交"，与此同时，我们有很多地方又性情相投。

这让我意识到，可能是我们所处的位置，才是我们彼此成为朋友的障碍。要想让我对他的感情下个定义，那真是太难了，甚至描述一下都十分不容易。这感情错综复杂，一言难尽，有几分任性的仇视，却也并非仇恨；其中也有尊重，但更多的是敬意；害怕的成分不少，却又好奇得心神不宁。用道德家的话来讲，我觉得很有必要补上一句，我和威尔逊是难分难舍的好同伴。

我和他的关系，在别人眼里无疑是很反常的。所以，我对他不遗余力的攻击很多，明的暗的都有，总是表现为半真半假的嬉笑怒骂，而非无情决绝的敌对。但我的玩笑，却总刺痛他的心。不过我在这方面纵然是煞费苦心，机关算尽，也难免有闪失的时候，因为那同名同姓的人，天性谦逊、宁静、严肃，表现在欣赏自己那套辛辣的笑话上，他那份严肃真叫人无懈可击，无论如何都是绝对不肯被人嘲笑的。说真的，我只在他身上找到一个弱点，他身上有个特征，或许这是先天性的疾病——我对手的咽喉器官，或者说发音器官有毛病。无论何时，他都提不高嗓音，总像是微弱的耳语。他的任何冤家，不像我那样被他逼得黔驴技穷的，我从不用他的弱点来伤害他，但我可不会放过这上天赐予的大好机会。

威尔逊想出了五花八门的招数来报复我，其中最灵验的一招就是让我大伤脑筋。他那么睿智，开头何以发现耍一耍这个雕虫小技就能惹恼我？这一点我永远弄不明白。不过他一旦发现了这一招，就频频使用，害我生气。我一向厌恶自己平庸的姓氏，还有这普通透顶的名字。如果没流为平民百姓所用，倒也罢了。这姓名一钻进我的耳朵，就好像是灌进了毒液。

我第一天到校时，另一个威廉·威尔逊也来了。于是，我对这姓名又增加了一重厌恶，因为一个陌生人居然也以威廉·威尔逊命名。我对他无比愤怒，他怎么也叫这个名字？而他，就是使这个名字被双倍喊叫的人。他会经常在我眼前闪现；在学校生活的日常事务中，总会不可避免地把我们两人混为一谈。所以，当这个冤家对手跟我在精神或肉体上有雷同之处时，我就会暗火乱蹿，越烧越旺。开始我还没发现我们同庚这一惊人事实，但我看出了我们个子一样高，体型和面部轮廓都出奇地相似。一听到高年级里风传我们是亲戚的话，我就恼羞成怒。总之，只要有人提一句我俩性情相似、容貌相仿，都会搅得我大为烦心。虽然一再小心掩饰，但我知道，没有什么比这更能乱我心意了。

可说实话，我根本没理由相信，高年级同学议论我俩如何相似，他们甚至都没有亲眼看到这一点。他们只不过说了说我们是亲戚，而这一点还是威尔逊自己说的。很显然，他看到了我们两个在各个方面的相似之处，完全和我一样心知肚明。在这种情况下，他居然还能发现如此令人烦恼的相似性，仅凭这一点就能看出他是多么睿智的一个人了。

他把我的一言一行，都模仿得惟妙惟肖，在这方面他真是一个天才的演员。穿衣打扮可以轻松模仿，步态举止也可以轻松模仿；尽管他的嗓子天生有缺陷，可他还要模仿我的声音。虽然他没有模仿我的高声大嗓，但语调上却学得一模一样，他那非同常人的低语，成了我话语的回声。我不敢去形容，看到这么惟妙惟肖的模仿，我是多么烦恼。因为，这不仅仅是讽刺漫画。唯一令我感到安慰的是，他的模仿显然只有我一个人注意到了。我也只能忍耐，那同姓同名者嘲讽的笑容了。看到自己的计谋在我的心里发了酵，他满足了，似乎为我的刺痛感而暗地里吃吃地笑。

他如此机智的模仿，肯定能博得众人的喝彩，可他偏不在意这个。全校学生没一个觉察出他的花样，谁都没发现他已大功告成，所以也没人跟风嘲笑。这真是个谜，我忧心忡忡地过了几个月，还是没揭开谜底。或许因为他是一点一点、循序渐进地模仿的，所以大家才不容易看出来。或者说，我没落人笑柄，很可能由于模仿我的人神气活现，不屑做表面文章（如画上形式的东西，愚钝的人也看得出），而是只流露出对我全部精神的效仿，让我暗自沉思，独自懊恼。

他总爱对我摆出一副保护人的可恶嘴脸，我已经不止一次地说过这一点了，而且他常常多管闲事，与我的想法一直相左。常常是不合人意地劝告我一番，不是公然建议，而是迂回地给个暗示。我接受了他的"好意"，可心里却很反感，随着我一年一年地长大，反感也越来越强烈了。不过事隔多年，我还是应该对他说句公道话，我必须得承认，我那冤家对头年纪轻轻，看上去经验不足，可我不记得他的建议有哪一次是错的或者愚蠢的；我也承认，如果说他的聪明才智和世故人情不比我高明，但至少他的道德感远胜于我；我还不妨承认，如果我不是常常对他那些意义深长的金玉良言弃置不顾，那么今天我或许就是一个比较善良、比较快乐的人。可当时，我却对他的劝告恨之入骨，甚至轻视到了极点。

最终，我对他那令人讨厌的监督完全失去了耐心。我对他的愤恨变得一天比一天露骨，他的自以为是真让人受不了。我说过了，在和他做同学的头几年里，我对他的感情还勉强可以称之为友谊。可学校生涯的最后几个月，我发现他平日爱管闲事的脾性减轻了几分，尽管如此，我心中的恨意，反而增加了几分。有一回，我想他是看出来了，从那以后他就躲避我，或者说假装躲避我。如果我没记错，就是在那个时候，我跟他大大地吵了一次。那一次他抛弃了警惕性，一反常态，公开跟我叫板，敢作敢为。

我发现，或者说我自以为发现，他的口音、神情、外表中不知蕴涵着什么，一开始让我惊愕，继而深感兴趣。我的眼前居然依稀呈现出婴儿时期的事，混乱的往事排山倒海地疯狂涌来，那时的我还没有记忆。我无法更好地描绘出这份压迫我的感情。不如这么说吧，我好不容易才摆脱的一个心思是，我早就认识这个站在面前的人了，那是在很久远的过去，久远到没有尽头。可这个幻觉来得快，去得也快。提到这一点我不过是想说明，那一天的谈话，就是我跟那个同名同姓的人的最后一次谈话。

在那幢古旧的房屋及其不计其数的房间里，有几个彼此连通的大房间，那是大多数学生的宿舍。当然，房屋里面也有不少小角落，小壁凹，其他零零碎碎的结构。一座大厦设计得这么笨拙，难免会有这样的所在。不过它是储藏室一样的小空间，只能容下一个人而已。可勃兰斯比博士精打细算，竟把这样的地方也布置成宿舍了，威尔逊就住在其中的一间里。

应该是在我第五年的学校生活快结束的时候，就在上文提到的那次吵架后不久的一天晚上，所有的人都已酣然入梦，我从床上爬起来，手里提着灯，穿过一道狭窄的走道，悄悄溜到了冤家对头的寝室。我早就想使出一个恶毒的花招，拿他寻寻开心，好让他尝尝我的厉害，可一直没有机会得逞。现在，计划就要付诸实施了，我一定要让他感觉到，我对他的怨毒，早已是山高海深。到他的小屋门口了，我把灯留在外面，扣上罩子，蹑手蹑脚进了门。我朝前走了一步，倾听着他安静的呼吸。等到确信他真的睡着了，我又折身出去，取了灯，再次走到他的床边。要实施计划了。床的四周密密实实地挂着帐子，我慢慢地把帐子掀开。当明亮的光线照在睡着的人身上时，我的眼睛也落在了他的脸上。一望之下，我顿时浑身麻木，好似兜头被泼了一盆冷水。我心口狂跳，膝盖颤抖，当时那一眼真的让我惊骇得受不了。我直喘大气，我无声地把灯又放低了些，低到要挨着他的脸。这就是——这就是威廉·威尔逊的面容么？我真切地看到，他就是这副模样，可一想到他仿佛长得并不是这样，我就止不住发疟疾一样颤抖起来。到底是怎样一副容貌，又怎么会把我吓得魂不附体呢？

我的脑子如同塞进一团乱麻，当我凝视着他时，各种念头蜂拥进入我的大脑。他醒着的时候，可不是这个样子，绝不是这个样子。同名同姓！同样的面容！同一天进学校！接着，他莫名其妙而又无比顽固地模仿我的步态、我的声音、我的习惯、我的举止！他一贯模仿我，难道这具有讽刺意味的模仿，真的使他变成我现在所看到的模样？我被敬畏的感觉击中了，周身战栗，于是灭了灯，悄悄走出房间，马上离开了这所古旧的学校，从此再也没有跨进去一步。

从学校回来之后，我闲散着在家打发了好几个月时间。不觉间，我已成了伊顿公学的一名学生。短短一段日子过去了，有关勃兰斯比那个学校的记忆淡了，至少再想起的时候，心情上已经不再有波澜，心情起了很大的变化。真相——悲剧——烟消云散了。现在，我有机会去质疑自己的理性了。不过，如果不是奇怪人们何以那么容易上当，暗笑自己何以秉承那么活灵活现的想象力，我很难会想到去质疑自己。我在伊顿公学的生活，也不会使这种怀疑有丝毫的减轻。一到那里，我马上就不顾一切投身于荒唐的涡流之中，除了往昔泡沫般的琐细事，一切都荡涤一空，就连铭刻在心头的重要印象都给席卷走了，唯有从前那十足的轻浮留在了记忆中。不过，我可不准备在此描述我那可悲的放荡生活——放荡到躲开校方的注意，公然向法律挑衅。我就是那样白白耗费掉了三年的时间，其间没有任何得益，而且害得我沾染上根深蒂固的恶习。还有一点就是我的身材长高了，高得都有点离谱了。

在学校过了一个星期放浪形骸的日子之后，我把一小拨荒淫透顶、臭味相投的学生请到我的房间里，偷偷举办了一个盛宴。我们于深夜时分碰头，打算寻欢作乐混个通宵。我们狂饮无度，也并非没有别的或许更危险的诱惑。我们的狂奢极欲达到了高潮，彼时东方已白。天亮了，我依然还在醉醺醺地玩着纸牌，满脸通红，一边还极其无耻地嚷着再干一杯。突然看到房门一下子给推得半开，一个仆人急火火的声音在门外响起。他说，有人想要我到门厅谈话，看样子很急切。当时的我因为酒劲十足，听到有人找，非但不吃惊，反而挺高兴。我马上跟跟跄跄地向宿舍楼的门厅走去。也就几步路的距离，当时又矮又小的门厅里没有灯光。因为太晚了，学校根本不许开灯，唯有几线微弱的曙光，从半圆形的窗户照进来。我的一只脚刚踏进门槛，就看到了一个年轻人。他和我身材相仿，穿着一件雪白的开司米晨衣，式样裁剪得很新潮，与我当时穿的那件一模一样。我是借着朦胧的亮光，看到这些的，但他的容貌却看不清。我一进门，他就赶紧一个箭步来到我跟前，一把攥住了我的胳膊，一看就知道很焦急。他在我耳边低声吐出几个字："威廉·威尔逊！"

酒意顿消，我完全清醒了。当我看到这陌生人的样子，并且看到亮光中他举起颤抖不止的手指竖在我眼前，我不由得感到万分惊讶，但并没受到太大的触动。那古怪低沉的"嘶嘶"声里，总是流溢出严肃的警告意味，尤其是一听他耳语般吐出那几个简单而熟悉的字眼时，那音质、语调、特征，如同强电流一样震摄心魂，过往的记忆不期而至。没等我从震惊中恢复过来，他已经消失得无影无踪了。

我承认这件事在我混乱的脑海里留下了鲜明的印象，但它也没过多久就渐渐消散了。说实话，开头一连几个星期，我始终在认真地探问，或者说陷入了病态的猜测。我不能假装自己不认识那个怪人，正是这个人，总是不屈不挠地干预我的私事，不厌其烦地暗示我一些忠言。但这个威尔逊到底是谁？他究竟想怎样？他从哪里来？他是干什么的？这些问题我一概都解答不了。

我听说的有关于这个人的信息是，他家突遭变故，所以，在我从勃兰斯比出逃的那个下午，他只好也离开了那里。可没过多久，我便不再思虑这些，只想着动身去牛津大学的日子了。不久我就到了那里，我父母十分虚荣，给我准备的用具很排场，一年的花销也很充足。我可以尽情地过奢华日子了，这样的生活真是可亲可爱啊。这样，我也就能与大不列颠那帮傲慢的豪门子弟一比肆意挥霍的能耐了。

我的天性喷涌，因为我有了堕落的本钱。我兴致盎然，且变本加厉。我拼命寻欢作乐，可以说毫无节制，一点颜面都不顾及。如果在此细述一遍我的孟浪，那可真荒唐，我单提一笔就够了。在挥霍方面，比起希律王（希律王，耶稣诞生时的犹太王，以暴虐著称。——译者注），我甚至有过之而无不及。若是将那么多新奇的罪恶勾当一并列出，那么在这所欧洲最荒淫的大学那串长长的罪行录上，我所干的坏事就能占到很大的一部分。

就是在这所大学里，我彻底从绅士阶层堕落为下流的赌棍。也许这让人难以置信，我千方百计熟悉职业赌棍那套卑劣的骗术，精通之后，常常在低能同学那里大显身手，屡次给自己本来就很丰厚的钱财添砖加瓦。这就是确凿的事实。

我一次又一次一违背良心，丧失德行而犯下大错，这就是我堕落的原因。我那帮自甘堕落的同伙，没有人愿意真诚地来奉劝我。他们谁也不会说我的思想有问题；在他们眼里，快乐、率直、慷慨的威廉·威尔逊，牛津大学最高贵、最磊落的自费生，他的荒唐不过是年轻人的荒唐，是突发奇想的荒唐。他的错误只因突发奇想，他的无知恶行，不过是无意中的浮华的孟浪。

到目前为止，我在赌场上成功地耍花招耍了两年。后来，当我知道大学里来了一个暴发户，是一个叫葛兰丁宁的贵族。据大家的谣传，他跟希律士·阿蒂克一样富有（希律士·阿蒂克 <101-177>，希腊修辞学家，诡辩家，曾捐献财产装饰雅典城及别的希腊城市。——译者注），那么他的财富也照样来得很容易。与他接触了几次，我很快就发现，他的智商不高。我自然把他当作大展绝技的好对象。我经常怂恿他玩牌，还故意使出赌徒的惯用伎俩，让他赢走数目相当可观的一笔钱，以便更有效地让他掉进我的陷阱。工夫不负有心人，我的计划终于成熟了。

有一天，我在同样是自费生的普雷斯顿的宿舍见到了葛兰丁宁。我心里只转着一个念头，这次会面是决定性的一次，也是最后一次。普雷斯顿先生和我们俩的关系都不错，不过，坦白地说，他丝毫没想到我当时正在酝酿一个巨大的阴谋。为了让这次交手更有声有色，我假惺惺地特意召集一班人马，大概八九个的样子，小心翼翼装成是顺便提及玩牌这事，和我预期的一样，那个傻瓜立刻上钩了。要想简略地说一说那件缺德事，卑劣的手段绝对不可遗漏。在赌博中，人们常常耍手段，奇怪的是，怎么还有人稀里糊涂就中了招。虽然夜很深了，但我们依然在玩着。最后，葛兰丁宁成了我唯一的对手，我的阴谋终于得逞了，然后我就开始实施我的计划。

我们玩的是我最喜欢的埃卡特（埃卡特，纸牌的一种玩法，可供两个人玩。每人各发五张牌，第十一张为王牌，满五分成一局。——译者注），其他人对我们一掷千金的气势十分感兴趣，都扔掉自己手里的牌，站在我们旁边当了看客。葛兰丁宁上半夜在我的诱骗下，喝了很多酒。眼下，他洗牌、发牌、打牌都紧张得要死，我想，他确实喝多了，不过也不是绝对如此。片刻工夫，他就输给了我一大笔钱。我沉着冷静地等着，果不其然，他灌了一大口葡萄酒后，提出将本已经十分庞大的数字的赌注再加一倍！

我装出很勉强的样子，假意推脱说不行。在我的再三拒绝下，把他惹恼了，继而对我破口大骂起来。如此一来，我才假装是顺从他的意思而答应他。当然，最后的结果不过就是证明，这个猎物完全落进了我的圈套中。不到一个钟头，他的债就翻了四倍。有一段时间里，他那原本喝得通红的脸上，一丝红润都不见了。让我感到不安的是，他居然面如死灰，可怕极了。我说过了，我很惊讶。我仔细调查过了，据说葛兰丁宁富得流油，他输的这笔钱在别人眼里固然不小，可是我想也不至于苦恼成这样啊，更不该反应这么激烈。一个念头闪现了：酒刚一落肚，他就醉了。我正要坚决主张不赌了，这倒不是说出于无私的动机，而是为了在同伙面前保持自己的人格，我忽然注意到周围人的表情，听到了葛兰丁宁万分绝望的叹息。我明白了，我已经害得他倾家荡产、一无所有了。

事情发展到这个地步的时候，大伙都同情起他来，即便是丧尽天良的恶魔，也不会忍心对他下手。我当时成了怎么一副模样？可真是不好说。受我愚弄的人的可怜情形，使所有的人都面带愁容，窘迫不安。一时间，周遭寂然无声。这伙人里面，那些不那么浪荡的，向我投来轻蔑、责备的目光，烧得我的脸火辣辣的。我甚至愿意承认，有一瞬间，我焦虑得快撑不住了。不过，随之而起的意外事件，倒使我心里暂时松了口气。又宽又重的折门"咣"的一声打开了，冲力又猛又急，房间里的烛火犹如受到巫术操纵，全都熄灭了。将熄未熄时的一线亮光，刚好让我们看到进来了一个陌生人。那人身高与我不相上下，身上紧紧裹着一件披风。房间里一片漆黑，我们感觉得到，他就站在我们中间。他这么粗蛮地闯进来，我们不由得大惊失色，还没恢复镇静，就听见这入侵者的声音传来了。

"各位，我不想为自己的行为道歉，我这么做，是为了尽我的责任。"他说，"嘶嘶"的声音低沉、清晰，那声音让人毕生难忘，吓得我连骨头缝里都渗入了凉意，"今晚这个人玩纸牌赢了葛兰丁宁爵爷一大笔钱，不用说，你们并不了解他的本性。所以，我给大家提一个迅捷有效的办法，以便认清真相。你们要是有空，请检查一下他左袖口的衬里，那件绣花晨衣的大口袋里，或许就藏着几小包东西。"

他说话的时候，四下里寂静无声，连一根针掉到地上的声音都能听到。说完，他马上离开了，来无影去无踪。我的心情，可以描述么？要描述么？难道得说我被这该死的家伙吓坏了？确信无疑的是，我已经没时间思量了。大伙七手八脚把我当场揪住，烛火霎时间又亮了，搜身开始了，玩埃卡特时必不可少的花牌从我袖口的衬里中翻出来了。在晨衣的口袋里，也翻出了几副纸牌，跟我们在牌局上用的一模一样。只是，这几副都是术语叫作"鼓肚子"的那种，大牌的上下两边微微凸起，小牌的左右两边微微凸起。如此部署，当受骗者按照惯例竖里切牌，必然发现，自己发给对手一张大牌；赌棍则是横里切牌，当然不会发给对手一张计分的大牌。发现真相后，大伙义愤填膺的责骂，对我都一点影响也没有；然而，沉默不语或者冷冷的讥讽，反而会深深地刺伤我。

"威尔逊先生，"房主普雷斯顿开口说话了，同时弯下腰，从脚下取出一件毛皮稀有的豪华披风，"威尔逊先生，这是你的东西。"天冷，离开自己的房间时，我在晨衣外披了件披风，到了牌场才脱下。"我看，还得搜一搜这件披风，（他脸上挂着抹冷笑地看着披风的褶皱）再给你那套把戏找出些证据。不过说真的，现在的证据已经足够了。希望你明白，无论如何，你必须离开牛津大学，必须马上离开我的宿舍。"

当时，我虽然已经卑微到尘埃中了，可要不是思绪被一件不可思议的事攫住了，听到这番难堪的话，我肯定马上大动肝火。我穿的披风是用稀有的皮子缝的，稀有到无从描述，具体值多少钱，我也不敢说。它的式样也是我本人别出心裁的发明。我酷爱打扮，虚浮轻狂，在衣饰上挑剔到可笑的田地。所以，当普雷斯顿先生从折门附近的地板上拾起一件披风，交到我手上时，我吃惊到近乎恐惧了，我发现自己的披风已经搭在了手臂上。我自然是无意间搭上的。递给我的那件，与我手臂上的这件完全相仿，连最细微的地方，都如出一辙。我记得，那无情地揭露我的怪人身上，是裹了件披风的。而我们这伙人中，除了我谁都没穿披风。我没露声色，取了普雷斯顿给我的那件披风，悄悄放在自己的那一件上面，之后，我怒容满面且头也不回地离开了那里。

第二天，天还没亮我就离开了牛津，匆匆踏上奔赴欧洲大陆的旅途。当时我的心里又是恐惧，又是羞耻，苦恼得难以言喻，逃也是瞎逃！厄运仿佛一直得意扬扬地追随着我，真的，这证明了，厄运如此神秘地摆弄我，这只不过是个开头。我还没在巴黎站住脚，就看出了新的迹象，这个威尔逊又管起我的闲事了。年复一年，我心里的弦一直绷着，真是太可恶了！

他真是个大坏蛋！在罗马，他对我的雄心横加干涉，闲事管得多么不合时宜、鬼鬼祟祟！在维也纳，在柏林，在莫斯科，都是如此！说实话，我在哪里不对他怨声载道，不在心里咒他不休？他匪夷所思的苛刻管束，总是让我最后仓皇出逃，像是逃避瘟疫。可纵然逃到天涯海角，终归也是瞎逃一场。

我曾经不止一次地暗自寻思，冲着自己这么发问："他是谁？——他来自何方？——他到底想干什么？"可就是想不出答案。接着，我万分仔细地观察起无故监督我的形式、方法、主要特征来，但从这里也看不出个究竟来。确实，他最近常常跟我作对，每一次，都想着要阻碍我的计划、扰乱我的行动。如果我的计划得以实施，结果难免造成痛苦的灾祸。对于活气活现的大亨来说，这个理由真的很苍白；对于独断专行的天性来说，就算碰到无礼而执拗的横加干涉，这理由也保障不了什么。

后来我发现，那长久折磨我的人，一直有个怪念头，就是小心谨慎、灵敏机巧地穿着和我一样的衣服，每当想干涉我的意愿，总是竭力不让我看到他的脸。不管他是不是威尔逊，这样做都十足做作，十足愚蠢。在伊顿公学忠告我的，在牛津大学毁我名誉的，在罗马不让我如愿，在巴黎妨碍我复仇，在那不勒斯阻挠我热恋，在埃及不让我满足欲望——他诬陷其为贪婪。难道一时之间，他以为我认不出这个心腹大患、邪恶的天才就是我小学时代的同学威廉·威尔逊？难道我认不出他就是那个与我同名同姓的人，我的伙伴、冤家对头——那个勃兰斯比博士的学校里可恨又可怕的冤家对头？不可能！让我赶紧把这出戏最后，也是最重要的一场唱完吧。

至今我还被威尔逊控制在掌心中。我一贯认为他人格高贵，智慧不凡，这让我深深敬畏，他无处不在、无所不能是本事，让我深深敬畏；他的某些天生和假装的特性，又让我害怕。由此可知，我是多么软弱，多么无助！我也由此明白了，尽管不想痛苦地勉强屈服于他的专断意志，但还是盲从为好。可最近，我彻底彻底沉湎于酒乡，酒精使人发疯，它刺激了我祖传的脾性，害得我越来越焦躁，难以控制。我开始低声抱怨——踌躇——反抗。那些促使我相信自己一天比一天坚定，折磨我的人一天比一天疏离的东西，难道只是纯粹的想象？即便如此，我也渐渐开始感觉到炽热的希望汩汩喷涌，最后，那不顾一切的决定终于孕育而成——我不愿再受任何人的奴役了。

18××年，罗马狂欢节。我去参加那不勒斯公爵德·布罗利奥府的化装舞会。房间里人潮滚滚，空气窒息，这让我恼火得不行，我比平日里还要纵饮无度。我穿过闹哄哄的人群，费劲极了，我的火气一点都没退，因为我在寻找年老昏聩的德·布罗利奥那青春、放荡、美丽的妻子。别让我说出自己那卑鄙的动机吧。她先前就恬不知耻地私下里跟我说过，她会化妆成什么样子。现在，我看到她了。我马上急匆匆地朝她走去。就在我马上就要接近她的这个当口，有一只手轻轻搭在了我的肩头，接着就是那难忘的、该死的低语在耳边响起。

当时的我本来就有怒火在胸，这一下更是怒不可遏。一个急转身，狠狠揪住与我作对的人的领子。果然不出所料，他打扮得跟我一模一样：西班牙式蓝天鹅绒披风，猩红的腰带，腰带上挂一把长剑，脸上蒙着黑色的丝绸面具。

"恶棍！骗子！"我叫道，愤怒得声音都哑了。每吐出一个字，怒火都要旺盛几分，"恶棍！可恶的大坏蛋！你不该——你不该这样把我纠缠到死！跟我来，不然我一剑刺穿你！"我拽着他就走，我们穿过人群，离开舞场，来到隔壁的小会客厅。

一进屋，我骂了一句，就猛地把他揉了出去。他跌跌撞撞退到墙边。我关上了门。我让他拔出剑来，他犹豫了一会儿，然后，幽幽地叹息一声，默默地拔出剑，拉开了防御的架势。决斗的时间实际上很短，我受了各种刺激，狂怒不已，只觉得自己的一条胳膊力大无穷。几秒钟之内，我使出全部力气，把他逼到墙壁跟前。他陷入了可怜的境地，我残忍地一剑刺中他的胸口，一剑又一剑，捅了很多下。

在我们决斗的那会，有人想把插销弄开。我慌忙堵在门上，不让任何人闯进来。然后马上回身走向对手，他快死了。可当我看到呈现在眼前的景象，心中的惊讶、恐惧，人类的哪种语言能够贴切地描绘出来？我的视线不过转移了短短的一瞬，就在那一瞬，房间上部或者说远处的布景就起了明显的变化：房间里居然立了一面大镜子，我开始还以为是看花眼了。

我一步一步朝镜子走去，自己的影像迎面走来，面色苍白，血迹斑斑，步态凌乱，虚弱地摇晃着，看上去恐怖至极！我刚才说，那是我的影像，其实不是，那是我的对手——威尔逊！他奄奄一息，痛苦地站在我面前。面具和披风扔在地上，如今还在地上摊着。他衣服上的每一个针脚都像我的，他脸部触目而奇特的面部特征，哪一点都像我的，甚至与我绝对相同！

那是威尔逊，但他不再用耳语般的声音说话，他开口了，我还真以为是自己在说："你赢了，我败了。不过，从今以后，你也死了！对人间、对天堂、对希望来说，都死掉了。我活着，你才存在；我死了，看看这影像，这正是你自己，看你把自己谋杀得多彻底。"

（1839 年）

3. 泄密的心

非常对！紧张——我曾经非常非常紧张，紧张到了极点，现在还是如此；可是为什么？你要说我疯了？疾病使我的感觉更加敏锐了，没有破坏它们，没有使它们变迟钝。尤其是听觉变得灵敏，我听见了天堂和地球上的一切，我听见地狱里的许多事情。我怎么会疯了？听一听我完整地给你讲出这个故事，是多么冷静！我没出毛病，我正常的很。

我说不出，那主意起初是怎么钻进我的脑子的，没什么目的，更没有任何的怨恨。不过它一旦出现，就日夜不息地纠缠着我。

那个老头从来没有对我不友善，也从未让我蒙受过屈辱，我爱他，我对他的金子也没有企图。那么到底是因为什么呢？我想是因为他的眼睛！是的，完全就是这个原因！他有一只秃鹰般的眼睛，发出灰扑扑的蓝光，还蒙着一层雾气。他的目光一落到我身上，我浑身的血液就变得冰凉；渐渐地，步一步地，我下定决心要取老人的性命，好永远摆脱那双眼睛。关键是，你认为我疯了，疯子是什么也不知道的！可是你该知道我，该明白我干得多么聪明，多么小心，多么深谋远虑，而又伪装得多么好！看完下面的文字，你就知道我为什么会这么说了。

在我动手杀死他之前的一个星期内，我待那老头比待任何人都好。每天晚上，大概午夜时分，我拨动他房门的插销，打开门——哦，这么轻！然后，当把门开到足够我的脑袋伸进去那么大的缝时，我就把一盏幽暗的提灯塞进去。提灯的活门全都关掉，不漏一丝光，然后把脑袋探进门去。哦，要是看到我是怎样巧妙地把脑袋探进去，你该笑了！我慢慢地往里探着头，极慢，极慢，以免吵了老头睡觉。我花了一个小时才把头完全钻进门缝，这样，就能看得到他躺在床上了。哈哈哈哈！试想一下，一个疯子会干得这么聪明吗？

当我的头完全钻进房间后，我小心翼翼地，非常小心——非常小心（因为铰链会发出吱吱的响声）——打开提灯的活门——我只把它开到仅有一束光线照在那双鹰眼上。这样的动作我重复了七个晚上，在每晚的午夜，可是我发现那双眼睛总是闭着，因此要干那事是不行的。因为让我烦恼的不是那个老头，而是那双邪恶的眼睛。每天天亮时，我提着胆子走进房间，鼓足勇气同他说话，亲切地叫着他的名字，询问他夜里过得怎么样。你瞧，实际上，如果他对我每天夜里十二点趁他睡着时去探访他起了疑心，那他肯定是个深藏不露的家伙。

到了第八天夜里，我比平常更加倍地小心开启房门，一只挂表的分针跑得也比我的动作快得多。但是在那夜之前，我还没感到过我那么聪明，那么有本事。我几乎忍不住为自己马上的成功而心中窃喜、得意扬扬了。

我一点一点地打开房门，而他甚至做梦也想不到我私下里搞的动作和盘算的念头。每当想到这里，我都会因这个想法"吃吃"地笑出声来，他也许听见了，因为他突然在床上翻了一下，像是被惊了一样。现在你可能猜想我会退回去了，可是，没有。他的房间黑得伸手不见五指（因为害怕强盗，百叶窗都紧紧闩牢了），因此他不可能看到门开了，我稳稳地把它一点一点推开。当我把头伸进去正要打开提灯的时候，手指不小心在加固用的锡皮上滑了一下。这下惊动了老头，他一下子弹起来，喊道："是谁？"

整整一个小时，我一丝也没动弹，什么也不说。可这期间也没听见他躺下来。他还坐在床上竖着耳朵听着，就像我夜复一夜地倾听死亡的声音。不久，我听见了一声呻吟，那不是疼痛或是悲哀的呻吟声。不是的，我知道那是恐惧得要死的呻吟！那是充满敬畏的灵魂最深处，发出的深沉而压抑的声音。因为这样的声音我是那么地熟悉，又怎么会不知道。

许多个晚上的午夜时分，全世界的人都在安睡，这种声音便从我自己的胸膛中奔涌而出，带着可怕的回响四处回荡。恐惧感于是充斥着我，我说了我对这声音很清楚。我明白那老头的感受，也很怜悯他，尽管我在内心里"吃吃"发笑。我知道，从第一声轻微的动静响起，他翻了个身后，他就一直清醒地躺在那儿。他心里越来越怕，虽然竭力想把它当成偶然的一个声响，却做不到。他一直告诉自己——"那不过是烟囱里的风声——只是一只老鼠从地板上窜过去"，或者"那不过是只蟋蟀'唧唧'的叫了一声"。是啊，他拼命想用这类推测来安慰自己，可是却发现一切都只是徒劳。一切都徒劳无益，因为死神大步地逼近他，把黑影投射在他面前，整个儿把他这个牺牲品笼罩住了。虽然他既没看见也没听见什么，但这不为人知的悲凄的黑影惹得他有所感应，我肯定他能感应到我的脑袋在他房间里。

虽然我一动不动，极为耐心地等了很长时间，到最后也没听见他躺下来。于是我不想再等下去了，我决定把提灯打开一点儿，一丁点儿缝隙。于是，我就打开了。你都不能想象，我是怎样悄悄地、悄悄地做的，直到一线微弱的蛛丝般的光从缝隙中漏出来，落在他的那只鹰眼上。眼睛居然是睁开的，睁得大大的，我盯着它，一下子恼怒起来。我清清楚楚地看见一只灰扑扑的蓝眼睛，蒙着一层骇人的雾气，让我直冷到了骨头缝里；更加令我恐惧的是，我看不到老头脸上或身上的其他地方。就好像是我本能的反应，越不想看到那双眼睛，我越是恰恰把光线准确地调到了那个该死的地方。

我没告诉过你，你是把过分敏锐的感觉错当成疯狂了吗？现在，我说，一声低沉、暗哑、急促的声响传入我的耳朵，就像塞在棉花里的表发出来的那样。我也很熟悉这个声响，那是老头的心跳声。它更加激起了我的怒火，就像是擂鼓声激发了战士的勇气一样。尽管如此，我还是克制着自己。我屏住呼吸，捧着提灯一动不动，我尽量稳稳地把光线射在那只鹰眼上。这时，那地狱般的"扑通扑通"的心跳声越来越惊心动魄。它跳得越来越快，越来越响。老头一定是怕到了极点！它更加响了，我是说，每时每刻都在加倍地响！你记得的，我跟你说过我神经紧张。我就是神经紧张，这会儿正是半夜三更，老屋子一片死寂，这声响这么怪异，快要把我吓死了。我又一动不动地站了好一会儿。可是心跳声更响了，更响了！我想他的心脏一定得爆炸。而且现在我又有了一个新的担忧，这动静万一被邻居听见了该如何是好！

老头的死期到了！我大喝一声，猛地打开提灯活门，跳进房间。他尖叫了一声——只有一声。我立刻把他拖到地板上，把沉重的大床推倒压在他身上。我发现事情就这么结束了，开心地笑起来。可是，有那么一会儿，心脏还是闷声闷气地跳着。这可没惹恼我，这声音隔着墙是听不到的。最后它停下了。老头死了。我移开床，检查了尸体。是的，他完全死了。我把手在他的心脏处搁了很久，没有心跳了。他真的死了，他的眼睛再也不会惹我烦了。你要是现在就觉得我疯狂，那等我说完我为藏匿尸体而采取的英明预防措施，你就不会再认为我疯狂了。

时间在一点一点过去，我悄无声息地匆匆忙碌着。我先是肢解了尸体，砍下头、手臂和腿。然后我从房间的地板上撬起三块厚木板，把尸首全都藏进去。再极其聪明巧妙地把木板摆回原处，任何人的眼睛都看不出有什么不对劲的地方，他的眼睛也不行。没什么要清洗的，没有任何污斑，没有血点之类的东西。我对这个很小心，仅用一个浴盆就盛完了肢解的那几大块！哈！哈！当我把一切收拾妥当的时候，钟敲响了，提示时间不早了。那会儿仍是黑沉沉的夜半时分，刚好凌晨四点。

等我刚要坐下来休息，街门处传来一阵敲门声。我心情轻快地下楼去开门，现在我还有什么好怕的呢？这时进来了三个人，他们彬彬有礼地介绍自己是警官。半夜里邻居听见了一声尖叫，怀疑发生了非常事件，于是就把消息报告到了警察局，他们是被派来调查情况的。

我没有任何的担心和害怕，我微笑着，向他们表示欢迎。我说，尖叫声是我在睡梦中喊出来的，然后我告诉他们老头去乡下了。我带着三个警官转了整个屋子，我让他们检查——仔仔细细地检查。最后，我领着他们去了他的房间，给他们看他的财宝，它们都好好地搁在那里，没被人动过。我有恃无恐，搬了几把椅子进了房间，让他们在那里休息休息。我呢，在大好成就的鼓舞之下胆大包天，把自己坐的那把椅子正好摆在藏着被害者尸体的地板上方。

不消说，我气定神闲的态度让他们信服了。警官们很满意，我很自在。在我高高兴兴地回答问题时，他们坐在那儿，聊着彼此都熟悉的事情。可是不久后，我觉得自己越来越苍白，只希望他们快点走。我的头好疼，只觉得耳朵里在鸣响，可他们只管坐在那儿聊个不停。耳鸣声越来越清晰，它响个不停，越来越清楚。我漫无边际地说了更多，想要摆脱这种感觉，可它一个劲儿响着，还清楚得不得了。后来我终于弄清楚，这声音不是在我的耳朵里响的。

我现在已经脸色煞白，这一点毫无疑问，可是我谈吐更加流畅，声音更加高亢。然而那声音又变响了，我应该怎么办？那是低沉、喑哑、急促的声响，正像塞在棉花里的表发出来的声音一样。我直喘着气，可警官们却没听到什么。我越说越快，越说越激动，可那声音只管越来越响。我站了起来，扯着嗓子争辩着鸡毛蒜皮的小事，一边还手舞足蹈地比画着，可那声音只管越来越响。我来来回回地重重踱着步子，倒像是被那些人的观点给激怒了！可那声音只管越来越响，他们怎么就不走呢？！

哦，上帝啊！我怎么办啊？我口吐白沫了——我咆哮了——我诅咒发誓了！我把椅子搁到我先前坐的地方打转，让它在地板上磨出了刺耳的声音，可是那声音四处回荡，越来越响。它更响了——更响了——更响了！那些人还在那儿笑着，聊得不亦乐乎。难道他们没听到么？万能的上帝啊！不，不，他们听到了！——他们怀疑了！——他们知道了！——他们正嘲笑我的惊恐！——刚才我这么想，现在也这么想。

再没有比这更痛苦更糟糕的事情了！再没有比这样的嘲笑更难容忍的了！我再也忍受不了这些虚伪的笑容！我只觉得我非得嘶叫出来，要么就得死！现在，又来了！听啊！更响了！更响了！更响了！更响了！

"恶棍！"我失声喊出来，"别再装了！我认了！——拆开木板！这儿，这儿！——这是他可恶的心脏在跳！"

（1843年）

4. 跳蛙

我真不知道有谁能比国王更热衷于笑话，他就像是为了笑话而活着。谁要是能有滋有味地讲个笑话奇闻，那再对他胃口不过了。因此，他的七位大臣都以爱说笑话且说得炉火纯青而著称。他们都是肥胖油滑的大块头，跟国王一样，都是独一无二的说笑好手。

有一个问题我始终不是十分确定，是不是人们因说笑话而长胖，还是胖子们骨子里就爱说笑话。不过可以肯定的是，一个瘦骨伶仃的人说笑话，那他肯定是个稀罕人物。谈到优雅，或者，如他所称的"鬼"聪明，国王从不拿这个惹自己烦恼。他特别欣赏过分的笑话，很少嫌它太过冗长，过分的斯文让他厌倦。比起伏尔泰的《查第格》来，他更喜欢拉伯雷的《庞大固埃》。而且事实上，恶作剧比笑话更符合他的胃口。

在我写这篇文章的那个年代里，宫廷里的小丑还没有完全过时。欧洲大陆上几个强国还保留着他们的"小丑"，他们穿着杂色的衣服，戴着尖尖的帽子，挂着铃儿，每逢御桌上落下一点儿面包屑，总是立刻说着俏皮话儿，对君王感恩戴德。自然，我们的国王也养着他的"小丑"。情况是，他需要些愚蠢荒唐的东西，只要是为了平衡他那七位英明睿智的大臣们的绝顶智慧，更别提他自己了。不过，他的小丑，那个专业小丑，又不仅仅是个小丑。在国王的眼里他可值三倍的价儿，因为他还是个侏儒和跛子。那时候，宫廷里的侏儒像小丑一样平常。许多君王要是没有个小丑来为他逗乐、没有个侏儒供他取笑，会感到很难打发日子。宫廷里的日子，要比别处漫长得多。可是，就像我看到的，一百个小丑里面，有九十九个都是笨手笨脚的，长得胖乎乎、圆滚滚。所以，让我们的国王沾沾自喜的跳蛙，一个小丑的名字，他一个人顶得上三个人的价值，确实非同一般。

我相信"跳蛙"这名字，不是他的教父母在洗礼上给他起的，而是七位大臣看他不能像其他人一样走路，而一致赞同封了他这个名号。实际上，跳蛙只能以穿插藏闪的步态行进，一半像跳，一半像扭。对国王来说，这是种有趣至极的动作，当然也足以安慰他自己，因为国王虽然挺着个将军肚，顶着个硕大的脑袋，还是被朝廷上下当作头号美男子。跳蛙的腿那么扭来扭去的，在路上行走就成了苦差使。但他双臂的肌肉却格外有力，他能在树木绳索之类很难攀爬的东西上，表演许多极其灵巧的动作。这样的力量，倒像是造物主为了补偿有缺陷的腿脚而赐予他的。在这样的表演中，他并不像一只青蛙，无疑更像是一只松鼠或是小猴子。

跳蛙最初来自哪个国度？我始终没有确凿的证据来求证。不过应当是个没人听说过的蛮荒之地，一个离国王的宫廷极其遥远的地方。一位个头和跳蛙差不多矮小的姑娘，叫特培塔，身材很好，还是个出色的舞者。和他们的家乡毗邻，他俩被国王的一位常胜将军从家乡强征了来，作为礼物送给国王。在这种情况下，两个小俘虏之间自然而然产生了亲密无间的感情。实际上，他们很快就成了莫逆之交。跳蛙虽然总在耍把戏，要是不能多为特培塔效劳，就一点儿也不受欢迎；她虽然是个矮子，却面容秀丽、举止优雅。于是她得到了每一个人的倾慕与宠爱，因此她拥有很大的影响力，只要有机会，她总是用这个来为跳蛙谋利。

在一个盛大的全国庆典到来之际（具体是什么庆典我忘记了），国王打算举行一场化装舞会，只要宫廷里举行化装舞会或者诸如此类的聚会，总会召跳蛙和特培塔两人前去表演。尤其是跳蛙，简直是无一不能，在准备表演节目、编排新奇角色、张罗假面舞会的服装方面，几乎到了少了他什么事儿也做不了的地步。

很快，节日的夜晚来临了。在特培塔的监督下，一个华丽的大厅装饰好了，各种各样能让化装舞会更出挑的饰物都用上了。整个宫廷，等待的焦灼达到白热化了。提到要穿什么服装，要扮演什么角色，不难想见，每个人都早已拿定主意。许多人在一个星期甚至是一个月前，就已经决定了要扮演什么角色，并且事实上，除了国王和他的七个大臣们，没人犹豫不决过。国王和七大臣为什么会犹豫，我没法说，除非是他们纯粹是为了恶作剧。更多的可能是因为太胖，他们才觉得很难做出选择。无论如何，时间在飞跑；最后实在没有什么好的主意了，无奈之下他们不得不召来了特培塔和跳蛙。

两个小伙伴应国王之召而来，国王看上去心情很不好，正与他的七位内阁成员坐在酒瓶堆里纵饮。他知道跳蛙不喜欢喝酒，因为酒总是让这可怜的跛子兴奋得发疯，这可不是什么舒服的事儿。可是国王就喜欢恶作剧，以强迫跳蛙喝酒和"作乐"来寻欢，这是国王的叫法。

小丑和他的朋友走进房间，国王说道："过来，跳蛙。为了你那些不在这儿的朋友们的健康，喝了这一杯。"跳蛙听到这儿，叹了口气。"然后让我们来享受享受你的发明。我们需要角色——角色，小子——一些新东西——不寻常的。我们烦透了你这些老一套的做法。过来，马上把这酒喝下去！因为酒能刺激你的灵感。"

跳蛙挤出几句笑话来迎合国王，他尽力想做到和平常一样；可是努力过头，什么也说不出来。刚巧这天是这可怜的跳蛙的生日，而为他"不在的朋友们"喝酒的命令，让他的眼眶充满了泪水。他谦卑地从暴君的手中接过高脚杯，苦涩的眼泪大滴大滴掉了进去。小矮子强饮下一杯酒。

"哈！哈！哈！看看一杯好酒力道多大！"国王仰天大笑，"怎么，你的眼睛已经闪闪发亮了！"

可怜的小家伙啊！他马上就醉了。他的大眼睛幽幽地忽闪着，却不是闪闪发亮；酒精可以使他大脑兴奋，却也只是一瞬间。他小心翼翼地把高脚杯放在台子上，半痴半呆地四处打量着这伙人。见国王的"玩笑"奏了效，他们都觉得开心，全部仰天大笑。

"那么现在办正经事吧。"不折不扣的首相大胖子说话了。

"对，来帮我们一把。"国王说，"角色，我的好伙计，我们需要扮演角色——我们所有人都要扮演——哈！哈！哈！"这完全是在说笑话。七位大臣纷纷应和他的笑声。跳蛙软弱无力，还有些茫然，他也笑了。

"过来，"国王不耐烦地说，"过来呀，你没什么好主意么？"

"小的正极力想些新奇的招儿。"跳蛙有些心不在焉地答道，因为他被那酒搞得晕头转向。

"极力！你这么说是什么意思？"暴君狂叫道，"啊，我知道了。你不痛快，还想再喝点儿酒。给，喝了它！"他又倒出了满满一杯酒，赐给跳蛙，后者只是呆呆地瞪着它，喘不过气来。

"我说，喝啊！"这个怪物吼着，"要不以撒旦的名义——"

看到小矮子依然在犹豫着，国王的脸都气绿了，朝臣们脸上堆着假笑。特培塔脸色苍白得像个死人，她来到国王的御座前跪下，求他饶了她的朋友。国王看了她好一会儿，显然，对她如此大胆很是吃惊。他像是完全不知所措了，都不知道该做些什么或是说些什么了，怎么样才能恰如其分地表达他的愤怒呢。终于，他一个字也没吐出来，粗暴地把她推开，把满杯子的酒泼在她脸上。那可怜的姑娘甚至不敢吭一声，尽最大的努力爬起来，重新退回到桌脚旁。

房间里一片死寂，要有一片叶子或是羽毛落下来，也能听得见，这样的寂静大约持续了半分钟。突然，一声低沉却刺耳、拖长了的摩擦声打破了沉寂，像是从房间的各个角落一齐传出。

"干什么？干什么？你弄出那个动静来干什么？"国王狂暴地扭头对跳蛙质问道。

跳蛙的酒看来差不多醒了，他镇定地死盯着国王的脸，只脱口说出几个字："我——我？怎么摊到我头上了？"

"声音像是从屋外传来，我还以为，"一个朝臣道，"是窗子上的鹦鹉在金属笼子的栅栏上磨嘴呢。"

"没错，"国王答道，好像因这猜测而获得大大的解脱，"不过，我以骑士的名誉起誓，那是这浪荡家伙在磨牙。"

矮子一听这话，笑了起来，露出一排孔武有力的大牙，让人生厌！国王实在是个喜欢说笑的人，谁笑他都不会反对。矮子表示，他很愿意喝酒，他们想让他喝多少他就喝多少。国王得到安抚，息了怒火。跳蛙又灌下一杯酒，看起来并没流露醉态。他精神百倍，盘算起化装舞会来。

"我说不出是怎么想出这念头的，"他很平静地说，倒像他一辈子从没碰过酒似的，"不过，就在陛下您打了那姑娘，把酒泼到她脸上之后——就在陛下您这么做了，那只鹦鹉在窗外发出难听的噪音，一个绝妙的解闷的点子出笼了——那是我们国家里的一种游戏——我们通常在化装舞会上表演，不过在这儿，它会是个崭新的玩意。不过得有八个人来表演才能有效果，而且……"

"我们不就是八个人吗！"国王打断矮子的话喊道，为自己敏锐地发现了这巧事大笑不已，"我和七个大臣正好凑够八个。快说吧，是什么游戏？"

跳蛙答道："我们叫它'八只铁链上的猩猩'，要是演得好，一定很好玩。"

"好，就演它，"国王强调道，一边挺直身子，一边垂下眼皮。

"这游戏的妙处在于，"跳蛙继续说道，"它能把女人吓坏。"

"那真是太妙了啊！"国王和大臣们齐刷刷地喊。

"我来把你们打扮成猩猩，一切都交给我吧。"矮子继续说道，"扮相肯定惟妙惟肖，参加化装舞会的人准会把你们当成真野兽。当然了，他们也会惊得要死，吓得要死。"

"哈哈哈，这太棒了！"国王呼喊道，"跳蛙！我会让你成为一个人物。"

"戴上锁链，为的是人们听到它的丁零当啷声，会迷惑得更厉害，你们要假装成从看守者那里逃出来的。陛下您想不到，这节目有多出彩，在化装舞会上来了八只带锁链的大猩猩，别人还以为是真猩猩呢；他们凶猛地吼叫着横冲直撞，冲到一群习惯于文雅华丽的男男女女中间，这对照真是无与伦比！"

"肯定会是这样，"国王说。内阁大臣们已经急不可耐地站起身来，去准备跳蛙的计划了，唯恐怕迟了而耽误了什么。

跳蛙把这帮人装扮成猩猩的办法很简单，不过也很灵光。在这段故事发生的那个年月，文明世界的任何地方都极少能看到猩猩；矮子扮演的野兽很逼真，把人吓得魂飞魄散，所以他们根本不会被看穿。国王和大臣们头一回把自己套进紧绷绷的衬衣衬裤里，再浸透柏油。这时，一伙人当中的一个提议用羽毛，可是立刻被矮子否决了，他用活生生的例子让八个人很快信服，像猩猩这种动物的毛发用亚麻来假扮会更加好。于是，柏油外面厚厚地粘上了一层亚麻，长链子也备好了。他先把它绕过国王的腰，系好，接着绕过另一个大臣，再系好，然后一一绕过其他大臣的腰部。他们站成一圈，缠好链子，各人尽量离彼此远远地站着。为了使效果更逼真，跳蛙把铁链上多出来的大约两个直径长的部分以直角穿过圈子。现在，婆罗洲人就是这么捕捉黑猩猩或是其他大型猿类动物的。

举行化装舞会的大宴会厅是个圆形的房间，很高，阳光只能透过顶上的一扇窗照进来。大厅里，一盏巨大的烛灯在从天窗当中垂下的铁链上吊着，光亮主要来自这里，通常用平衡器升升降降。不过为了看上去好看点，链子从屋外绕过，穿过屋顶，夜晚的气氛就营造出来了。

大厅的装饰交给特培塔监督，不过在一些细节上，她似乎还是受着他的小矮子朋友更为冷静的指点。这一次，她遵从他的建议，大吊灯被移走了。而移走的理由是因为天气暖和，吊灯上的蜡油滴落下来会弄脏客人们昂贵的衣服，是十分令人讨厌的。因为沙龙里相当拥挤，没法指望客人们避开大厅中央，也即是躲开大吊灯的下方。在大厅里其他不挡道的地方，都摆上了烛台。靠墙放了一排女像柱，大概有五十到六十个，右手都握着大火把，散发出宜人的香气。

那八只大猩猩耐心守候到半夜，这都要遵照跳蛙的嘱咐，按照他的计划来。他们要等到殿内挤满戴假面具的来客方才现身。钟声还没停，他们一伙儿就冲了进来，不，应当说是滚了进来——他们的链子碍手碍脚的，一路上磕磕绊绊，把他们都绊倒了。

见此情景，人群瞬间爆炸了。不出所料，客人多半把这些面目狰狞的动物当成了大猩猩，要不就是当成别的真野兽。好多女人惊吓过度，晕了过去，国王看见这一幕，心中荡满喜悦。要是国王没有预先下令，不许带武器到舞会上来，舞池必然因他们的嬉闹而鲜血横流。人潮向大门涌去，可是在国王的命令下，大门在他冲进来后就立刻锁上了，并且他还听从了矮子的建议，把钥匙留在了身边。混乱达到了顶峰。每个人只顾得上自己活命。实际上，人群拥挤不堪，确实非常危险。另外，吊着大吊灯的链子起初被拽上去了，可现在它渐渐降了下来，直到末端的吊钩离地板只有三英尺高。

链子一放下，国王和他的七个伙伴就在大厅里四处乱转开了，最后，转到了大厅中央，毫无疑问，正挨着垂下的链子。矮子一直悄无声息地跟在他们身后，煽动他们吵嚷不休，等他们站定了，他一边抓住他们身上的链子那贯穿圆周的交叉处。说时迟那时快，他以闪电般的速度用屋顶垂下的灯链吊钩钩住铁链。有个无形的装置马上就把灯链升上去了，高到无法触及。自然，大猩猩们被紧紧拖到了一块儿，脸对着脸。

参加舞会的人现在已经明白是什么状况了。看到大猩猩们的尴尬困境，当他们意识到整件事是个策划周详的闹剧时，不由得爆出了一阵大笑。

"把他们交给我！把他们交给我。"跳蛙喊道，他的嗓音尖锐，在一片喧闹中很容易辨识。"我想我认识他们。只要好好看上几眼，就能很快认出他们是谁。"

他从人们的脑袋上爬过去，费了很大力气爬到墙边，从一个女像柱的手上拔出一支火把，又爬着折回到大厅中间。他以猴子般的灵巧劲儿一跳一纵，跃到国王的头上，然后往铁链上爬了几英尺；拿着火把往下探照着这群大猩猩，一边还尖声嚷道："我很快就能弄清楚他们是谁！"

这会儿，所有的人（包括猩猩们在内）个个笑得几乎背过气去。突然，小丑尖厉地吹了声口哨，链子拖着猩猩们猛地上升了大概三十英尺。铁链猛然上升，让所有人都吃惊不已，一片死寂。他们被吊在半空中，上挨不着天窗，下触不到地板，都惊慌失措地挣扎着。跳蛙紧贴着链子，随着他们上升，与八个套着假面具的人保持着原来的距离，像是什么也没发生似的，继续把火把朝他们身上照，像是尽力在搞清楚他们是谁。

大约过了一分钟，一个低沉而刺耳的摩擦音打破了寂静，那是起初国王把酒泼到特培塔脸上时，和七位大臣一起听到的，就是这个声音。眼下这声音究竟从何而来，已不言而喻。那是从矮子犬牙般的牙缝发出的摩擦声。他咬牙切齿，唾液四溅，正发狂地怒视着脚下的国王及其同伙仰着的面孔。

"哈哈！哈哈！"最后，那怒火中烧的小丑开口了，"现在我要来看看这些人究竟是谁了！"这时，他装作要靠得更近点察看的样子，把火把凑到国王身上的那层亚麻，立刻蹿起了一片火苗。不到半分钟，八只大猩猩全被烧得嗷嗷直叫，下面的人群瞪着他们，尖声呼喊着，却一点帮不了他们。后来，火苗越来越猛，逼得跳蛙只得往铁链的更高处爬，那里火苗舔不到他。

在他向上爬动的时候，有那么一会儿工夫，人群再次安静了下来。矮子抓住机会，又开口说道："现在我看清了这些戴面具的到底是什么人，"他说，"其中一位是伟大的国王陛下，其他几位是他的七位内阁大臣——国王殴打一个手无缚鸡之力的女孩，毫不心慈手软，七个大臣恶意煽风点火。至于我，我是跳蛙，一个小丑——这是我演的最后一幕滑稽剧。"

亚麻和柏油烧起来太快，矮子没来得及给简短演说做个结尾，就复了仇。八具尸体悬在铁链上，烧得焦黑，散发着恶臭，面目可憎，已经成了无法辨识的模糊的一团。跛子把火把丢到他们身上，轻松自如地爬上天花板，消失在天窗口。

据说，当时特培塔待在大厅的屋顶，是她帮朋友进行了这场残酷的复仇；据说，他们一起逃回了故乡，因为后来谁也没再见过这两个人。

（1850 年）

5. 一桶蒙特里亚白葡萄酒

福图那托对我百般伤害，我都尽量忍气吞声，不过一旦他胆敢侮辱我，我就要发誓报复了。您是熟知我的脾性的，总不会当我只是说一说吓唬人。总有一天我要报仇雪耻。这个念头坚若磐石。既然主意已定，就没想着会有危险。我要让他吃够苦头，而且不留后患。复仇的反得报应，这笔账就是没了清；复仇却不让仇家知道是谁害他，这笔账同样没算清。要知道，我的任何言行都没让福图那托怀疑是居心不良。我依旧对他笑脸相迎，但如今我可是笑里藏刀，一心要宰了他。不过，他可没察觉到这一点。

在别的方面，福图那托这个人令人尊重，甚至是惧怕。可他有个弱点，总觉得自己是一个品酒的高手，一直为此洋洋得意。意大利人中，几乎没人有正经八百的鉴赏家气质。他们的热心多半为了随机应变，以诈骗英国和奥地利的大富豪。说起绘画和珠宝，福图那托和他的同胞一样，只是夸夸其谈，但说到陈酒，他就不矫情了。只要有可能，他总会大批量买进意大利葡萄酒。在这一点上我跟他大致相同，我也是内行。

在一个热闹的狂欢节之夜，我在暮色四合时分的时候碰到了这位朋友。这家伙扮成小丑的样子，身穿杂色条纹紧身衣，头戴系着铃铛的圆锥形帽子。看见他，我非常高兴，不由得想握住他的手，久久不放。因为他的酒喝多了，他跟我搭起话来无比热情。

我对他说："亲爱的福图那托，真是幸会。你今天的气色真是好极了。我弄到一大桶白葡萄酒，可我不放心。"

"怎么？白葡萄酒？"他说，"一大桶？不可能！在狂欢节期间哪里弄得到它？"

"所以我不放心啊，我真是蠢得该死，"我答道，"竟然没向你讨教就把钱全付了。找也找不到你，可我又生怕错过一笔买卖。"

"白葡萄酒！"

"我不放心。"

"白葡萄酒！"

"我一定要搞清楚！"

"白葡萄酒！"

"既然你有事，我去找卢克雷西。只有他才能弄清楚。他会告诉我……"

"卢克雷西分不清白葡萄酒和雪利酒。"

"可有些傻瓜愣是说他的味觉跟你不相上下。"

"快，咱们走。"

"到哪去？"

"去你家地窖。"

"老兄，这可不行。我不能瞧你心地好就麻烦你，看得出，你有事。卢克雷西……"

"我没事。走吧。"

"老兄，真的不行。有事没事倒不当紧，就是冷得要命，我觉得你受不了。地窖里潮湿难耐，四壁都是硝石。"

"冷算不了什么。还是走吧。白葡萄酒要紧。你怕是上当了。至于卢克雷西，他根本分不清雪利酒和白葡萄酒。"

说着，福图那托就架起了我的胳膊。我戴上黑丝绸面罩，裹紧短披风，任由他催促着打道回府。家里一个仆役也没有，都溜出去欢度佳节了。我跟他们说要到次日早晨才回来。我还清楚得指令他们不得出门半步。我非常明白，这样的指令，足以让他们在我一转身的当口，马上就一个接一个走光。

穿过几个套房后，我们来到了通往地窖的拱廊。我从烛台上取了两个火把，把其中一个给了福图那托。我恭请他举步。我们走下一座长长的回旋楼梯，在此期间我时不时地叮嘱身后跟着的福图那托多加小心。终于下完了楼梯，我们两个并排站在了蒙特里索府邸地下墓穴的湿地上。

我的朋友步态踉跄，他一跨步，帽子上的铃铛就叮当作响。

"那桶酒呢？"他问道。

"在前面，"我说，"当心洞墙上一闪一闪的白色蛛网。"

他转向我，醉意蒙眬的眼睛亮晶晶地盯着我。

"硝石？"他终于发问道。

"硝石，"我回答说，"你咳嗽多久了啊？"

"呃呵！呃呵！呃呵！——呃呵！呃呵！呃呵！——呃呵！呃呵！呃呵！——呃呵！呃呵！呃呵！——呃呵！呃呵！呃呵！"我那可怜的朋友咳得半天说不出话。

"没什么。"他最后说。

"嗨！咱们还是回去吧。"我毅然说道，"你的身子骨要紧。你有钱，人人尊敬艳羡，又得人心；你像我从前那样幸福。你要有个三长两短，谁能受得了。我反正无所谓。我们还是回去吧，你生病，我可真担当不起。再说了，还有卢克雷西……"

"别说了，咳嗽算什么，"他说，"又咳不死人。我不会咳死的。"

"对，对，"我答道，"说真的，我可不是故意吓唬你，这个没必要，不过你千万得小心啊。喝点美道克酒暖暖身子吧，这么潮。话音刚落，我就从泥地上那一长溜酒瓶中拿了一瓶，砸掉了瓶颈。

"喝吧，"说着我就把酒递给了他。

他瞥了我一眼，把酒瓶举到唇边。他停下来，亲切地冲我点了点头，帽子上的铃铛随之"叮当"响了起来。

"为周围那些长眠地下的，干杯。"他说。

"为你长命百岁，干杯。"他又挎上了我的胳膊。我们继续前行。

"地窖真大啊。"他说。

"蒙特里索是个大家族，人口多。"我答。

"我忘了贵府的徽章是什么图案了。"

"一只巨大的金色人脚，背景是蔚蓝色。那脚把一只翻腾的大毒蛇踩烂了。蛇的毒牙都插进了脚后跟。"

"贵府的箴言是……？"

"凡伤我者，必遭重罚。"

"妙！"他说。喝了酒，他的眼睛亮闪闪的，帽子上的铃铛又叮当响了。喝了美道克，我越发胡思乱想起来。我们走过成堆尸骨和大小酒桶混杂的长长的夹弄，进入地下墓穴的最隐秘的地方。我又站住脚了。这次，我放胆抓住了福图那托的上臂。

"硝石！瞧，越来越多了。"我说，"像青苔挂在拱顶上。我们在河床下面了。水珠都滴到尸骨里了。快，我们趁早回去吧。你咳嗽……"

"没什么，继续前进。"他说，"不过先让我再喝两口美道克。"

我打开用大肚酒瓶的葛拉维酒，递到他面前。他一口气喝干了，眼里顿时精光四射。他哈哈大笑着把酒瓶往上一扔，还打了个手势，我没搞懂那个手势的含义，我吃惊地望着他。他又打了一遍那个手势——一个稀奇古怪的手势。

"你不懂？"他说。

"不懂。"我回答。

"那你不是同道。"

"怎么讲？"

"你不是共济会会员。"

"我是，我是，"我说，"我是，我是。"

"你？不可能！你是？"

"是的。"我答道。

"暗号，"他说，"暗号。"

"就是这个，"我一边回答，一边从短披风的褶皱下掏出把泥瓦工的抹子。

"开玩笑，"他惊叫着退后几步。"咱们还是朝前走吧，去看看白葡萄酒。"

"好吧，"我说。我把抹子重新放在披风下面，又伸出胳膊给他扶着。他沉重地倚靠在我的胳膊上。就这样，我们继续往前走，去找白葡萄酒去了。

往下走，直到穿过一排低低的拱廊，再往下走，我们到了一个深深的地穴。这里空气极为污浊，火把的火焰都给扑灭了，只能幽幽地燃烧。地穴最遥远的尽头，有一个更狭小的地穴，墙壁上是成排的尸骨，一直堆到头上的拱顶，跟巴黎的大墓穴如出一辙。三面墙都是这样尸骨林立，还有一面墙尸骨已倒，横七竖八堆在地上，都成一个相当大的尸骨垛了。尸骨倒下的那堵墙裸露在眼前。我们发现，里面还有一个地穴，或说壁龛。它大约深四英尺，宽三英尺，高六七英尺。看上去当初建造它并没特别的用处，不过是支撑地下墓穴顶部的两根支柱间的空隙罢了，倒是背靠着坚固的花岗岩壁，就在地下墓穴的其中一堵墙上开辟而出。

福图那托举着昏暗的火把，竭力朝壁龛深处仔细探看，可就是白费力气，火光微弱，根本照不见底。

"往前走，"我说，"白葡萄酒就在这里面。至于卢克雷西嘛……"

"他是假内行。"我的朋友一面摇晃着往前走，一边打断我的话。我紧跟在他的屁股后面。眨眼间，他就走到壁龛最里面了。一看前路被岩石阻断，他不知所措地傻站在那里。片刻工夫，我已把他铐在花岗岩上了。花岗岩壁上装有两个铁环，横间隔为两英尺左右，一个环上挂着根短铁链，另一个环上是个挂锁。几秒之内，我就把他用铁链拦腰拴好了。我拔掉钥匙，退出了壁龛。他大为惊骇，都忘记了反抗。

"伸手摸摸墙壁，一下子就能摸到硝石。"我说，"真是湿得厉害。我再求你一次，回去好不好？不回？那我肯定得离开你了。走之前，我得先力所能及地关照你一下。"

我的朋友惊魂未定，失声喊道："白葡萄酒！"

"没错，"我回答，"白葡萄酒。"这么说着，我就在尸骨堆里忙开了。

这堆尸骨我上文提到过。我把尸骨抛在一边，很快，就扒出好多砌墙用的石头和灰泥。借着这些材料和那把抹子，我精神抖擞地在壁龛入口砌起墙来。第一层还没砌好，我就发现，福图那托的醉意差不多已消失了。之所以这么说，是因为壁龛深处传出了一声幽幽的呻吟。这就是他清醒的迹象，这呻吟声不像是发自一个醉鬼之口。随即，是长时间的高度静默。我砌了第二层，第三层，第四层。然后就听到疯狂摇晃铁链的声音，一直持续了好几分钟。为了听得更称心，我索性停下手中的活，一屁股坐到尸骨上。待到"叮当"声最终平息下来，我这才重新拿起抹子，一口气砌上第五层，第六层，第七层。墙面这时也差不多齐胸高了。我再次停了手，把火把举过石墙。几线微弱的火光，照在了里面的人影上。

突然，那个上了锁链的人影爆发出尖声长啸，仿佛要拼命吓退我。有一瞬间，我踌躇起来，浑身簌簌发抖，但马上就拔出长剑，开始用它在壁龛里边摸索；可一转念，我却又放下心来。墓穴构造坚固，我把手放在上面，感到挺满意。我再次走近墙边，锁着的人大声喊叫，我也大声喊叫。他叫唤一声，我应和一声，叫得比他还要响，还要底气十足。

我这一叫，被锁住的人也就哑巴了。

我快完工了，时间差不多已是午夜。第八层，第九层，第十层都砌好了。最后一层，也就是第十一层，也差不多了，只消填进去最后一块石头，涂上最后一抹灰泥即可。我拼命搬起最后一块石头，把它的一角放到该放的位置。不料壁龛里却传来一阵低沉的笑声，吓得我毛发倒竖。只听得——"哈！哈！哈！——嘿！嘿！嘿！——真是个高级的笑话——太绝妙了。等会到了邸宅，就有得笑了。嘿！嘿！嘿！——边喝边笑——嘿！嘿！嘿！"

笑声过后，是个凄切的声音，我好容易才听出是贵族老爷福图那托。

"白葡萄酒！"我说。

"嘿！嘿！嘿！——嘿！嘿！嘿！——对，白葡萄酒。可还来得及么？福图那托夫人，还有别的人，不是在邸宅等我们么？咱们走吧。"

"对，"我说，"咱们走吧。"

"看在上帝的份上，来瓶蒙特里亚！"

"对，"我说，"看在上帝的份上！"可说完这话，怎么都听不到回答了。我渐渐不耐烦起来，大声喊道——"福图那托！"没人答话。我又喊了一遍——"福图那托！"还是没人答话。我将火把塞进尚未砌严实的墙孔，火把掉到里面去了。一阵铃铛的"叮当"声随即传了出来，我心里不舒服起来，这是墓穴的潮湿所致。我赶紧干完剩下的活，把最后一块石头塞好，抹上灰泥。再紧靠着新墙，堆放好原来那垛尸骨。

半个世纪过去了，一直没人动过。

愿死者安息！

（1846 年）